메데이아,
또는 악녀를 위한 변명

...

환상문학전집 ● 23

메데이아,
또는 악녀를 위한 변명
Medea, Stimmen

크리스타 볼프

김재영 옮김

황금가지

MEDEA. STIMMEN
by Christa Wolf

Copyright © 2008 by Suhrkamp Verlag Frankfurt am Main
All rights reserved.

Korean Translation Copyright © 2005, 2011 by Minumin

Korean translation edition is published by arrangement with
Suhrkamp Verlag, GmbH & Co. Kg.

이 책의 한국어판 저작권은
Suhrkamp Verlag, GmbH & Co. Kg과 독점 계약한 ㈜민음인에 있습니다.

저작권법에 의해 한국 내에서 보호를 받는 저작물이므로
무단 전재와 무단 복제를 금합니다.

아크로니(시간의 흐름을 무시하고 사건들을 동시에 일어난 것처럼 배열하는 이야기 방식. 비시간적 서술이라고 말할 수 있다.―옮긴이)는 여러 시대를 임의로 나란히 늘어놓은 것이 아니다. 그것은 삼각대를 본보기로 이 시대들을 겹쳐 놓은 것, 시간을 거스르는 구조들을 일렬로 배열한 것이다. 그것을 손풍금처럼 펼쳐 놓을 수도 있는데, 그러면 한쪽 끝에서 다른 쪽 끝까지는 아주 멀어진다. 마트료시카(하나의 큰 인형 속에 여러 개의 작은 인형들을 크기가 점차 작아지는 순서로 집어넣은 러시아의 전통 인형. 비옥한 토지와 다산을 의미한다.―옮긴이)처럼 서로 포갤 수도 있다. 그러면 시대를 가르는 벽들은 서로 아주 가까워져서 다른 세기의 사람들이 우리의 축음기가 지지직거리는 소리를 들을 수 있고, 우리도 시간의 벽을 통해서 그들이 맛있는 음식 쪽으로 손을 뻗는 모습을 볼 수 있다.

엘리자베트 렌크

● ● ● **목소리들**

메데이아	코르키스 여인. 아이에테스 왕과 이다이아 왕비의 딸이자 칼키오페와 압시르토스의 누이.
이아손	아르고 호의 선장.
아가메다	코르키스 여인. 메데이아의 옛 제자.
아카마스	코린토스인. 크레온 왕의 수석 천문학자.
로이콘	코린토스인. 크레온 왕의 차석 천문학자.
글라우케	코린토스 여인. 크레온 왕과 메로페 왕비의 딸.

● ● ● **그 밖의 사람들**

크레온	코린토스의 왕.
메로페	코린토스의 왕비.
이피노에	크레온 왕과 메로페 왕비의 살해된 딸.
투론	코린토스인. 아카마스의 보좌.
리사	코르키스 여인. 메데이아의 젖동생이자 친구.
아린나	리사의 딸.
키르케	마법사. 메데이아의 이모.
프레스본	코르키스인. 코린토스의 연극 연출자.
텔라몬	이아손의 동료. 아르고의 선원.
프릭소스	이올코스의 모피를 코르키스로 가져간 인물.
펠리아스	이올코스에 있는 이아손의 숙부.
케이론	테살리아의 산중에서 이아손을 기른 스승.
마이도스와 페레스	메데이아와 이아손의 아들들.
오이스트로스	조각가. 메데이아의 연인.
아레투자	크레타 여인. 메데이아의 친구.
노인	크레타인. 아레투자의 연인이자 친구.

우리는 한 여인의 이름을 부른다. 우리는 벽을 뚫고 그녀의 시간 속으로 들어선다. 바라던 만남이다. 그녀는 시간의 심연으로부터 아무 망설임 없이 우리의 시선에 응답한다. 자식을 살해한 여인인가? 무엇보다 먼저 이런 의혹이 떠오른다. 그녀는 우리를 비웃듯이 어깨를 한 번 으쓱하고는 고개를 돌린다. 그녀에게는 우리의 의구심도 그녀를 제대로 평가하려는 우리의 수고도 더 이상 필요하지 않다. 그녀가 떠난다. 우리를 앞서 가는가? 우리를 내버려 두고 되돌아가는 것인가? 이러한 물음들은 이미 아무 의미가 없다. 그녀로 하여금 길을 떠나게 한 것은 우리다. 그녀가 시간의 심연에서 우리를 향해 다가온다. 그녀의 시대만큼 절실하게 마음을 울리지 않는 그런 시대들은 그대로 지나쳐 마냥 과거로 거슬러 올라가 보자. 언제든 반드시 만나게 되리라.

저 아래 옛사람들에게로 내려가 보자. 그들이 우리를 마중하러 오는가? 아무래도 좋다. 한 번 손을 내밀어 주는 것으로 충분하다. 그들은 가볍게 우리에게 건너온다. 낯선 손님들. 그들 또한 우리에게는 낯선 손님들이다. 우리에게는 모든 시대의 문을 열 수 있는 열쇠가 있다. 그래서 이따금 성급한 판단이라도 얻고 싶으면 아무 부끄럼 없이 열쇠를 사용하여 서둘러 문틈으로 힐끔 들여다본다. 그러나 금기를 두려워하고, 까닭 없이 죽은 자들에게서 비밀을 빼앗지 않겠다는 마음으로 한 걸음 한 걸음 다가갈 수도 있을 것이다. 우리가 처한 곤경을 고백하는 것으로 시작해야 한다.

강력한 압력을 받으면 천 년의 세월이 녹아 사라진다. 그렇다면 지속적인 압력을 가해야 한다는 것인가. 부질없는 물음이다. 그릇된 물음들은 오해의 암흑에서 벗어나고 싶어 하는 이를 불안하게 한다. 우리는 그에게 경고해야 한다. 우리의 오해는 빈틈없는 체계를 이루고 있어서 무엇으로도 반박할 수 없다고. 아니면 벽들이 무너져 내리는 소리를 들으며 다 함께, 너도나도 앞을 다투어 우리의 오해와 착각 속으로 깊고도 과감하게 뚫고 들어가야 한다. 우리는 마법의 이름을 가진 인물, 수많은 시간이 교차하는 인물이 우리와 함께해 주기를 바란다. 고통스러운 일이다. 우리는 이 인물을 통해 우리의 시대와도 만날 것이다. 야성의 여인.

이제 목소리들이 들려온다.

1

지금까지 내가 행한 모든 일들을
이제 나는 자선 행위라고 부른다……
지금 나는 메데이아.
나의 본성은 고통 속에서 자라났다.

— 세네카, 『메데이아』에서

메데이아

죽은 신들도 힘을 잃지 않았으며, 불행한 자들도 행복을 잃을까 두려워한다. 꿈의 언어여, 과거의 언어여. 땅속 깊은 굴 속에서 나를 꺼내어 다오. 머릿속에서 무기들이 끊임없이 달그락거리는 소리에서 날 좀 벗어나게 해 다오. 이 소리는 무엇 때문에 들려오는 것일까. 싸우는 소리라면 도대체 누가 싸우는 것일까. 어머니, 우리 코르키스(카프카스 산맥과 흑해 동쪽 해안 사이에 위치한 지역. 무엇보다도 그리스 신화의 금양 모피 전설을 통해 널리 알려져 있다.—옮긴이) 사람들이 궁궐 안뜰에서 무술 시합을 하는 소리가 들려옵니다. 제가 지금 어디에 있는 것이지요? 달그락거리는 소리가 점점 크게 들려옵니다. 목이 마릅니다. 눈을 뜨고 일어나야 합니다. 침상 옆에 물 컵이 놓여 있습니다. 시원한 물은 갈증을 덜어 줄 뿐 아니라 머릿속을 울리는 요란한 소리도 잠재워 주지요. 그때 어머니는 제 곁에 앉아 계셨습니다. 고개를 돌리면 창이 바라다보였지요. 여기에서처럼 말입니다. 저는 지금 어디에 있나요? 그곳에는 무화과나무 대신 제가 사랑하는 호두나무가 있었어요. 한 그루의 나무를 이토록 애타게 그리워할 수 있다는 것을 어머니는 알고 계셨나요? 어머니, 제가 처음으로 피를 흘린 건 아주 조그만 어린아이나 다름없었을 때였습니다. 그러나 그때 앓아 누운 것은 그 일 때문이 아니었지요. 그리고 어머니가 제 곁을 지키며 함께 시간을 보내 주신 것도 그 일 때문은 아니었습니다. 어머니는 약초로 제 가슴과 이마를 찜질해 주시고, 저의 손을 제 눈앞에 가까이 가져와 왼손과 오른손을 차례로 보게 하시며 양손의 손금이 어떻게 다른지 알려 주시고는 손금 읽는 법을 가르쳐 주셨지요. 저는 손금에 나타난 제 운명을 거부하고 종종 두 주먹을 불끈 쥐었습니다. 두 손을 깍지 끼거나 상처 위에 올려놓고 여신을 향해 높이 추켜올리기도 했습니다. 샘에서 물을 길어 오고 우리의 문형(紋形)을 넣어 아마포를 짜기도 했습니다. 아이들의 따사로운 머리카락 속에 두 손을 파묻기도 했지요. 어머니, 언젠가는 작별 인사를 나누면서 어머니의 머리를 제 두 손으로 감싸게 하신 적도 있지요. 그때 어머니의 머리 모양은 지금도 제 손바닥에 그대로 각인되어 있습니다. 손에도 기억력이 있나 봐요. 이아손의 몸 구석구석을 더듬기도 했던 손. 바로 간밤의 일입니다. 하지만 지금은 아침입니다. 그런데 오늘이 무슨 요일인가요?

가만, 아주 가만가만 하나씩 잘 생각해 보세요. 어머니는 지금 어디에 계신가요? 저는 코린토스(그리스 본토와 펠로폰네소스 반도 사이의 지협에 위치한 고대 그리스의 도시국가. 그리스 남북의 육상 교통뿐 아니라 이오니아 해와 에게 해를 잇는 해상 교통의 요지였다.—옮긴이)에 있습니다. 크레온 왕의 궁궐에서 쫓겨났을 때, 토담집 창문 앞의 무화과나무는 제게 위안이 되어 주었어요. 왜냐고요? 그것은 나중에 차차 말씀 드릴게요. 연회가 벌써 끝났을까요? 아니면 결국 승낙하고야 만 이아손과의 약속을 지키기 위해서 지금이라도 연회에 참석해야 하는 건가요? 메데이아, 제발 이제는 더 이상 나를 곤란하게 하지 말아 주오. 이번 연회에 많은 게 달려 있소. 나한테는 아니에요. 저는 이아손에게 말했습니다. 당신도 잘 아실 텐데요. 하지만 나야 아무래도 좋으니 가겠어요. 그러나 이번이 마지막이에요. 저는 이아손에게 이렇게 말했답니다. 그때 어머니는 제 왼손의 아주 작은 손금을 손톱으로 따라 그려 보이시면서, 그 손금이 언젠가 생명선과 교차할 경우 무슨 일이 있을지 말씀해 주셨지요. 어머니는 저를 잘 알고 계셨어요. 어머니, 아직 살아 계신가요?

자, 보세요. 어머니, 그 사이에 깊게 팬 이 작은 손금이 다른 손금과 교차하고 있답니다. 명심해라, 교만이 네 마음을 차갑게 만들 것이니라. 어머니는 말씀하셨지요. 그럴지도 모릅니다. 그러나 어머니, 고통도 황량한 흔적을 남긴답니다. 제가 감히 어머니에게 이런 말을 하다니요. 저는 아르고(코르키스에서 금양 모피를 가져오기 위해 이아손이 타고 간 배.―옮긴이)에 올라타면서 어둠 속에서 본 어머니의 눈을 결코 잊을 수 없습니다. 그 눈빛은 예전에 미처 몰랐던 죄라는 말을 제 마음속 깊이 새겨 놓았습니다.

달그락거리는 소리가 또 들려오고 몸에는 열이 오릅니다. 벌써 연회에 갔다 온 것만 같은 생각이 드는군요. 이아손 옆자리에 앉지는 않았습니다. 어제 일인가 봅니다. 어머니, 제 곁에 있어 주세요. 왜 이리도 온몸이 천근만근 밑으로 가라앉는 것 같을까요. 조금만 더 자고 일어나서 어머니가 가르쳐 주신 대로 제가 직접 천을 짜고 바느질해 지은 하얀 옷을 입겠어요. 그런 다음 어머니, 우리의 궁궐 회랑을 예전처럼 같이 거닐어 보도록 해요. 어린 시절에 늘 그랬듯이 어머니의 손을 잡고 우리의 궁궐 뜨락 한가운데에 있는 우물가에 가면 얼마나 좋을까요. 이 세상 어디에서도 그보다 더 아름다운 우물은 보지 못했답니다. 여인들이 두레박으로 우물물을 길어 올리면, 저는 그 물을 두 손 가득 떠 마시겠어요. 그렇게 그 물을 마시고 나면 다시 건강해지겠지요.

그런데 어머니, 문제는 둘 중 하나랍니다. 제가 지금 제정신이 아니든지 저들의 도시가 범죄를 딛고 서 있든지. 아니, 제 말을 믿으세요. 지금 제 정신은 멀쩡하답니다. 제가 무슨 말을 하고 무슨 생각을 하는지 분명히 알고 있으니까요. 제가 증거를 찾아내 두 손으로 직접 만져 보기까지 했답니다. 아아, 지금 저를 위태롭게 하는 것은 교만이 아니랍니다. 저는 그 여인의 뒤를 따라갔습니다. 어쩌면 시종들 사이 식탁 끝에 저를 앉히도록 내버려 둔 이아손을 따끔하게 혼내 주고 싶어서 그랬는지도 모르지요. 맞아요, 제가 꿈을 꾼 게 아니랍니다. 분명히 어제 있었던 일이에요. 그래도 지위가 높은 시종들이지 않소. 이아손은 처량하게 말했습니다. 오늘만은 제발 쓸데없는 일을 말아 주오, 메데이아. 부탁이오. 당신도 알다시피 많은 외국 사신들 앞에 선 왕의 위신이 걸린 문제잖소. 아, 이아손. 너무 걱정하지 마요. 이제는 크레온 왕도 제 마음을 상하게 할 수 없다는 것을 이아손은 여태 알아차리지 못하고 있답니다. 하지만 지금 중요한 건 그게 아니에요. 먼저 제 머릿속을 정리하고, 제가 알아낸 것을 누구에게도 발설하지 않겠다고 스스로에게 약속해야 합니다. 어린 시절 칼키오페와 했던 것처럼만 할 수 있다면 얼마나 좋을까요. 어머니도 아시지요? 우리는 비밀을 적은 종이를 돌돌 만 다음 서로의 눈을 응시하며 그것을 통째로 꿀꺽 삼켰죠. 우리의 어린 시절은, 아니 코르키스 전체는 도대체 알 수 없는 비밀들로 가득 차 있었지요. 도망자의 신세가 되어 여기 크레온 왕의 찬란한 도시 코린토스에 도착했을 때, 이곳 사람들에게는 비밀이 없다는 생각을 하게 된 저는 그들이 몹시 부러워졌답니다. 코린토스 사람들 스스로도 그렇게 믿고 있고, 그래서 그토록 자신감에 넘칠 수 있는 것이지요. 그들은 눈빛 하나하나, 점잖은 몸짓 하나하나로 이 세상에는 인간이 행복할 수 있는 곳이 한 군데는 있다고 상대를 설득한답니다. 상대방이 그들의 행복을 의심하면 몹시 불쾌해한다는 것은 나중에야 깨달은 사실이지요. 그러나 이제 그런 일 따위는 조금도 중요하지 않답니다. 제 머리가 도대체 어떻게 되었기에 이렇듯 많은 생각들이 한꺼번에 제멋대로 떠오르는 걸까요? 원하는 생각 하나만을 끄집어내기가 왜 이리 어려운가요?

그래도 운이 좋았는지 궁궐의 연회장에서는 평소 친하게 지내는 왕의 차석 천문학자 로이콘과 텔라몬 사이에 앉을 수 있었답니다. 텔라몬은 어머니도 아시지요? 코르키스 해안에 상륙한 뒤 이아손과 함께 우리 궁궐에 찾아왔던 아르고의 선원 말이에요. 덕분에 연회장에서는 지루해할 필요가 없었답니다. 로이콘은 아주 사려 깊은 사람이라서 늘 편하게 이야기를 나눌 수 있지요. 우리는 마음이 잘 통한답니다. 그리고 텔라몬은 좀 어눌하긴 하지만, 헤아리기조차 어려울 정도로 아득한 옛날 코르키스에서 처음 만난 이후로 지금까지 제게 아주 헌신적이지요. 제 앞에서는 늘 익살을 떨며 바람둥이인 양 허세를 부리려고 한답니다. 그의 말에 우리는 웃지 않을 수가 없었지요. 저는 신분 낮은 사람들 사이에 저를 앉힌 크레온 왕을 응징하기 위해 왕의 딸이 어떻게 처신하는지를 톡톡히 보여 주었습니다. 어머니, 제가 바로 왕의 딸 아니던가요? 위대한 왕비이신 어머니의 딸이지요. 사람들의 관심을 불러일으키고 존경심을 끄집어내는 일은 어렵지 않았습니다. 개중에는 지중해의 몇몇 섬과 리비아에서 온 낯선 사신들도 있었지요. 텔라몬이 한몫 거든 덕에 마침내 우리는 가련한 이아손을 궁지에 몰아넣었습니다. 이아손이 우리의 목숨을 쥐고 있는 왕에 대한 충성심과 질투심 사이에서 번민하는 모습이 환히 보였답니다. 이아손은 남의 눈에 띄지 않게 저를 향해 건배하고 나서 그만 자제해 줄 것을 간곡히 부탁했습니다. 눈빛으로요. 그러나 왕이 일장연설이라도 시작하면 다시 넋을 놓고 왕에게 귀를 기울였습니다. 우리가 앉아 있는 식탁 끄트머리는 그야말로 흥에 겨웠지요. 그래요, 이제 모든 게 다시 생각납니다. 양옆에 앉아 있던 두 남자가 저를 두고 다투기 시작했습니다. 키가 늘씬하고 두상이 둥그스름하며 다소 뻣뻣한 로이콘은 남들이 하는 농담은 잘 알아듣지만 정작 그 자신은 농담이라곤 한마디도 할 줄 모르는 사람이랍니다. 그런 로이콘이 곱슬곱슬한 금발의 촌닭 같은 텔라몬에게 치유사로서 제 실력이 얼마나 대단한지에 대해 진지하게 칭찬하기 시작했습니다. 그러자 텔라몬은 저의 아름다운 몸매에 대해 큰 소리로 떠들어 댔지요. 그는 저의 갈색 피부, 그리고 이아손을 매료시키고 코르키스 사람들이라면 누구나 가지고 있는 탐스러운 곱슬머리에 대해 말했습니다. 텔라몬 역시 제 머리칼에 매료되었지만, 이아손 앞에서는 어떻게 해볼 도리가 없었다고 너스레를 떨기도 했답니다. 또 텔라몬은 힘센 남자들이 흔히 그렇듯이 감상에 젖어 불타는 듯한 제 눈동자에 대해 말했습니다. 어머니도 그를 잘 아시지요? 텔라몬을 볼 때마다 저는, 어머니가 우리 궁궐 문에 들어서는 그를 보시고 손으로 입을 가리며 놀랍다는 듯 "오!" 하고 외치신 기억이 떠오른답니다. 제가 잘못 본 게 아니라면 그것은 감탄의 외침이었습니다. 그 순간 어머니의 눈은 빛났어요. 저는 어머니가 아직 늦지 않으셨다는 걸 깨닫고는 저도 모르게 괴팍하고 의심 많은 아버지를 떠올렸지요. 아, 어머니. 이제는 저도 더 이상 젊은 나이가 아니랍니다. 하지만 코린토스 사람들은 제가 여전히 거칠다고 말합니다. 저들은 여자가 자기 주장을 내세우면 거칠다고 여기지요. 코린토스 여인들은 마치 정성 들여 길들인 가축 같습니다. 그들은 생전 처음 보는 사람이라도 되는 양 저를 뚫어지게 바라본답니다. 그날도 식탁 끄트머리에서 즐거워하는 우리 세 사람에게 모든 시선이 집중되었지요. 궁중 사람들은 시기심과 분노에 찬 눈빛으로, 가엾은 이아손은 간청하는 눈길로 우리를 바라보았습니다.

 무엇 때문에 제가 그 여인을, 이곳 코린토스에 와서 얼굴 한 번 제대로 본 적이 없는 그 왕비를 따라갔을까요. 왕비를 둘러싼 소름 끼치는 소문들은 참으로 무성했답니다. 그녀는 아무도 접근할 수 없는 궁전의 제일 낡고 후미진 곳, 사방을 두꺼운 벽들이 둘러싸고 빛이 거의 들지 않아서 동굴이나 다름없는 방 안에 밤이나 낮이나 숨어 지낸다고 합니다. 너무나도 원시적인 두 여인의 감시와 시중을 받으며, 왕비라기보다는 차라리 죄수에 가깝게 살고 있답니다. 하지만 그녀를 보살피는 두 여인은 나름대로 왕비에게 헌신적이라고들 하더군요. 왕비는 제 이름도 모를 거예요. 저 역시 예전에 낯설었고 앞으로도 영원히 낯설기만 할 이 나라의 불행한 왕비에 대해서는 별로 생각해 본 적이 없었지요. 어머니, 왜 이리 머리가 아픈 걸까요? 제 안의 무엇인가가 두 번 다시는 그 동굴 속에 들어가지 않겠다고 완강히 거부합니다. 지하 세계, 저승, 오랜 옛날부터 죽은 사람이 다시 태어나는 곳, 죽은 자의 부패한 시신에서 다시 생명이 잉태되는 곳, 어머니들, 죽음의 여신에게로 돌아가지 않겠다고 고집을 부립니다. 그러나 앞을 향해 나아간다는 것, 또 뒤로 돌아간다는 것이 도대체 무슨 의미입니까. 온몸이 뜨겁게 달아오릅니다. 저로서는 다른 도리가 없었습니다. 처음으로 크레온 왕 옆에 앉아 있던 그 여인을 보았지요. 어머니가 제게 일깨워 주신 제2의 눈으로 말입니다. 언젠가 제가 어느 젊은 사제에게 사사(師事)하기를 필사적으로 거부하면서, 차라리 앓아 눕는 쪽을 선택한 적이 있었지요. 이제 생각이 납니다. 어머니가 제게 손금을 보여 주신 건 바로 그때였습니다. 정상인이 아니었던 그 사제는 훗날 추악한 범죄를 저질렀지요. 그 후 어머니는 저를 가리켜 이 아이에게는 제2의 눈이 있다고 말씀하셨습니다. 이곳에 온 후로 저는 그 제2의 눈을 거의 잊은 채 살아왔지요. 코린토스 사람들은 제게 무슨 마력이라도 있는 양 저를 병적으로 두려워합니다. 때로 그들 때문에 저 스스로 그 능력을 억누르지 않았나 싶은 생각이 들기도 합니다. 메로페 왕비를 본 순간 저는 소스라치게 놀랐습니다. 크레온 왕 옆에 말 없이 앉아 있는 왕비가 왕을 증오하고, 왕은 그런 왕비를 두려워한다는 것은 누구라도 알 수 있었지요. 제가 놀란 건 그 때문이 아니었습니다. 갑자기 주위가 조용해지고 제2의 눈에 앞서 어김없이 나타나곤 하는 빛이 번뜩이면서 넓은 연회장 안에 그 여인과 저, 이렇게 단 둘이 있는 것만 같았지요. 문득 이 세상 무엇으로도 달랠 길 없는 고통에 휩싸여 암흑 속을 헤매는 그녀의 모습이 보이자, 저는 공포에 질렸습니다. 금실로 엮은 파티복 차림의 왕비가 식사를 끝낸 즉시 자리에서 일어나 단 한마디의 설명도, 외국 상인과 사신들과의 인사도 없이 뻣뻣하게 연회장 밖으로 나갔을 때, 저는 그녀의 뒤를 따라가지 않을 수 없었답니다. 크레온 왕은 왕비의 무례함을 감추기 위해 허겁지겁 이야기를 늘어놓으며 큰 소리로 웃기 시작했지요. 저는 왕이 패배감을 맛보길 진심으로 빌었습니다. 호기심에 가득 찬 교만한 사람들 앞에서 희극을 연출하도록 저를 몰아세운 이아손처럼, 왕이 그녀로 하여금 절망 어린 얼굴을 내밀도록 강요한 게 분명했습니다. 더 이상 무슨 말이 필요하겠습니까? 우리 두 사람은 자존심이라는 이유 때문에 그 자리에 갔던 것입니다. 너를 죽이려 드는 사람이 있다면 먼저 네 자존심부터 없애야 할 게야. 언젠가 어머니께서는 제게 이런 말씀을 하셨지요. 어머니의 말씀은 지금까지 한 번도 틀린 적이 없었고 앞으로도 영원히 변함이 없을 겁니다. 불쌍한 이아손이 그걸 제때에 깨닫는다면 얼마나 다행일까요.

저는 그 여인의 뒤를 밟았습니다. 행복한 줄로만 알았던 시절, 왕의 조카이며 귀한 손님인 이아손의 존경받는 아내로서 저는 연회장으로 통하는 그 회랑을 얼마나 자주 그와 나란히 걸어갔던가요. 이제 와서 돌아보면 어떻게 그런 착각에 빠질 수 있었는지 정말 모르겠습니다. 그러나 행복만큼 사람의 눈을 확실하게 속이는 것도 없고, 왕을 수행하는 자리보다 사람의 오감을 흐리게 하는 것도 없습니다. 그런데 갑자기 메로페 왕비의 모습이 보이지 않았답니다. 땅속으로 꺼진 걸까요? 틀림없이 어딘가에 빠져나간 구멍이 있었습니다. 저는 이리저리 찾아 헤매다가 모피로 가려 놓은 통로를 발견했지요. 벽에 꽂혀 있던 횃불을 손에 들고 통로 속으로 슬그머니 미끄러져 들어가 보았습니다. 들어가자마자 통로 천장은 등을 구부려야만 간신히 지나갈 수 있을 정도로 낮아졌답니다. 아니면 찬란하게 빛나는 궁궐과 대조적으로 어두운 땅속 깊은 곳에 지어진 그 음침한 지하 동굴은 제가 꿈속에서 본 것일까요? 한 계단 한 계단 내려가는 돌층계는 꿈이었을지 모르지만, 살갗을 할퀴는 날카로운 돌들과 골수 깊이 파고드는 냉기는 정녕 꿈이 아니었습니다. 지금도 제 몸은 덜덜 떨린답니다. 제 팔에 남겨진 수많은 할퀸 자국은 또 무엇 때문이라는 말입니까? 그리고 깊고 깊은 밑바닥, 이렇듯 건조한 나라에도 물이 고여 있는 지하실이 있고 그 안에는 미로처럼 엉킨 동굴 속으로 들어가는 입구가 있었습니다. 저는 급히 계단을 내려가 바닥에 바싹 엎드린 채 동굴 속으로 기어 들어갔지요. 가물거리는 횃불이 꺼지지 않도록 조심하며 계속 기었습니다. 저보다 한 발 앞서 그곳을 지나갔을지도 모를 메로페 왕비도, 그 누구도, 그 무엇도 생각하지 않고 그저 계속 앞을 향해 기고 또 기어갔지요. 마침내 통로가 넓어지면서 모습을 드러낸 동굴은 언젠가 꿈속에서 본 그것이었습니다. 그렇지 않다면 그곳에서 길이 갈라지는 것을 제가 무슨 수로 알았겠습니까. 왼쪽으로 구부러져야 하며 곧 횃불이 꺼지게 된다는 건 또 어찌 알았겠습니까. 횃불이 꺼지고 통로가 아주 좁아져서 거꾸로 기어서야 간신히 빠져나올 수 있었지요. 저는 파멸이 기다릴지도 모른다는 걸 알면서도 계속 앞으로 나아가는 수밖에 없었습니다. 땅속 깊은 동굴 속에서 길을 잃고 헤매다 결국 목숨을 잃은 사람이 한둘이 아닙니다. 내가 지금 죽고 싶어서 이러는 걸까. 이런 물음이 뇌리를 스치고 지나갔습니다. 저는 입을 꼭 다물고 계속 기어가면서, 간간이 벽에서 새어 나오는 물기를 핥아먹었답니다. 아무런 맛도 느낄 수 없었지요. 그러다가 문득 주위의 공기가 달라졌다는 것을 알아챈 순간, 아무 소리도 들리지 않는 가운데 저는 머리털이 곤두섰습니다. 이윽고 소리가 들려왔답니다. 들릴 듯 말 듯 희미했지만, 가슴을 파고드는 그 흐느낌은 인간의 숨소리보다 길게 이어졌습니다. 혹시 짐승의 소리는 아닌가 했지만 분명 짐승은 아니었습니다.

그것은 바로 메로페 왕비의 흐느낌이었답니다. 저는 돌아가고 싶었습니다. 그저 돌아가고 싶은 마음뿐이었지요. 그래서 조금씩 몸을 앞으로 밀고 나가는데 갑자기 소리가 뚝 끊어졌습니다. 제 가슴속에서 방망이치는 소리만이 크게 울려 퍼졌지요. 지금도 그때처럼 방망이질하는 심장 소리가 관자놀이까지 울립니다. 어느 정도 방향을 분간할 수 있을 정도로 어둠에 익숙해지자, 차차 작은 기름 등잔의 흐릿한 불빛 속에 앉아 있는 왕비의 모습이 보였습니다. 왕비는 암벽에 등을 기댄 채 맞은편 허공을 뚫어지게 주시하고 있었지요. 살이 에이는 듯 추웠는데도 제 온몸은 땀으로 뒤범벅되었답니다. 참으로 몸서리쳐지는 광경이었습니다. 그런 광경은 생전 처음이었어요. 마냥 억누르며 잊고 살았던 뭔가가 제 안에서 다시 살아나 꿈틀대기 시작했습니다. 이제는 장난이 아니었습니다. 연회장에서의 일들은 전부 얼마나 덧없으며, 억지로 꾸며 댄 제 행동은 얼마나 부질없는 짓이었던가요. 저는 떠들썩한 곳에서는 떠들썩함을 조롱하는 사람 또한 중요한 몫을 한다는 사실을 오래전부터 잘 알고 있었습니다. 물론 적극적으로 연회에 참여한 것은 아니었습니다. 그러나 메로페 왕비처럼 거부하는 대신 일말의 허영심에 내몰린 것은 아니었을까요. 문득 저는 왕비를 쫓아간 그 지하 세계의 끝에서 오싹함을 넘어 극도의 공포에 사로잡혔습니다. 으스스한 적막을 뚫고 무언가 기어오는 소리가 들렸기 때문이지요. 재빨리 몸을 숨기려 했지만 암벽 어디에도 틈새 하나 보이지 않았습니다. 그것은 아주 능숙하게, 숨소리조차 내지 않고 다가왔답니다. 저보다 한 수 위였지요. 어린 시절, 어머니께서는 제게 몸을 거의 놀리지 않으면서 움직이는 법을 가르쳐 주셨습니다. 벽에 몸을 찰싹 붙이는 법과 사람이면 누구나 내뿜는 숨소리를 억누르는 법도 가르쳐 주셨지요. 제가 그 이유를 알기도 전에, 어머니는 아버지의 궁궐에서 살려면 그런 것들을 배워야 한다고 말씀하셨습니다. 그렇게 배운 것들이 순식간에 되살아난 덕에 그 생물체, 그림자의 그림자 앞에서 떨지 않고 숨을 죽이며 스스로를 지킬 수 있었답니다. 그것은 왕비에게로 미끄러져 다가가 귀에 무슨 말인가 속삭이고는, 왕비의 손에서 꺼져 가는 작은 등잔을 받아 들었습니다. 이어서 왕비는 그 생물체 (이제 형체로 보아 여자라는 걸 어렴풋이 짐작할 수 있었지요.) 뒤로 바싹 다가갔고, 두 사람은 동굴이 좁아지는 곳에서 무릎을 꿇었습니다. 저도 무의식적으로 그들을 따라 무릎을 꿇었어요. 다시 한 번 위험에서 벗어나게 해 준 신에게 감사하는 마음에서였는지 아니면 탈진했기 때문인지는 저도 잘 모르겠어요. 어쩌면 죽음에 대한 공포 때문이었는지도 모르지요.

저는 두 여인의 소리가 완전히 들리지 않을 때까지 기다렸다가 동굴 벽을 따라 더듬어 나가기 시작했지요. 왕비의 비밀을 알아내야 했습니다. 칠흑 같은 어둠 속에서 제 손가락 끝은 마침내 제가 찾던 것, 돌에 자연적으로 생겨난 게 아니라 도구를 이용해 의도적으로 긁어낸 흔적을 발견했답니다. 코르키스에서부터 잘 알고 있던 그 흔적들을 손으로 끝까지 더듬으며 가 보니 마침내 이곳 코린토스에서 신분이 고귀한 귀족들의 동굴 무덤에 새긴다고 들어 온 문양들이 드러났답니다. 그때까지 감히 입 밖에 낼 수 없었던 제 추측과 맞아떨어졌지요. 저는 메로페 왕비가 웅크리고 앉아 있던 자리에서 바닥에 엎드려, 왕비가 뚫어져라 응시하던 벽을 향해 기어갔습니다. 그러고는 돌에 깊게 파인 구멍을 주춤주춤 손가락으로 더듬어 가다가 설마 했던 것을 발견하고는 저도 모르게 외마디 비명을 질렀답니다. 제 비명은 동굴 속 멀리까지 울려 퍼졌습니다. 그런 다음 저는 몸을 돌려 부랴부랴 동굴을 빠져나왔지요. 그러곤 알아내려 했던 것을 알아냈으니 이제 한시라도 빨리 잊어버리자고 스스로에게 다짐했지요. 하지만 그때 이후로 어린아이의 좁다란 두개골, 가냘픈 견갑골, 바스러질 듯한 척추에 대한 생각이 제 머릿속을 떠나지 않는답니다. 아아!

이 도시는 범죄를 딛고 서 있습니다.

이 비밀을 누설하는 사람은 파멸을 면할 길이 없답니다. 저는 그 충격을 계기로 완전히 마음을 바꾸어 먹었습니다. 왕의 연회장에서 입을 비죽거리며 조소하던 사람들에게서 아주 멀리 떠나야 합니다. 그런데 어디로 가야 한다는 말인가요. 어머니도 저를 도와주실 수 없겠지요. 원한다면 제 손금, 선명한 손금들에게 물어볼 수 있겠지만, 당장 여기에서 그게 무슨 소용이겠습니까. 온몸을 뒤흔드는 열병이 잠시 숨 돌릴 틈을 줍니다. 저는 이 열병의 숨은 의미를 잘 안답니다. 하지만 저 자신보다는 다른 사람들을 치유하는 데 그것을 쓸 생각입니다. 저의 온몸을 타고 오르며 뜨거운 파도 위로 휩쓸어 가는 고열에 반쯤은 의도적으로 자신을 맡깁니다. 고열의 파도 속에서 수많은 영상들, 산산이 찢겨 나간 영상들, 얼굴들이 떠오릅니다.

이아손. 그 사람에게 이 비밀을 털어놓지 않았냐고요? 아니요, 잠시 마음이 약해진 순간이 있었지만 끝까지 침묵을 지켰답니다. 그래요, 끝까지 입을 굳게 다물었지요. 뜻밖에도 이아손은 저를 기다리고 있었습니다. 아직도 저는 이아손이 어떤 사람인지 잘 모르겠어요. 중요하다고 여기지 않은 탓에, 그 사람을 잘 알 수 있는 기회가 여러 번 있었는데도 놓치고 말았답니다. 위험 천만의 안일한 태도였지요. 저는 제 모든 것을 걸고 이아손의 일거수 일투족을 예측하는 대신 무관심하게 굴었습니다. 그렇지 않았더라면 왕의 연회장에서 승리와 굴욕이 어우러진 감정을 맛본 이아손의 욕망이 주체할 수 없을 정도로 닳아 오르리라는 것쯤은 미리 짐작했을 것입니다. 궁궐 안에는 이아손에게 기꺼이 자신을 바치고 싶어 하는 아가씨들이 많이 있지만, 저 말고는 그 누구도 그의 욕망을 충족시킬 수 없답니다.

저는 만신창이가 된 채 궁궐 성벽에 새의 둥지처럼 등을 맞대고 있는 우리 토담집으로 간신히 돌아왔습니다. 제 침상에 누우면 토담집을 뒤덮은 무화과나무의 밝게 빛나는 잎새들이 보인답니다. 리사가 눈빛으로 저의 주의를 일깨우면서, 방을 둘로 가르는 커튼 뒤에서 누가 기다리고 있는지 입술을 움직여 알려 주었지요. 이아손이 부르기 전에 먼저 서둘러 손과 얼굴을 씻고, 여기저기 찢기고 더러워진 의상대신 깨끗한 옷으로 갈아입을 수 있었답니다. 아무렇지도 않은 듯 태연하게 행동하면 대부분의 사람들은 잘 속아 넘어가지요. 그래서 저는 이아손이 버릇대로 훌훌 벗어 놓은 옷가지들을 언제나처럼 한쪽으로 밀어 놓으면서, 헐렁하고 긴 속옷 밖으로 한쪽 발을 우아하게 내밀었답니다. 이아손이 여인들의 발을 좋아한다는 것을 잘 알고 있었기 때문이지요. 저처럼 예쁜 발을 가진 여자는 없다고 이아손은 다시 한 번 말해 주었습니다. 저는 시간을 벌기 위해서 그가 제 발을 처음으로 어루만진 게 언제인지 기억하느냐고 물었지요. 이아손은 자신감에 넘쳐, 그런 어리석은 질문일랑 그만두고 가까이 오라고 대꾸했답니다. 그 사람은 이제 저하고 그런 식으로 대화한답니다. 이제는 그 사람이 저를 다른 여자들하고 혼동해도 아무런 느낌이 없습니다. 저는 먼저 대답부터 들어야 한다고 말했지요. 그는 남자라면 절대로 잊어버리지 못하는 일이 있다고 대답했습니다. 그러고는 자신이 얼마나 쉽게 잊어버리는 사람인지 본보기를 보여 주었답니다.

옛날 코르키스에서의 일이었소. 우리는 궁성의 안뜰과 바깥뜰을 구분짓는 울타리 옆에 앉아 있었다오. 밤이었소. 보름달이 떠 있었지. 아직도 생생하게 기억나는구려. 당신은 지금처럼 윗도리를 입고 있었소. 내 생전 처음 보는 아주 정교한 옷감이었다오. 울타리 뒤에서는 경비병들이 사람의 마음을 짓누르는 끔찍한 노래를 부르고 있었소.

어머니, 그때의 일은 제 기억에도 남아 있답니다. 우리 젊은 병사들이 처량하게 질질 끌며 부르는 노래는 제 마음도 울렸어요. 물론 이아손하고는 다른 이유에서였지요. 이아손은 말했습니다. 그 자리에서 당신은 우리 여행의 목적이자 의미의 전부였던 그 저주받은 모피를 손에 넣도록 도와주겠다고 약속했소. 당신이 알고 싶어 하니 내 말하리다. 내가 당신의 발을 어루만진 건 바로 그때가 처음이었소. 자, 이리 가까이 오구려.

어머니, 그 순간 제가 얼마나 놀랐는지 아십니까. 아직도 그 사람으로 인해 마음이 아플 수 있다니. 어머니, 그러나 이제 그래서는 안 됩니다. 그 사람마저도 오직 한 가지 이유 때문에 제가 절 낳아 주신 아버지를 거역하고 자신을 도왔다고 생각하고 있다는 걸 진작 깨달았어야 했으니까요. 저는 그 사람, 이아손에게 구원받을 길 없는 타락한 여자였던 것입니다. 어쨌든 코린토스 사람들은 모두 그렇게 알고 있지요. 그들은 한 남자에 대한 여인의 사랑이 모든 것을 설명하고 또 용서받을 수 있다고 생각한답니다. 저를 따라온 우리 코르키스 사람들 역시 처음부터 저와 이아손이 한 쌍으로 맺어졌다고 생각했습니다. 그들은 제가 친아버지의 집에서 친아버지를 속인 남자와 한 이불 속에서 잘 수 없다는 사실을 이해조차 하려 들지 않았답니다. 그는 저의 도움으로 아버지를 속일 수 있었지요. 그래요, 어머니. 그건 사실이었답니다. 그러나 그것은 제 마음을 갈기갈기 찢어 놓은 잔혹한 상황 때문이었습니다. 그때 저는 조금도 분별 있는 행동을 할 수 없었고, 평소 소중하게 여겼던 것을 사사건건 저버리는 짓만을 골라 했지요. 코르키스 사람들이 지금 저를 뭐라고 부르는지 저도 잘 알고 있답니다. 배반자, 물론 이렇게 부르게 된 데는 아버지가 결정적인 역할을 하셨지요. 아직도 이 말만 생각하면 가슴이 아려 온답니다. 코르키스를 떠나 아르고에서 지낸 지 며칠 되지 않은 어느 날 밤이었어요. 그날 밤도 제 마음은 칼로 저미는 듯 아렸습니다. 뒤쫓아 온 코르키스의 함대들은 우리를 포기하고 돌아간 뒤였고, 저는 뱃전의 닻줄 감는 곳에 웅크리고 앉아 있었지요. 그때 하늘에 무수히 빛나던 총총한 별들과 초승달을 기억하냐고 이아손에게 물어볼 수도 있을 것입니다. 하늘에서는 수많은 별똥별들이 마치 보이지 않는 손이 뿌리는 것처럼 바다 위로 떨어졌습니다. 바다는 잔잔했고 파도가 살며시 뱃전에 부딪혔지요. 노를 잡은 선원들은 박자를 맞추어 조용히 노를 저어 나갔으며, 배는 거의 흔들리지 않았답니다. 평화로운 밤이었지요. 어머니, 저는 이아손에게 이렇게 말할 수 있답니다. 그때 별들이 총총히 빛나던 밤하늘을 등지고 당신이 검은 그림자처럼 다가왔어요. 당신은 한 시간 정도 여유가 있다면서, 듣기 좋은 말을 하며 더할 나위 없이 적절하게 처신했지요. 당신 자신은 정확히 깨닫지 못했지만 어쨌든 달랠 길 없었던 내 아픔을 위로해 주었어요. 그러면서 따뜻하게 해 주려는 듯이 두 손으로 내 발을 감싸 쥐었지요.

 이아손은 틀림없이 말도 안 되는 소리라고 내뱉었을 것입니다. 그래서 저는 아무 말도 하지 않았답니다. 이아손이 말했지요. 메데이아, 우리 다투지 맙시다. 오늘밤만은 제발 싸우지 맙시다. 자, 이리 가까이 와요. 그 목소리. 또다시 제 안의 무언가를 일깨우는 신호. 저는 또다시 한쪽 발뿐 아니라 온몸 구석구석을 이아손에게 맡겼습니다. 이 세상에서 제 몸에 응답할 줄 아는 남자는 오로지 이아손뿐이랍니다. 그보다는 그는 마치 제가 진실을 말하면 그 진실에 응답할 줄 아는 사람으로 보였지요. 긴 침묵이 이어졌습니다. 저는 이아손이 누군가에게 책임을 돌리려 한다는 것을 알고 있었어요. 일이 이렇게 된 건 당신이 나를 속이고 있기 때문이오. 이아손은 저를 비난했습니다. 그렇지 않다면 연회장에서 순식간에 어디로 사라졌단 말이오. 도대체 누구하고 즐긴 거요? 저는 대답할 말이 없었고, 이아손은 여기에 화가 났습니다. 옛날 같았으면 그런 일이 없었을 게요. 이아손은 말했습니다. 당신은 나에게 힘을 북돋아 주는 사람이었소. 필요하면 언제든지 힘을 주었단 말이오. 이아손의 말은 사실이었습니다. 저는 몸을 일으켜서 아침에 길어다 놓은 샘물에 얼굴과

팔을 담갔습니다. 그러고는 말했답니다. 옛날에는, 맞아요. 옛날에는 당신이 나를 믿었지요. 그리고 당신 자신도 믿었고요.

당신은 늘 내 말에 반대만 하고 있소. 이아손이 말했습니다. 늘 모든 걸 나보다 더 잘 알고 있단 말이오. 당신의 시대가 끝났다는 걸 도대체 언제쯤 인정하겠소? 이에 저는 지금이라고 말하면서, 스스로도 깜짝 놀랐답니다. 지금 인정하지요. 하지만 그게 당신한테 무슨 이득이 되겠어요. 이아손은 자신의 머리를 두 손으로 감싸 쥐며 신음했습니다. 이아손에게서 그런 신음 소리를 듣는 건 그때가 처음이었지요. 생각 좀 그만 할 수 없소? 이아손이 말했습니다. 제발 생각 좀 그만 하란 말이오. 당신이 어쩔 줄 몰라 하면 내가 흥이 안 난단 말이오. 어머니, 저는 이아손에게서 그런 고백을 들으리라고는 전혀 예상하지 못했답니다. 저는 이아손 곁에 앉아 머리를 감싼 그의 두 손을 떼어 내고, 이마와 양볼, 어깨, 쇄골 사이의 다치기 쉬운 오목한 곳을 어루만져 주었지요. 이리 와요. 저는 이아손의 간청에 따라 침상에 누웠습니다. 저는 이아손의 몸을 잘 알고, 또 그의 쾌감을 자극할 줄도 안답니다. 이아손은 두 눈을 꼭 감고 자신만의 환상, 저로서는 한 번도 함께하지 못한 환상에 빠져 들어갔습니다. 그래, 그래. 메데이아, 바로 그거요. 드디어 이아손은 제가 바라던 것에 이르렀고, 온몸으로 저를 내리 눌렀습니다. 그러고는 제 가슴에 얼굴을 묻고 한참을 울었지요. 저는 이아손이 우는 모습을 처음 보았습니다. 그는 몸을 일으켜 궤짝 위의 대야에 얼굴을 담그더니 이마를 한 대 세게 얻어맞은 황소처럼 머리를 세차게 흔들었습니다. 그러곤 두 번 다시 돌아보지 않고 방을 나갔답니다.

틀림없이 저는 그 대가를 치르게 될 겁니다. 코린토스에서는 남자의 약한 모습을 본 여자는 반드시 대가를 치른다는 말이 있습니다.

제 고향 코르키스에서는 어떠했던가요? 그곳에서는 달랐다고 마음속으로 주장한다면, 저만의 착각일까요? 요즘 들어 저는 이상하게도 자꾸만 코르키스에 대한 기억을 떠올리며 원래 모습 그대로 그려 보려고 애쓴답니다. 마치 제 마음속에서 점점 코르키스가 사라지는 것을 막아 볼 생각에서이거나, 아니면 뭔가에 쓸모가 있다고 여기기 때문인 것 같아요. 무엇에 쓸모가 있을지는 저도 아직 알지 못합니다.

저는 리사에게 건너갔습니다. 리사는 자지 않고 있었지요. 커튼 뒤 옆방에서 아이들의 숨소리가 들려왔습니다. 제가 어디 갔었는지 물어봐 주길 바랐지만, 리사는 절대로 묻는 법이 없답니다. 그녀는 태어나서부터 지금까지 저와 단 하루도 떨어져 있어 본 적이 없는 유일한 존재이지요. 우리는 같은 날 태어났고, 리사의 어머니는 제 유모였으며, 또 리사는 지금 제 아이들의 유모랍니다. 저는 그녀가 저와 함께 모든 걸 지켜보았고, 또 모든 걸 이해했다고 생각합니다. 아니면 리사가 제 마음을 자기 마음처럼 느끼고, 저보다 한 발 앞서서, 아니 제가 부정하려 들 때조차 미리 헤아리는 능력을 천부적으로 타고났다고 생각한다면, 이것 또한 저만의 착각일까요. 저는 이따금 흉금 없이 이야기하고 싶은 마음에 리사를 제 침상으로 잡아끌다가도, 어느 순간 그녀가 이 세상 끝으로 사라져 버리길 바라기도 합니다. 그러나 이 세상의 끝은 코르키스입니다. 황량한 카프카스 산맥 남쪽 산비탈에 자리하고 있으며, 그 험준한 산세가 우리 모두의 마음속 깊이 아로새겨진 코르키스. 그러나 우리는 서로 그렇다는 걸 잘 알면서도, 절대로 입 밖에 내어 말하지는 않습니다. 말하면 견디기 어려운 향수만 더할 뿐이지요. 저는 언제까지나 코르키스를 그리워할 수밖에 없다는 걸 잘 알고 있습니다. 그러나 안다는 게 무슨 소용일까요? 결코 사그라들 줄 모르고 끊임없이 마음을 갉아먹는 아픔이 있다는 사실을 우리는 미처 몰랐답니다. 여기 사는 우리 코르키스 사람들은 함께 만나 우리의 노래를 부르고, 자라나는 젊은이들에게 우리의 신과 종족의 역사를 들려주면서 서로의 눈에서 그 아픔을 읽는답니다. 때로는 순수한 코린토스 사람으로 대접받는 걸 중요하게 여겨서, 그런 이야기를 들으려 하지 않는 젊은이들도 있지요. 요즘은 그런 모임에 가는 걸 저 스스로 일부러 피할 때가 가끔 있고, 또 그들이 저를 초대하지 않는 경우도 갈수록 늘어나는 것 같습니다. 아, 어머니! 제가 사랑하는 코르키스인들, 그들도 제 마음을 아프게 할 줄 안답니다. 요즘은 리사도 그래요.

  제가 필요로 할 것 같으면 언제나 그렇듯이 리사는 깨어 있었지요. 그러나 평소와 달리 이해심 넘치는 미소는 짓지 않았습니다. 저도 구태여 미소 지어 달라고 매달릴 생각은 없었습니다. 그저 아무 눈치도 채지 못한 척 행동했지요. 그리고 그 늦은 시각에, 코르키스 남자들은 코린토스 남자들과는 다르지 않았냐고 리사와 저 자신에게 묻기 시작했답니다. 리사는 마지못해 그 유희에 끼어들며 말했지요. 제 기억에 따르면 코르키스 남자들은 자신의 감정을 발산하는 데 좀 더 자유롭지 않았나 싶어요. 우리 아버지는 남동생이 사고로 목숨을 잃었을 때, 사람들이 지켜보는 가운데 비통하게 우셨어요. 큰 소리로 울부짖으며 대성통곡하셨지요. 그런데 코린토스에서는 지금까지 장례식에서 우는 남자를 한 번도 보지 못했어요. 그건 여자들이 남자들을 위해서 함께 해결해야 할 문제가 아닌가 싶어요. 리사는 입을 다물었습니다. 저는 리사가 무슨 생각을 하는지 잘 알고 있답니다. 저는 리사를 사랑했던 그 코르키스 젊은이처럼 우는 남자는 보지 못했습니다. 리사 역시 그 젊은이를 무척 좋아했지만, 리사는 불확실한 여행을 떠나는 저를 따라서 그를 두고 아르고에 올라탔답니다. 리사는 여행 도중 딸 아린나를 낳았으며, 그 후 그녀의 인생에 남자는 두 번 다시 존재하지 않았지요. 코르키스에서 더 이상 살고 싶지 않았던 저, 그리고 제 명성에 현혹되어 뒤를 따라온 리사와 다른 코르키스 사람들이 전부 어떤 대가를 치렀는지 물어보지 않을 수 없습니다. 이제는 그것을 직시해야 합니다.

이아손은 어땠냐고요? 아, 이아손. 그들은 제가 세상 끝까지라도 이아손을 쫓아갈 거라 믿었고, 저는 그렇게 믿도록 내버려 두었지요. 이아손과 저의 결별 소식을 들은 그들이 개인적인 심한 모욕으로 받아들인다 해도 저로서는 나무랄 수 없답니다. 아니 개인적인 모욕을 넘어 코르키스 사람들은 그 일을 우리의 도주가 헛일이었다는 사실의 증명으로 받아들이고 있습니다. 그런데 오늘 제가 그 증명을 직접 두 손으로 만져본 것입니다. 세상 누구도 모르게 동굴 속 깊이 숨겨진 어린아이의 유골 말이에요. 리사의 침상에 앉아 이런 생각을 하는데, 문득 그녀의 손이 제 목덜미에 와 닿았지요. 어제와 같은 몸짓이었지만 의미는 사뭇 달랐습니다. 우리는 서로를 위로할 수는 있지만 어떤 것도 바로잡을 수는 없습니다. 처음부터 그렇게 될 수 없었지요. 어머니, 저는 이제야 그것을 이해하기 시작했답니다.

이아손과 함께 떠나는 길 말고는 다른 방도가 없다고 생각했을 때, 도대체 저는 무엇을 바로잡을 생각이었을까요. 무엇을 만회하려 했던 걸까요. 어머니, 당시 어머니와 리사에게 차례로 제 계획을 털어놓았을 때, 어머니도 리사도 말 없이 귀를 기울일 뿐 이유를 묻지 않았습니다. 결국 리사가 저와 함께 가겠다고 선언했지요. 많은 세월이 흘러 언젠가 당시 코르키스에서 무슨 일이 있었는지 리사에게 물어볼 기회가 있었어요. 우리를 따라올 의사가 있는 사람들을 비밀리에 불러 모은 사람이 바로 리사였기 때문입니다. 단 한 사람이라도 잘못 판단해서는 안 되었고, 전원 신뢰할 수 있어야 했습니다. 자신도 모르게 튀어나온 경솔한 한마디가 파국을 몰고 올 수 있었으니까요. 리사는 우리 동족에 대해 잘 알고 있었으며, 오랫동안 지켜본 결과 누가 저처럼 당시의 상황을 참을 수 없어 했는지 꿰뚫어 볼 수 있었습니다. 제가 데려간 나라에 실망한 우리 코르키스 사람들은 고향을 잃어버린 모든 책임을 저한테 돌리기 시작하였답니다. 돌아 보니 그제야 고향이 더없이 찬란하게 빛나 보였던 게지요. 그때 리사는 그들이 저 때문에, 오로지 저 때문에 고향을 떠나온 건 아니라고 몇 번인가 단언했습니다. 저는 그들의 마음을 이해하면서도 치미는 분노를 참을 수가 없었지요.

 우리가 코르키스를 떠나올 때의 상황은 얼마 지나지 않아 이런저런 소문이 되어 떠돌았습니다. 심지어는 정반대의 이야기들도 있었지요. 제가 잠자는 리사의 침상에 다가가 흔들어 깨운 건 분명한 사실입니다. 가자, 리사. 같이 가는 거지? 리사가 벌떡 일어나 이미 꾸려 놓은 보따리를 움켜쥐고, 저와 함께 슬며시 궁전을 빠져나와 해안가로 내려간 것 역시 틀림없습니다. 잔잔한 바닷가, 칠흑 같은 어둠 속에 아르고와 코르키스 함대 소속의 배 두 척이 정박해 있었지요. 남자들은 수심이 낮은 곳을 택하여 우리를 따라 온 여인들과 아이들을 두 척의 배로 업어 날랐습니다. 여기서부터 수심을 과장하며 참으로 위험한 출발이었다고 떠벌리는 남자들이 있었지요. 그들은 높은 파고와 성난 바다 운운하며, 여인들과 아이들을 모두 무사히 배에 태울 수 있었던 건 순전히 자신들의 신중하고 대담한 행동 덕분이었다고 떠벌렸습니다. 우리 처지가 이런 식으로 계속 악화된다면, 그들의 영웅담은 끝없이 부풀려질 것입니다. 그렇다고 그들에게 사실을 말해 보았자 부질없겠지요. 오랜 세월이 지난 지금

와서 설사 사실 같은 게 존재한다 해도 향수와 굴욕, 실망과 빈곤에 시달려 금방이라도 부서져 내릴 듯 얇고 텅 빈 껍데기로 전락하지 않는다 해도 마찬가지입니다. 그래서 누구나 원하기만 하면 그들을 파괴할지도 모른답니다. 누가 그렇게 하려 들까요? 프레스본?

 이기심에 눈먼 프레스본이라면 능히 그럴 수 있지요. 프레스본은 함께 떠나온 사람들 가운데 리사가 직접 의사를 타진하지 않은 유일한 사람이었답니다. 리사는 그때 그를 그냥 내버려 둔 것을 지금까지도 후회하고 있습니다. 프레스본은 코르키스에 등을 돌리고, 코르키스 아닌 다른 곳에서 자신을 과시하는 재능을 발휘할 수 있는 기회를 잡았지요. 이곳 찬란한 코린토스의 신전에서 성대한 연극이 공연될 때면 프레스본은 없어서는 안 될 존재가 되었답니다. 연극에 필요한 복잡한 장치들을 그보다 능숙하게 작동시킬 수 있는 사람은 없는 데다가, 타고난 재능 덕에 중요한 역할을 훌륭하게 연기하여 연극의 절정을 장식하니까요. 크레온 왕이 직접 나서서 치하할 정도이지요. 코르키스 사람들 가운데, 코르키스 궁궐의 경비대 장교와 하녀의 아들 프레스본처럼 명성을 얻은 사람은 없습니다. 처음 코린토스에 왔을 때만 해도 프레스본은 성대한 연회가 끝난 다음 넓은 연회장의 쓰레기 치우는 일도 마다하지 않았답니다. 그런 그가 사람들의 관심을 끌기 위해 얼마나 안간힘을 썼겠으며, 얼마나 많은 굴욕을 참았겠습니까? 수치스러운 자신의 과거 모습을 보았으며, 출세하기 위해 스스로 동원한 수단을 조롱했던 사람을 또 얼마나 증오하겠습니까? 또 자신의 진가를 몰라보았다며 저를 얼마나 증오하는지 아십니까? 어머니 말씀이 옳았습니다. 세상 만사 뿌린 대로 거두게 마련인가 봅니다.

 어머니에게 우리의 출발 시각을 알려 준 사람이 리사였나요? 아니, 어머니가 직접 알아내셨을 가능성이 훨씬 크지요. 이방인들이 코르키스에 모습을 나타낸 다음부터 일어난 일련의 사건들을 어머니보다 더 주의 깊게 관찰한 사람은 없었으니까요.

처음에는 모든 게 잘 되어 가는 듯이 보였습니다. 표범 가죽을 두른 이아손과 약간 거칠어 보이는 아르고의 선원들도 우리 코르키스 사람들에게 그리 거북한 존재는 아니었지요. 그들은 조야하기보다는 어설픈 구석이 있었으며, 필요하다면 언제나 도움을 마다하지 않았고 호기심이 많았습니다. 그들의 위험천만한 바다 여행의 목적지가 흑해 연안의 많은 나라들 가운데서도 하필이면 우리 코르키스였다는 것도 사실 우쭐한 일이었습니다. 어쨌든 우리의 파시스 강 하구에 정박한 아르고 선원들을 손님으로 접대하지 않을 아무런 이유가 없었지요. 게다가 우리 아버지 아이에테스 왕은 도착 즉시 이아손과 텔라몬을 접견하셨으며, 다음 날 저녁 쉰 명의 아르고 선원 모두를 궁궐 만찬에 초대하셨습니다. 그날의 환영연을 위해 수많은 양들이 목숨을 잃었고, 들뜬 분위기에서 의형제를 맺는 것으로 환영연은 막을 내렸지요.

물론 훗날 많은 사람들은 그때 이미 재앙을 예감했다고 주장합니다. 그러나 숫양의 뿔로 만든 호각 소리가 요란한 가운데, 떠들썩한 소리가 궁성 밖까지 들렸던 그날의 향연이 뭐가 그리 섬뜩했겠습니까. 우리가 남쪽 산비탈에서 수확한 포도주는 손님들의 입맛에도 일품 아니었던가요.

아니요, 유일하게 저 혼자만이 불길한 예감에 떨었습니다. 아버지가 손님들에게 무슨 의심을 품고 계신지 잘 알았기 때문이지요. 어머니를 제외하고는 오로지 저 혼자만 불길한 예감을 느꼈지요. 어머니가 불길한 예감을 느껴야 할 별다른 이유가 있었던 것은 아닙니다. 어머니는 그

저 왕이 어떤 사람인지 잘 알고 계셨을 뿐이지요. 아버지는 저한테 말씀하셨답니다. 내 딸아, 나를 배반하지 마라. 저는 아버지 때문에 괴로웠습니다. 이아손이 금양 모피를 원한다는 것도, 아버지가 그것을 절대로 내주지 않으리라는 것도 잘 알고 있었지요. 그러나 아버지한테 이유를 묻지는 않았습니다. 아버지는 제게 어떤 대가를 치르더라도 그 남자를 제거할 생각이니 도와달라고 말씀하셨답니다. 저는 아버지가 어떤 대가를 치를 생각인지 알고 있었답니다. 그것은 우리 모두에게 너무 지나친 대가였으니, 저로서는 배반하는 수밖에 다른 도리가 없었지요.

정말 다른 도리가 없었을까요? 제가 그토록 확신했던 이유들은 세월에 씻겨 퇴색해 갑니다. 지금처럼 뒤늦게 의심이 덮쳐 모든 걸 휩쓸어 갈 경우를 대비하여, 사건의 흐름을 얼마나 많이 되살려 보고 또 기억 속에 단단히 심어 놓았던가요. 그런데 헛수고였다는 한마디가 그 모든 걸 산산이 흩트려 놓고 말았습니다. 동굴 속에서 어린아이의 가냘픈 유골을 두 손으로 더듬어 본 다음부터, 우리를 뒤쫓아 온 왕에게 큰 소리로 울부짖으며 내던진 또 다른 가냘픈 유골에 대한 기억이 손끝에서 생생하게 되살아납니다. 아직도 그때 일이 뇌리에 선명하답니다. 결국 왕은 우리가 떠나도록 내버려 두었고, 그때부터 아르고의 선원들은 저를 두려워하기 시작했지요. 이아손 역시 마찬가지였습니다. 선장으로서 배를 지휘하는 이아손은 전혀 다른 사람처럼 보였습니다. 코르키스에서는 눈뜬장님처럼 돌아다니며 얼뜬 표정으로 모든 걸 저에게 일임했던 그는 모피를 어깨에 두르고 배에 올라탄 순간부터 전혀 다른 사람이 되었답니다. 언제 얼띠게 굴었나 싶게 힘차고 당당한 모습이었지요. 선원들의 운명을 염려하는 모습은 남자답기 그지없었고, 코르키스 사람들을 하나하나 배에 태우는 그의 사려 깊은 태도는 아주 인상적이었지요. 그때 저는 처음으로 망명자라는 말을 들었습니다. 아르고의 선원들에게 우리는 망명자들이었던 것입니다. 그 말을 듣는 순간 제 마음은 바늘로 찌르는 듯 아팠답니다. 그 후 저는 절대 예민하게 반응하지 않으려고 노력했습니다.

그러나 지금 중요한 것은 그게 아닙니다. 어머니, 오늘 제 마음이 일시적으로 약해져서 이런 생각들을 하는 건 아닐까요? 작별 인사를 하려고 해변에 나오신 어머니는 제 마음을 다 이해한다고 말씀하셨지요. 저한테는 선택의 여지가 없었답니다. 많은 이야기를 나눌 수가 없었어요. 나처럼은 되지 마라. 어머니는 그렇게 말씀하시고는 저를 힘껏 끌어안으셨습니다. 저는 어머니에게서 오랫동안 느껴 보지 못했던 강인한 힘을 느꼈어요. 어머니는 몸을 돌려 비탈진 해변으로 올라가셨습니다. 그러곤 제가 타 준 이별주를 이아손과 함께 마신 왕과 시종들이 깊이 곯아떨어져 있는 궁전을 향해 걸음을 옮기셨지요. 이아손은 아레스 숲으로 가는 길을 찾기 위해 정신을 바짝 차리고 있어야 했습니다. 낮에 제가 길을 알려 주었지요. 또한 저는 숲을 지키는 경비병들도 깊이 잠들도록 미리 손을 써 놓았답니다. 이아손은 잠든 경비병들 옆을 살그머니 지나 제 도움에 힘입어 마침내 세상의 동쪽 끝, 코르키스까지 온 목적을 이루었습니다. 전쟁 신의 떡갈나무에 걸려 있던 숫양 가죽을 손에 넣은 것이지요. 그 모피는 오래전 곤경에 처한 이아손의 숙부 프릭소스가 피신하는 길에 코르키스에 가져온 것으로, 이제 이아손의 가족들이 원래의 주인에게 돌려줄 것을 요구하고 나선 것이지요. 그때만 해도 저는 불운한 이아손의 복잡하게 얽힌 가족사에 대해 잘 몰랐기 때문에 그저 일종의 담력 시험이려니 하고 여겼답니다. 아르고 선원들은 그것을 자세히 살펴본 다음 금양 모피라고 불렀지만, 그까짓 모피가 저한테 무슨 의미가 있었겠습니까. 그것은 봄에 코르키스의 깊은 산 속에서 계곡 물에 떠내려오는 사금을 걸러 내는 데 쓰이는 다른 숫양 가죽들과 다를 바 없었지요. 아르고 선원들은 그렇게 금을 채취하는 방법에 대해 아주 소상하게 캐물었습니다. 제게는 별일 아니었는데 선원들은 코르키스에 황금이, 진짜 황금이 있었다며 무척 흥분했지요. 왜 진작 그런 이야기를 하지 않았냐면서, 그랬더라면 자신들의 계획이 훨씬 더 성공적으로 끝났을 것이라고까지 말했답니다.

여기 코린토스에 와서야 저는 그 선원들의 말을 이해할 수 있었지요. 코린토스는 황금에 대한 욕망에 미쳐 있습니다. 어머니, 제기(祭器)와 장신구뿐 아니라 접시, 그릇, 꽃병 같은 일상적인 집기, 심지어 조각품까지 황금으로 만드는 나라를 상상할 수 있으신가요? 저들은 지중해 주변을 돌아다니며 이런 물건들을 비싼 값에 팔아 넘긴답니다. 곡식, 소, 말, 무기를 주고 가공하지 않은 금이나 금괴를 사들이려고 혈안이 되어 있답니다. 무엇보다 놀라운 일은, 코린토스에서는 시민의 가치를 각자가 소유한 황금의 양에 따라 평가하고, 또 그에 따라서 궁궐에 바치는 조세를 계산한다는 것이지요. 이런 계산에 종사하는 관리들의 수만 해도 엄청나며, 코린토스는 이들 전문가 관리에 대해 대단한 자부심을 가지고 있답니다. 저는 언젠가 왕의 수석 천문학자 겸 최고 고문 아카마스에게 쓸데없이 교만하기만 한 문필가와 회계사들의 수가 그토록 많은 것에 대해 놀라움을 표시한 적이 있었지요. 그러자 아카마스는 코린토스 사람들을 여러 계층으로 분류해서 이 나라의 통치를 가능하게 하는 그들의 뛰어난 유용성에 대하여 설명해 주었답니다. 그런데 왜 하필 금이냐고 저는 물었지요. 아카마스는 말했답니다. 어떤 물질의 가치가 있고 없고를 결정짓는 것은 결국 우리의 소원과 욕망이라는 사실을 그대도 알아 두어야 할 게요. 우리 크레온 왕의 선왕께서는 아주 현명한 분이셨소. 선왕께서는 단 한 번의 금지령으로 코린토스에서 누구나 금을 탐하게 만드셨다오. 궁궐에 바치는 조세가 일정한 액수에 이르지 못한 사람들은 절대로 금으로 된 장신구를 지녀서는 안 된다는 법령이었소. 아카마스, 당신도 현명한 분이세요. 저는 말했지요. 코르키스에는 당신이 말하는 현명함이 없었어요. 그대들에게는 그런 게 필요 없기 때문이오. 아카마스는 예의 기분 나쁜 미소를 지으며 말했습니다. 그의 말은 틀림없는 사실이었습니다.

그런데 제가 지금 왜 이런 이야기를 하고 있지요. 이제는 자리를 털고 일어나야 합니다. 어머니, 제가 잘못 본 건 아닐까요. 벌써 태양빛이 무화과나무를 수직으로 비추고 있답니다. 그렇다면 늦잠을 자서 오전 내내 허송세월했나 봅니다. 지금까지는 이런 일이 한 번도 없었는데, 모든 게 그 동굴 때문입니다. 몸이 말을 안 들어요. 누군가 도와주어야 할 것 같아요. 리사나 아이들이 오면 좋을 텐데요. 벌써 누군가 제 이마를 짚어 보는군요. 목소리도 들립니다. 병이 났군요, 메데이아.

리사, 네가 왔구나.

2

영원히 잊히지 않을
불멸의 이름을 남기고 싶어 하는 남자들의 충동은
처절하도다.

— 플라톤, 『향연』에서

이아손

그 여인은 나의 숙명이 될 것이다. 이렇게 되리라고는 꿈도 꾸지 않았는데. 메데이아는 내 숙명이 될 거요. 나는 아카마스에게 솔직히 털어놓았다. 아카마스는 내 말에 반박하지 않았지만 늘 그렇듯이 동의하지도 않았다. 빌어먹을 처세술이다. 언제나처럼 음흉한 눈매로, 언제나처럼 교활한 미소를 띠고, 언제나처럼 능란한 말솜씨로 그는 나한테 쉽게 해를 끼칠 수 있는 사람은 없다고 설득하려 들었다. 그래서 어쨌단 말인가. 수석 천문학자 나으리이신 아카마스는 모르는 게 없다고 스스로 자부한다. 아카마스, 지금 나를 놀리려는 거요? 나는 언성을 높였다. 아카마스는 걱정스럽다는 표정으로 양 볼이 움푹 팬 커다란 머리통을 설레설레 저었을 뿐이다. 아카마스는 몸통이 유별나게 뻐딱한 데다가 팔다리는 저마다 따로 논다. 위엄을 부리려고 얼마나 애쓰는지 아세요? 아카마스를 처음 보고 나서 메데이아는 이렇게 말했다. 두 사람의 관계는 애초부터 불행하게 시작되었다. 메데이아는 아카마스라면 도무지 딱 질색이었다. 불길한 예감이 든다.

지금 아카마스는 메데이아의 적이다. 무엇 때문인지는 알 수 없다. 틀림없이 내가 미처 알아내지 못한 무슨 일이 있었을 것이다. 나는 이 복잡하게 뒤엉킨 왕실에서 무슨 일이 일어나는지 눈치채지 못할 때도 많으며, 그래서인지 아직까지 그 관습에도 쉽게 적응하지 못한다. 나의 배 아르고는 수없이 많은 나라와 도시에 정박했으며, 나는 수없이 많은 사람들의 표정을 보았다. 배가 영영 닻을 내리고 동료들이 뿔뿔이 흩어져 버린 지금, 내가 머물 만한 곳은 여기뿐이다. 나도 메데이아도 여기 뿌리내리고 살아야 한다. 빌어먹을! 받아들일 수 없는 소리처럼 들리는 건 무슨 까닭인가. 틀림없이 메데이아가 아카마스의 성질을 건드렸을 것이다. 그렇지 않다면 아카마스가 그 입증되지도 않은 낡은 이야기를 끄집어내 떠들어 댈 리가 없다. 세상에 둘째 가라면 서러울 멍청이처럼 원로회의에 출두하여, 메데이아가 친동생을 죽였다는 고발을 구태여 해명할 필요도 없었으리라. 순간 나는 머리를 한 대 얻어맞은 듯 눈앞이 캄캄했으며, 두 손을 높이 쳐들고 말도 안 되는 소리라고 맹세할 수 있었을 뿐이다. 그렇다면 그대는 메데이아를 고발한 사람들이 거짓말을 하고 있다고 확신하는가? 그들은 내게 그렇게 물었다.

도대체 나는 어떤 상황에 연루된 것이며, 메데이아는 나를 다시 어디로 끌어들였단 말인가. 확신, 확신이라니. 도대체 우리 같은 사람이 이 여자들의 어떤 점을 확신할 수 있단 말인가. 원로들은 동의한다는 표정으로 고개를 끄덕였다. 내 목숨이 걸린 것 같지는 않았다. 그러나 그녀의 목숨이 달린 일이었다. 그리고 그녀는 내 아내이다.

이 여인들이 합심하여 한 남자를 어둠 속에서 헤매게 만들기로 작정한다면, 우리 같은 사람이 대관절 무엇을 확신할 수 있을 것인가. 메데이아가 가죽 꾸러미를 팔에 안고 선착장에 나타났을 때는 칠흑같이 어두운 밤이었다. 꾸러미 말고는 몸에 아무것도 지니지 않았던 그녀는 꾸러미를 마치 갓난아이 어르듯이 살며시 흔들었다. 나는 마지막 순간까지도 과연 메데이아가 나타날 것인지 믿을 수 없었다. 그녀가 고개를 높이 쳐들고 시내를 걸어가는 모습을 보았으며, 사람들에 둘러싸여 인사를 받거나 이야기를 나누는 광경도 보았다. 그녀는 모르는 사람이 없었고, 사람들은 기대에 찬 얼굴로 그녀를 에워쌌다.

   나는 궁전 뜰에서 우물물을 길어 마시는 메데이아를 보았다. 정확하게 동서남북을 향하고 있는 네 개의 관에서 물, 우유, 포도주, 기름이 흘러나오는 그 신비한 우물. 처음 보는 사람은 저절로 입이 벌어진다. 나는 그 우물가에서 메데이아를 처음으로 보았다. 그녀는 우물에 몸을 굽히고 두 손 가득 물을 떠서 꿀꺽꿀꺽 마시고 있었다. 그 자리에는 덥수룩한 머리를 제멋대로 늘어뜨린 텔라몬도 함께 있었다. 텔라몬은 그다지 영리하다고는 말할 수 없지만, 아르고 선원들 중에서 가장 성격이 쾌활하고 원만하였으며 내게 아주 충실했다. 그래서 내 곁을 떠나지 않고 그곳까지 따라온 것이다. 찌는 듯이 무더운 오후였으며, 시원한 바닷바람에 익숙한 우리에게는 더욱 견디기 어려운 날이었다. 오랫동안 우리의 유일한 목적이었던 그 나라에 도착한 지 채 몇 시간도 지나지 않은 때였다. 이 세상의 끝, 그곳에 이르기까지 얼마나 많은 대가를 치렀으며, 얼마나 많은 동료들이 우리 곁을 떠났던가. 뱃길을 돌리고 싶은 충동은 또 얼마나 우리를 괴롭혔던가. 끝까지 버틸 수 있었던 것은 오로지 고향에서 고소해하며 우리를 맞이할 인간들과 서로에 대한 수치심 때문이었다. 그런데 기적의 나라, 운명의 열쇠를 쥐고 있는 것만 같은 코르키스가 바로 눈앞에 있었던 것이다.

대부분 극도로 긴장한 다음에는 무력감이 찾아오게 마련이다. 마침내 파시스 강에 이르는 뱃길을 발견하고 환호성을 지르며 자연이 선사한 강의 하구에 정박하고 난 우리가 바로 그랬다. 분위기는 삽시간에 돌변했다. 그토록 갈망하던 나라였는데 강과 강변, 주위의 산야, 여러 종류의 나무가 드문드문 섞여 있는 언덕의 풍경은 너무나도 평범해 보였다. 오히려 그곳까지 항해하는 도중에 보았던 풍광들이 훨씬 인상적이었다. 모두 그런 말을 한 마디도 입 밖에 내지 않으려고 조심했지만, 나는 부하들의 눈에 어린 실망의 기색을 읽을 수 있었다. 게다가 내가 텔라몬과 함께 우리의 요구 사항을 전달하기 위해 미지의 왕 아이에테스의 궁궐을 찾아 길을 나섰을 때, 아르고에 남은 사람들은 우리 앞에 무슨 일이 기다리고 있을지 짐작조차 할 수 없었다.

머나먼 동쪽 낯설기만 한 그 해변에 최초로 발을 내디딘 순간, 내 명성이 길이 빛나리라고 확신한 나는 저절로 힘이 솟았다. 미개한 나라를 향해 과감히 쳐들어간 우리는 야만적인 관습을 각오했고, 우리의 신들에게 도움을 간구하며 마음을 굳게 다졌다. 그러나 강변의 키 작은 버드나무 덤불을 지나 나무들이 고르게 심어진 숲에 들어섰을 때 느낀 전율은 지금도 뇌리에 생생하게 남아 있다. 나무에는 소름끼치는 열매들이 대롱대롱 매달려 있었다. 소와 양, 염소 가죽으로 만든 자루의 해진 틈새로 알맹이들이 삐져나와 있었다. 사람의 해골, 미라가 나무에 매달려 미풍에 흔들리고 있었던 것이다. 땅속이나 바위틈에 무덤을 만들어 시신을 매장하는 문화를 가진 사람들에게는 모골이 송연한 광경이었다. 온몸에 소름이 쫙 끼쳤지만 그 자리에서 발길을 돌릴 수는 없었다.

아이에테스 왕의 포도 덩굴 우거진 정원에서 우리를 맞아 준 여인은 나무에 매달려 있던 끔찍한 유골들과는 정반대였다. 그래서 우리가 더 깊은 인상을 받았는지도 모른다. 그곳의 다른 모든 여인들처럼 붉은색과 하얀색이 어우러진 치마에 꼭 끼는 검정색 윗도리를 입은 그녀는 몸을 굽혀 관에서 흘러나오는 물을 두 손으로 받아 마셨다. 몸을 일으키면서 우리를 본 그녀는 손에 묻은 물기를 툭툭 털더니, 빠르고 힘찬 걸음으로 우리를 향해 스스럼없이 걸어왔다. 시선을 끄는 늘씬한 몸매로 그녀는 자신의 아름다움을 남김 없이 드러냈다. 평소 자제할 줄 모르는 텔라몬이 휘파람을 불면서 그녀가 나와 제법 어울릴 것 같다고 속삭였다. 내가 갈색 피부에 검은 머리 아가씨들에게 약하다는 것을 눈치 챈 것이다. 그러나 그녀에게는 그때까지 본 다른 여인들과는 전혀 다른 무언가가 있다는 것을 불쌍한 텔라몬으로서는 이해할 수 없었다. 전에 없이 온몸이 팽팽하게 조여 오면서, 그녀의 마법에 걸리고 말았다는 불가사의한 감정이 온몸을 꿰뚫었다. 사실이었다. 그녀가 나를 마법으로 사로잡은 것이다. 그리고 지금까지도 나를 마법으로 사로잡으려 한다는 아카마스의 말이 옳다. 번번이 그녀의 마술에 걸려들지 않도록 조심해야 한다. 이번에도 분명 눈빛으로 사람을 꼼짝 못하게 만든 뒤, 그녀의 불쌍한 남동생의 죽음에 대해 그럴듯한 말을 늘어놓을 것이다. 두 번 다시 그녀의 마술에 넘어가지 않으려면 단단히 무장해야 한다.

돌이켜 보면 그녀가 평화의 표시로 우리를 향해 두 손을 치켜들고 인사한 것부터가 수상쩍었다. 그건 왕 아니면 왕의 사신들에게나 합당한 몸짓이 아니던가. 그리고 이름이 메데이아이며, 아이에테스 왕의 딸이고, 헤카테 여신(그리스 신화에서 달의 여신, 대지의 여신, 지하의 여신 등 세 여신이 한 몸을 이룬 여신.—옮긴이)을 모시는 사제장이라고 자신을 소개하더니, 당연한 권리인 양 우리의 이름과 용무를 물었다. 불시에 예상치 못한 질문을 받고 당황한 나는 왕에게만 말해야 할 것을 그만 발설하고 말았다. 그녀의 입을 통해 튀어나오는 내 이름이 아주 생소하게 들려오면서, 심장이 심하게 방망이질 쳤다. 세월이 많이 흐른 뒤 우리는 이름에 깃든 마법을 가지고 유희를 한 적이 있다. 오늘은 오랫동안 잊고 지내 온 지난 일들이 새삼스럽게 다시 떠오른다. 그때 우리는 아르고 선상에 누워 있었다. 메데이아는 처음 보는 사람처럼 내 이름을 부르더니, 두 팔을 길게 뻗어 나를 붙든 다음 찬찬히 훑어보았다. 나는 마법에 걸렸다기보다는 황당하다는 생각이 들었다. 메데이아는 방금 중대한 결심을 한 사람처럼 아주 진지하고 엄숙한 표정으로 말했다. 이아손, 내가 당신의 심장을 먹겠어요.

그 부자연스런 거동이라니! 메데이아는 그런 여자였다. 나는 그 일을 누구에게도 말하지 않았다. 웃음거리가 되고 싶은 사람이 세상에 어디 있겠는가. 그러나 별이 총총히 빛나던 그날 밤은, 뭐라 말하면 좋을지 모르겠지만 감동적이었다. 이런 말을 들으면, 아카마스는 마치 자신은 메데이아에게 절대 그런 찬사를 표하지 않겠다는 듯이 입을 비죽거릴 것이다. 그러나 사실은 그렇지 않다. 어느 정도였는지는 알 수 없다. 어쨌든 나로서는 당연히 권리가 있는 그런 물음에 대해, 메데이아는 언제나 눈썹을 추켜올리는 것으로 대답을 대신했다. 그러나 나는 눈뜬장님이 아니다. 나는 메데이아를 향한 아카마스의 시선을 분명히 보았다. 거기엔 감탄, 아니 놀라움이라고 표현할 만한 것이 담겨 있었다. 세상 어떤 일에도 결코 놀라움을 드러내지 않는 아카마스 같은 남자에게 그것은 예사로운 일이 아니다. 내가 지금 질투심 때문에 유달리 예민하게 구는 걸까. 그런 아카마스의 태도는 메데이아가 이 년에 걸친 극심한 대가뭄으로 인해 코린토스에 찾아든 심한 기근을 물리친 다음부터 돌변했다. 코린토스 사람들이 주장하듯이 메데이아가 마법을 부린 건 결코 아니었다. 그녀는 어디서나 자라는 야생 식물들 중 식용 가능한 것을 코린토스 사람들에게 널리 알렸으며 말고기 먹는 법을 가르쳤다. 아니, 사실은 강요했다는 편이 맞다. 메데이아는 자신의 동족 코르키스 사람들과 몇 명 남은 우리 아르고 선원들에게도 강요했다. 맨 처음은 나였다. 그녀는 한창 굶주리던 시기에 성찬을 마련하고는, 자기가 보는 앞에서 먹을 것을 권했다. 이후 그녀는 내 예감을 확인시켜 주었고, 음식이 목구멍에 걸려 괴로워하는 내 모습을 태연하게 바라보았다. 그리고 나 스스로도 어찌 된 영문인지 알 수 없지만, 결국 세상 사람들 앞에서 말고기를 먹은 사실을 고백하게 만들었다. 신들이 나에게 어떤 벌도 내리지 않는 것을 보고, 사람들은 하나 둘 말을 도살해서 먹기 시작했고 결국 가뭄에서 살아남았다. 그들은 메데이아가 한 일을 잊지 않았다. 그 후 그녀는 사악한 여자가 되었다. 아카마스는 말했다. 사람들은 단순히 굶주림 때문에 잡초를 먹고, 건드려서는 안 되는 동물의 내장을 게걸스럽게 삼켰다기보다는 차라리 마법에 걸렸다고 믿고 싶어한다오. 성스럽게 여기는 것을 건드리라는 강요를 받을 때 사람들은 강요하는 사람을 적으로 여긴다고 메데이아는 말했다. 그런 경우 사람들은 참지 못한다는 것이다. 그래서 나를 헐뜯는 거랍니다. 그러면서도 코린토스 사람들은 아직까지 새로운 곡식 창고를 짓지 않고 있다.

이런 식의 겉으로 드러나지 않는 미묘한 관계들을 나로서는 이해하기가 어렵다. 어쨌든 아카마스는 친동생을 죽였다는 사람들의 고발에 맞서 메데이아를 옹호해 주지 않을 것이다. 가뭄과 말고기 사건 이후 그는 메데이아를 자신을 위태롭게 만드는 존재로 여긴다. 또한 조금이라도 의심의 여지만 있으면, 자신은 입도 뻥긋하지 않으면서도 사람들의 의심을 부추기는 방법을 잘 알고 있다.

설상가상으로 메데이아 또한 일을 어렵게 만든다. 마치 위험과 유희라도 벌이는 것 같다. 걷는 모습부터 가히 도전적이라고밖에 표현하지 않을 수 없다. 코르키스 여자들은 대부분 그렇게 걷는데, 사실 나는 그런 걸음걸이를 좋아한다. 그러나 이방인들, 도주자들이 감히 어떻게 우리 도시에서 도시의 주인들보다 더 자신 있게 걸어 다닐 수 있냐고 불평을 털어놓는 코린토스 여인들의 심정도 충분히 이해할 만하다. 결국 알력은 더욱 심해져 내가 나서서 중재하지 않을 수 없는 상황이 되었다. 메데이아는 내 요구를 거절하였다.

그런데 내가 지금 무슨 말을 하고 있는 것인가. 모피라고 하셨나요? 메데이아는 어리둥절한 표정으로 물었다. 왜 하필 모피지요? 우리는 우물가에 서 있었다. 메데이아가 텔라몬과 나에게 포도주를 한 잔씩 건네준 다음이었다. 그 자리에서 처음으로 나는 메데이아의 녹회색 눈에서 불꽃이 이는 것을 보았다. 참 보기 드문 현상이었다. 그 불꽃을 한 번이라도 본 사람은 벗어나기가 어렵다. 그 사실을 깨달으면 메데이아는 상대방을 압도하는 미소를 지으며 눈을 내리떠서 사로잡힌 사람을 자유롭게 풀어 준다. 이렇게 벗어난 많은 사람들이 그녀의 우월함을 심하게 곡해해도 지금까지 그녀는 아무렇지도 않은 듯 보인다. 그 모피. 단순한 양털 가죽 하나를 구하겠다는 일념으로 돛대를 높이 세우고 쉰 개의 노를 달아 튼튼한 배를 건조했으며, 나라 안에서 가장 뛰어난 장정들만을 골라 태운 다음, 친숙한 지중해를 가로지르고 위험한 해협을 지나 거칠고 험난한 흑해로, 죽은 자들을 나무에 매단 음산한 코르키스로 오게 된 이유를 나는 그 자리에서 메데이아의 눈을 똑바로 바라보며 설명해야 했다. 그 모피는 오래전 프릭소스 숙부님이 피신하는 도중 코르키스에 손님으로 묵으면서 선물한 것이었다. 메데이아는 내 말이 사실이라고 선

선히 시인했다. 좋아요. 하지만 손님이 선물한 것을 다시 돌려 달라고 하는 이유가 무엇이지요? 갑자기 모피가 절실하게 필요해진 이올코스(그리스 동북부에 위치한 도시국가. ─옮긴이)의 상황을 그곳까지 가는 동안 나는 단 하루도 잊어 본 적이 없었다. 우리 모두 모피를 손에 넣기 위해 전력을 다했으며 목숨까지 걸지 않았던가. 그런데 나는 이제 그 여인 앞에서 말을 더듬었으며, 그 불가항력적이며 숭고한 이유들은 이올코스의 왕위를 계승하기 위한 나의 비참한 현실로 전락했다. 그 여인은 자세하게 물으면서 이해하려고 노력했다. 그렇다면 왕실의 왕권 싸움이군요. 그렇습니다. 아니, 꼭 그렇다고만은 할 수 없지요. 어눌한 텔라몬이 거들었다. 이올코스의 왕좌에 앉아 있는 펠리아스(이올코스의 왕. 이아손의 아버지와는 이복 형제이며, 이아손이 어렸을 때 왕위를 가로챈 인물이다. ─옮긴이) 숙부님이 꿈을 꾸었습니다. 펠리아스에게는 아주 잘된 일이군요. 메데이아가 말했다. 그녀는 이따금 무참할 정도로 냉정하다. 그러고는 펠리아스 숙부가 위험한 임무를 구실로 내세워 나를 나라 밖 먼 곳으로 쫓아낼 속셈이라고 말했다. 아니, 그렇지 않아요. 어쨌든 그것 때문만은 아닙니다. 나는 그 모피가 단순한 구실이 아니라 우리한테는 절대로 포기할 수 없는 성스러운 물건이라는 사실을 그 여인에게 납득시켜야 했다. 왜 그렇지요? 메데이아는 이유를 알고 싶어 했다. 우리는 성스러운 물건의 영험한 효력을 어설프게나마 더듬더듬 묘사할 수밖에 없었다. 그 여인을 이해시키려고 안간힘을 쓰다가, 텔라몬이 그만 모피가 남성 생식 능력의 상징이라고 불쑥 말해 버렸다. 그러자 메데이아는 냉정하게 말했다. 그렇다면 이올코스 남성들은 생식 능력에 문제가 있나 보군요. 가엾은 텔라몬은 더듬거리며 그렇지 않다고 거듭 맹세했고, 그녀는 경멸하듯 손을 내저으며 그만 하라고 말했다. 그건 지금까지도 별로 떠올리고 싶지 않은 기억이다.

　메데이아는 도도하게 말했다. 그 모피가 당신들에게 무슨 의미가 있는지는 몰라도 우리 아버지, 왕께서 아무 말 없이 내놓으시지는 않을 겁니다. 그다지 귀중하게 여기지 않던 물건이라도 다른 사람이 애타게 갖고 싶어 하면 갑자기 소중하게 여겨지는 법이지요. 그렇지 않은가요? 당황한 우리는 메데이아의 뒤를 따라 터덜터덜 궁궐 안으로 들어갔다. 궁궐은 순전히 목조로 지은 것이었다. 여기저기 정교한 조각품으로 장식되어 있었지만, 우리나라에서는 그만한 것을 두고 궁궐이라고 부르지 않는 정도였다. 그렇지만 우리는 손님의 예를 갖추어 감탄의 말을 아끼지 않았다. 나는 그녀가 헤집어 놓은 많은 번거로운 생각들을 머릿속으로 정리하느라 정신이 없었다. 그녀하고는 늘 이런 식이었으며, 그건 지금까지도 마찬가지다. 얼마 전 코린토스 궁전을 떠나라는 명령을 듣는 메데이아의 태연한 태도는 크레온 왕과 측근들을 전례 없이 분노하게 만들었다. 명목상의 이유는 크레온 왕의 어의가 증언했듯이, 메데이아가 조제한 약제와 음료를 먹은 다음부터 크레온 왕의 노쇠한 어머니의 건강이 악화되었다는 것이다. 그러나 어쨌든 그 말을 곧이듣는 사람은 없었다. 지금 저들은 다른 구실을 꾸며 대는 중이다. 나는 저들이 메데이아를 쫓아내려 한 진짜 이유가 무엇인지 곰곰이 생각해 보았다. 로이콘은 궐 안의 사람들이 메데이아의 조롱하는 듯 당당한 태도를 참을 수 없기 때문이라고 주장했다. 과연 그럴까? 어쨌든 메데이아는 차라리 잘되었다는 듯이 얼마 되지 않는 짐을 꾸렸고, 나는 그런 그녀를 옆에서 말없이 지켜보았다. 할 말이 없었다. 리사가 두 아이에게 떠날 채비를 해 주었다. 그들은 이 거만스러운 궁성에 처음 들어올 때처럼 짐 보따리를 들고 내 앞에 섰다. 가슴속에서 뜨거운 것이 치밀어 올랐다. 나는 침을 삼켰다. 정신을 가다듬으려 애쓰는데 메데이아의 물음이 들렸다. 당신도 함께 가나요? 그때까지 그런 생각은 추호도 해본 적이 없었다. 그녀는 바로 그 사실을 일깨워 주려 한 것이다. 나로서는 그녀와 아이들을 자주 찾아가겠다고 대답하는 수밖에 없었다. 메데이아는 웃었다. 경멸한다기보다는 너그러움의 표현이라는 생각이 드는 웃음이었다. 그녀는 다른 사람들을 앞서 보낸 다음, 가까이 다가와 내 목덜미에 손을 올려놓고는 말했다. 이아손, 마음 쓰지 말아요. 어차피 이렇게 될 줄 알았어요.

지금도 그때 생각을 하면 목덜미에서 따사로운 촉감이 느껴진다. 그녀의 말은 종종 위로가 되었다. 이런 이야기를 누구에게 할 수 있을 것인가. 텔라몬에게? 텔라몬의 마음을 달래 줄 수 없게 된 지는 벌써 오래다. 텔라몬은 결혼할 생각은 하지 않고, 이 여자 저 여자 사귀는 것으로 만족한다. 궁궐 성벽에 새 둥지처럼 납작 붙어 있는 토담집으로 메데이아를 따라 가지 않았다고 해서 그는 지금 내게 잔뜩 화가 나 있다. 여기저기 선술집을 돌아다니며, 나한테 받은 약간의 돈을 술로 탕진하고 나에 대한 반감을 조장한다. 어쨌든 텔라몬은 찬란했던 시절을 같이 보낸 동료들 가운데 한 사람 아닌가! 우리는 이따금 우연히 아르고 그늘에서 마주친다. 축제 분위기 속에서 항구 가까이 장엄하게 닻을 내렸던 아르고. 이제 그 배에 관심을 갖는 이는 아무도 없다. 그것은 이제 우리의 행적이 잊혔다는 사실을 뜻한다. 나는 언젠가 울고 있는 텔라몬을 보았다. 그는 술을 마신다. 술은 사람의 마음을 쉽게 약해지도록 만든다. 아카마스의 말이 옳다. 세월이 흐를수록 지난 일은 더욱 찬란하게 보이는 법이다. 누구에게나 그렇다. 찬란했던 시절에 매달려 봤자 부질없는 짓이다. 그렇다면 무엇에 매달려야 한단 말인가. 메데이아? 그녀와 함께 몰락하란 말인가? 아, 머리가 돌아 버릴 것만 같다.

메데이아가 아니었더라면 코르키스의 문은 우리에게 끝까지 굳게 닫혀 있었을 것이다. 메데이아는 우리를 자신의 아버지, 아이에테스 왕에게 인도했고, 왕은 얼결에 우리를 접견하였다. 메데이아는 의례적으로 우리를 소개한 다음, 왕이 자리를 뜨지 말라고 부탁했는데도 방을 나갔다. 왕은 많은 가구들과 여기저기 조각품이 풍성하게 놓인 목조로 지은 넓은 홀에 혼자 앉아 있었다. 왕의 체격은 왕좌를 다 채우는 것이 불가능하게 여겨질 정도로 빈약했으며, 마르고 창백한 얼굴은 곱슬곱슬한 검은 머리칼과 대조를 이루었다. 나중에 홀을 나오면서 텔라몬은 그의 모습을 두고 처량한 몰골이라고 말했다. 나는 다른 말이 생각났다. 금방이라도 부서져 버릴 것 같은 인상이었다. 멀리서 온 손님들에게 위엄을 부리며 환영한다고 말하는 음성 역시 크게 다르지 않았다. 이제 손님들이 무엇 때문에 그 먼 곳까지 아이에테스 왕을 찾아왔는지 말할 차례였다. 나는 무례하지는 않지만 단호한 어조로, 프릭소스 숙부가 코르키스에 가져온 양털 가죽을 아이에테스 왕의 허락을 받아 원래 있던 자리로 되돌려 놓고, 우리 두 나라 사이에 우호적인 관계를 공고히 하여 정규적인 뱃길을 구축하는 임무를 띠고 왔다고 설명했다.

처음에는 아이에테스 왕이 내 말을 이해하지 못했다고 생각했다. 그래, 프릭소스. 왕은 나이에 걸맞지 않게 노인네처럼 손으로 입을 가리고 킥킥 웃었다. 그러더니 숙부 쪽에서 번번이 실연당하는 것으로 끝났다는 듣기 거북한 사랑 이야기와 유치한 일화들을 늘어놓았다. 왕의 이야기는 한없이 이어지는 가운데 아가씨들이 포도주와 맛 좋은 보리 빵을 날라 왔다. 지금도 나는 이곳에서 코르키스 여인들에게 그 보리 빵을 굽게 한다. 리사만큼 그것을 맛있게 굽는 여인은 없다. 왕은 우리의 용무에 대해서는 일언반구 없이 갑자기 그만 물러나라고 분부했다. 다음 날 저녁 우리는 다시 왕에게 불려 나갔는데, 이번에는 의례를 갖춘 성대한 접견의 형식이었다. 용포를 입은 왕은 마치 우리를 처음 만나는 것처럼 처신했다. 원로들에게 둘러싸여 위엄 있게 왕좌에 좌정한 모습이 어제와는 전혀 딴판이었다. 연회장에서 나는 갈색 피부, 숱 많은 금발, 검푸른 눈동자를 가진 메데이아의 여동생 칼키오페와 어두운 표정으로 침묵을 지키는 메데이아 사이에 앉아 있었다. 코르키스 여인들은 사람의 마음을 혼란스럽게 한다는 생각이 들면서 갑자기 마음이 편해지기 시작했다. 그때 정신이 번쩍 드는 일이 일어났다. 한 원로가 자리에서 일어나 형식적인 미사여구를 길게 늘어놓더니, 결국 모피를 양도하기 전에 먼저 나를 시험해 보겠다는 왕의 뜻을 알렸다. 모피를 지키는 황소와 싸워 이기고, 아레스 숲 속의 떡갈나무 우듬지에서 모피를 수호하는 무시무시한 뱀을 무찔러야 한다는 것이었다. 그 뱀이 무적의 아우라(신비로운 기운. 영기靈氣. ─옮긴이)에 둘러싸여 있다는 것쯤은 아르고 선원들도 벌써 다 아는 사실이었다.

마음속에서 분노가 치밀어 올랐다. 대체 이게 뭐란 말인가. 그것은 함정이었다. 발을 들여놓을 수밖에 없는 함정. 부하들을 돌아보니 다들 당혹스런 기색이었다. 벌떡 일어나 식탁을 뒤집고 그 자리를 박차고 나올 수만 있었다면 얼마나 좋았겠는가. 그러나 수적으로 열세한 우리에게는 전혀 승산이 없었다.

뱀. 지금도 그 뱀은 내 꿈에 나타난다. 엄청나게 긴 몸으로 떡갈나무 줄기를 칭칭 휘감고 있는 코르키스의 괴물. 어쨌든 부하들이 묘사하는 대로, 떡갈나무 줄기만 한 몸통에 머리가 세 개나 달린 뱀이 꿈속에 나타나 불을 내뿜는다. 나는 부하들의 이야기에 끼어들지 않는다. 내가 싸움에 열중하여 모든 걸 제대로 보지 못했을 가능성도 있을 뿐더러, 코린토스 사람들은 황량한 동방에서는 동물들도 소름 끼치게 생긴 데다가 길들이기 어렵다는 말을 듣고 싶어 한다. 그리고 코르키스인들이 뱀을 집을 지키는 수호신으로 여겨 부뚜막에서 키우며 우유와 꿀을 먹인다는 말을 들으면 몸서리친다. 그 이방인들이 이곳에서도 포기하지 않고 은밀히 뱀에게 먹이를 주어 기른다는 사실을 점잖은 코린토스 사람들이 안다면 어떻게 될 것인가. 그러나 그들이 나처럼 도시 변두리에 사는 이방인들의 초라한 거주지나 메데이아의 거처에 발을 들여놓는 일은 결코 없을 것이다. 메데이아를 찾아가고 싶은 충동에 못 이겨 오두막에 들어설 때마다, 나는 리사의 아궁이 재 속에서 누런 빛을 띤 갈색 눈의 뱀과 눈이 마주친다. 리사가 살짝 손뼉을 쳐서 쫓아 버릴 때까지 뱀은 시선을 돌리지 않는다. 코르키스 사람들은 뱀을 길들이는 법을 알고 있다. 이건 내 눈으로 직접 본 사실이다. 거대한 떡갈나무 줄기 옆에 쪼그리고 앉은 메데이아에게 뱀이 내려와서 혀를 날름거렸더랬다. 처음에 메데이아는 나지막한 소리로 흥얼거리더니 이어서 노래를 부르기 시작했다. 그 선율을 들은 괴물이 곧 조용해지자 메데이아는 갓 잘라 낸 노간주나무 가지에서 얻은 즙이 들어 있는 작은 병을 꺼내어 뱀의 두 눈에 몇 방울씩 떨어뜨렸다. 머지않아 뱀은 잠이 들었다. 아니 어쩌면 암컷이 아니었을까.

내가 어떻게 나무 위로 기어올라갔으며 어떻게 모피를 움켜쥐고 다시 무사히 밑으로 내려왔는지는 수없이 이야기했다. 이야기의 내용은 듣는 사람들이 기대하는 대로 말할 때마다 조금씩 달라졌으며, 듣는 사람들은 정말로 두려움에 떨었고, 끝에 가서는 진심으로 안도의 한숨을 내쉬었다. 그 숲 속에서, 뱀이 지키던 떡갈나무에서 실제로 무슨 일이 있었는지 이제는 나 자신도 알 수 없다. 그러나 어쨌든 그 이야기를 들으려는 사람은 이제 더 이상 없다. 저녁에 사람들은 모닥불 주변에 둘러앉아 뱀을 죽인 이아손의 노래를 부른다. 어쩌다 내가 옆을 지나가도 전혀 개의치 않는다. 자신들이 노래하는 사람이 바로 나라는 사실조차 잊은 모양이다. 한 번은 메데이아와 함께 그 노래를 들은 적이 있었다. 노래를 듣고 난 메데이아는 말했다. 저 사람들은 우리를 그들이 원하는 대로 뜯어 맞춰서 당신은 영웅으로, 나는 사악한 여인으로 만들었어요. 저들이 이렇게 우리를 갈라놓은 거예요.

슬픈 순간이었다. 그런 순간들을 돌이켜 보면, 메데이아가 동생을 죽였다는 말이 도저히 믿어지지 않는다. 도대체 무엇 때문일까. 내 마음속에서 사실은 저들도 그 말을 믿지 않으며, 아카마스 역시 누구보다도 믿지 않는다고 조용히 말해 주는 소리가 들려온다. 그러나 이제는 내 마음속의 소리들도 믿을 수가 없다. 그 소리들도 메데이아의 영향을 받았으며, 지금도 그 영향에서 벗어나지 못했다고 저들은 말한다. 메데이아는 사람들의 마음을 조종할 수 있으며, 원하면 잠들게 할 수도 있다. 서로 맞붙은 진한 일자 눈썹 밑에서 황금빛으로 번쩍이는 눈을 오랫동안 바라본 사람은 메데이아가 하는 말을 곧이곧대로 듣지 않을 수 없다. 크레온 왕이 조심하라고 친히 나에게 경고하지 않았던가.

크레온 왕은 나한테 아버지와 다를 바 없다. 아니, 이 무슨 말인가. 그는 친아버지 이상으로 내게 잘해 준다. 왕위를 찬탈한 펠리아스 숙부님의 추적으로부터 나를 빼돌리려고 그러셨는지는 몰라도, 어쨌든 우리 아버지는 젖먹이인 나를 버리지 않으셨던가. 그렇다고 내 유년을 한탄할 생각은 없다. 나는 테살리아의 깊은 산 속에서 스승 케이론과 함께 자유롭게 살면서, 훌륭한 가문의 자손에게 필요한 모든 것을 배웠다. 벌써 오래전의 일이지만, 의술에 관한 나의 지식은 메데이아에게도 깊은 인상을 주었다. 사내 대장부라면 언제고 자신이 무엇을 원하는지 확실히 알아야 하고, 쓸데없이 짐만 지우는 것은 과감하게 잊을 줄 알아야 한다. 아버지가 그렇게 말씀하셨다. 아버지는 잃어버린 왕좌를 되찾으려 하셨다. 당연한 일 아닌가. 처음으로 아버지와 마주 섰을 때, 내겐 그가 무척 생소하게 느껴졌다. 아버지 옆에서 눈물 흘리며 나를 껴안던 여인이 내 어머니인지 아닌지는 알 길이 없었다. 그러나 어쨌든 어머니였으며, 어딘지 모르게 상스러워 보였다. 그녀에 비하면, 메데이아의 어머니 이다이아는 얼마나 우아했던가. 왕의 옆자리에 다소곳하게 앉아 있었지만 그렇다고 해서 왕의 그림자는 결코 아니었다. 그녀는 다소곳했지만 단호했으며, 많은 사람들의 존경을 받았다. 코르키스인들은 여인들의 의견과 목소리에 중대한 일이 달려 있는 것처럼 처신하는데, 그건 사실 우리가 볼 때는 좀 지나친 면이 있었다. 왕이 내세운 조건에 이다이아가 전혀 동의하지 않는다는 것을 분명히 알 수 있었다. 이다이아는 격앙된 어조로 왕을 설득했으며, 왕은 용포 속으로 목을 움츠리고는 못 들은 척 딴청을 피웠다. 우리 스스로 결정을 내리는 수밖에 없었다. 누구나 잘 알고 있었듯이 아슬아슬한 모험에 뛰어들 것인가, 아니면 이미 내 능력의 한계를 벗어난 그 시시한 양털 모피는 그냥 두고 고향에 돌아가 적당히 이야기를 꾸며 댈 것인가. 나는 코르키스 어딘가의 떡갈나무 가지에 송장으로 매달리고 싶지는 않았다. 그 밖에 제3의 길은 보이지 않았다.

당시 우리가 코르키스의 어떤 상황에 끼어든 것인지는 도무지 알 길이 없었다. 시간이 흐르면서 차츰 우리는 하필이면 그때 아주 미묘한 문제가 걸려 있었다는 것을 알게 되었다. 우리는 코르키스의 여인들에 대해 전혀 알지 못했다. 우리와 다름없이 그들도 이방인들에게 비밀이 새어 나가지 않도록 세심한 주의를 기울였다. 여기서 지금 내가 말하는 우리란 코린토스 사람들을 가리킨다. 이 점에서는 크레온 왕의 말이 전적으로 옳다. 이아손, 그대는 우리와 같은 동족이오. 이것은 당연한 사실이라네. 그러나 코르키스 사람들은 다르다고 말한다고 해서 그들을 경멸하는 것은 아니다. 나는 메데이아에게 이 점을 이해시키려고 했다. 그러자 메데이아는 특유의 조롱 섞인 웃음을 터뜨렸다. 그 웃음은 갈수록 내 신경을 자극한다. 그러나 코르키스 사람들이 이곳 코린토스에서 자기들끼리 따로 모여 살면서 자신들의 관습을 고집하고 결혼도 자기들끼리만 함으로써 결국 그들의 입으로 다르다는 것을 주장하고 있지 않느냐는 내 말에는 메데이아도 시인하지 않을 수 없었다. 코린토스 사람들 대부분, 심지어 크레온 왕까지도 그들에게 졌다고 생각한다. 하지만 이아손, 어쨌거나 야만인들이라네. 얼마전 크레온 왕은 이렇게 말하면서 한 손을 내 팔에 위에 올려놓았다. 매력적인 야만인들이라는 사실은 인정하네. 당연히 우리도 늘 그 매력에 저항할 수만은 없지 않겠나. 이따금 우리도 넘어갈 때가 있지. 크레온 왕은 다정한 미소를 지었다. 그러면 내 마음은 뭐라고 형용할 수 없이 착잡해진다. 크레온 왕이 뭔가 나한테 원하는 게 있다는 생각이 든다. 왕이 당신을 살살 두드려서 부드럽게 만들고 있어요. 메데이아는 이렇게 말하면서 어린 소년에게 하듯이 내 뺨을 두 손으로 가볍게 어루만진다. 메데이아는 이제 나한테 아무것도 기대하지 않는 것처럼 보인다. 그러나 크레온 왕은 분명 바라는 게 있다. 나로서는 무엇을 기대하는지 알 수 없고, 물어볼 만한 사람도 없다. 나처럼 코르키스 여인과 헤어지지 못하거나 오갈 데가 없어서 이곳까지 따라온 옛 동료들이 적어도 몇 명 있다. 그들은 부둣가의 술집에 퍼질러 앉아 신세 타령을 늘어놓으며 사람들의 신경을 건드리고, 나는 그런 그들을 피해 다닌다. 한때는 무엇 때문에 이 세상에 태어났는지 분명히 알고 있었으나, 그 시절은 이미 지나갔다.

이제 그들을 심문할 예정이라는 소문이 들려온다. 아니면 어쨌든 참고 삼아 물어보려 한다는 것이다. 메데이아의 동생 압시르토스의 죽음에 관해 그들이 대체 무슨 말을 할 수 있을 것인가. 제발……. 아카마스, 그 무슨 당치 않은 소리요? 나는 수석 천문학자를 질책했다. 그들이 무슨 말을 한단 말이오. 그러면서도 마음속으로는 포도주 한 병이면 상대방이 원하는 대로 모든 걸 말할 사람들이라는 생각이 들었다. 물론 아카마스도 그걸 알고 있다. 그렇다면 그들로부터 듣고 싶은 말이 이미 정해져 있기라도 하단 말인가? 정말 어처구니가 없다. 그대에게도 물을 것이오, 이아손. 아카마스는 말했다.

나한테 좋은 일은 아니다, 절대로 좋은 일은 아니다. 하지만 도대체 내가 뭘 알고 있단 말인가. 도대체 내가 무슨 말을 할 수 있단 말인가. 압시르토스를 본 건 사실이다. 연회장에서 아버지 아이에테스 왕의 왼편에 앉아 있던 그는 거무스름한 얼굴에 코가 당당하게 쭉 뻗은 우아한 미소년이었다. 아들을 연신 쓰다듬는 왕의 모습에 왠지 혐오감이 느껴졌던 기억이 난다. 다들 압시르토스에게 아부하는 것처럼 보였다. 힘겹게 삶을 헤쳐 나가야 하는 우리와 달리, 포근한 둥지에 태평스럽게 앉아 있는 응석받이 소년. 그러나 그것은 순간적인 느낌에 지나지 않아서 지금까지 기억하고 있다는 게 나 스스로도 놀라울 정도다. 그 소년이 당한 불행 때문에 그런 인상이 여태껏 내게 남아 있는 게 틀림없다. 게다가 어느 순간부터인가 내 운명이 소년의 운명과 결합되어 있다는 막연한 감정을 떨쳐 내기가 어려웠다. 연결 고리는 메데이아였다. 왕을 접견한 후 이틀 동안은 어떻게 지냈는지 잘 기억나지 않는다. 우리에게 신경 쓰는 사람도 없었다. 그러나 어쨌든 그 이틀 동안 궁궐 안의 분위기는 돌변했다. 모두 공포에 사로잡힌 듯 보였으며, 당황한 표정으로 말 없이 허둥지둥 복도를 달려가곤 했다. 붙잡고 말을 걸어 볼 만한 사람도 없었다. 그러다가 슬픔에 잠겨 제 정신이 아닌 듯 보이는 칼키오페와 마주쳤다. 칼키오페는 메데이아에게 가는 길이었으며, 나 역시 충고를 구하기 위해 그녀에게 가려던 참이었다. 메데이아라는 이름이 좋은 충고를 해 주는 여인을 뜻한다고 코르키스 사람들이 내 부하들의 귀에 속삭였기 때문이다. 그래, 그렇다면 이제 그녀가 그 이름을 빛나게 할 때가 된 것이리라.

어두운 방 안에 웅크리고 앉아 있는 메데이아는 전혀 다른 사람처럼 보였다. 울고 있었던 것 같다. 내가 방 안에 들어섰을 때는 창백한 얼굴로 몸을 곧추세운 채 꼼짝도 않고 앉아 있었다. 마치 스스로를 꼭 붙잡아 두려는 사람처럼 두 손으로 양팔을 움켜잡고 있었다. 한참 시간이 흐른 후 이윽고 그녀가 생기 없는 목소리로 말했다. 이아손, 당신은 좋지 않은 때에 왔어요. 그러곤 다시 한참 동안 침묵을 지키더니 마치 자문자답하듯 말했다. 아니면 매우 좋은 때인지도 모르지요. 나는 무슨 일이냐고 물어볼 용기가 나지 않았다. 그러다 왕비 이다이아가 분노에 떨며 방으로 뛰어 들어왔을 때, 나는 완전히 거추장스러운 존재가 되고 말았다. 두 딸은 쏜살같이 달려가 양쪽에서 왕비를 부축했다. 칼키오페가 나를 향해 손짓을 했고, 나는 방을 나왔다.

압시르토스가 살해되었다는 것이다. 가여운 소년. 전신이 토막 났다는 소문이 돌았다. 나는 온몸을 와들와들 떨었다. 이곳을 떠나자, 떠나는 수밖에 없다. 출발 준비를 하고 있는데, 메데이아가 나를 만나고 싶다는 전갈을 보내 왔다. 저녁에 아르고 옆에 나타난 메데이아는 내가 모피를 손에 넣을 수 있도록 도와주겠다고 말했다. 이유는 말하지 않았다. 그러고는 내가 해야 할 일들을 하나하나 세세하게 일러 주었다. 먼저 모피를 단념하고 출발할 채비를 하는 척 왕을 속인 다음, 궁궐에 들어가 이별주를 마시라고 했다. 자신은 궁궐과 아레스 숲을 지키는 파수병들이 나를 방해하지 않도록 조치를 취할 생각이며, 또한 그동안 소문으로 들었을 소름 끼치는 뱀을 두려워할 필요가 없다고도 말했다. 메데이아는 이미 모든 계획을 그처럼 빈틈없이 세워 놓고 있었다. 메데이아의 이야기를 다 듣고 난 나는 눈앞이 빙빙 도는 것만 같았다. 그녀는 자리에서 일어나더니 아주 냉정하게 말했다. 조건이 하나 있어요. 나를 데려가야 해요. 나는 이 느닷없는 말을 어떻게 받아들여야 할지 마음을 정할 수 없어서 그저 짧게 대답했다. 그러지요. 그러나 일단 그렇게 말하고 보니 나 자신도 그걸 원했다는 것을 알 수 있었다. 나는 호기심과 기쁨이 어우러진 묘한 감정을 맛보면서, 메데이아가 지금 자기를 안아 주거나 아니면 어떤 의미 있는 몸짓을 바라는 건 아닐까 생각했다. 그러나 메데이아는 헤어지는 인사로 다만 한쪽 손을 들어 올렸을 뿐 미끄러지듯 말 없이 사라졌다. 지금도 그녀는 그런 식이다. 그녀는 자신에게 중요한 모든 것을 무심하게 대한다.

　다만 열매처럼 나무에 매달려 있던 그 유골들에 대해서만은 언젠가 한 번 진지하게 설명해 주었다. 우리가 자주 만나게 되면서, 메데이아는 내가 그 숲을 생각만 해도 진저리 친다는 것을 알아차렸다. 코르키스에서는 여인들만이 땅속에 묻힌답니다. 남자들이 죽으면 나무에 매달아 두지요. 새들이 뼈만 남기고 깨끗이 쪼아 먹으면 유골을 가족별로 분류하여 바위 동굴에 보관한답니다. 당신이 진저리 치는 것은 알고 보면 아주 청결하고 경건한 방법이지요. 내 마음에는 모든 게 거슬렸지만, 무엇보다도 새들이 인간의 시신을 죽은 짐승처럼 쪼아 먹는다는 사실이 가장 소름끼쳤다. 죽은 자들이 저승이나 내세에 무사히 이를 수 있도록 온전하게 땅속에 매장하거나 바위 동굴에 안장해야 합니다. 나는 이의를 제기했다. 그러자 메데이아가 대답했다. 사람이 죽으면 영혼은 원래 모습 그대로 육체를 떠난답니다. 코르키스 사람들은 이렇게 시신을 떠난 영혼을 특정 장소에 모셔 놓고 숭상하지요. 그리고 여신은 조각난 시신을 한데 모아 다른 육신으로 환생시킨답니다. 코르키스 사람들은 이렇게 굳게 믿고 있어요. 이렇게 말하면서 그녀는 나를 유심히 바라보았다. 결국 모든 게 어떤 의미를 부여하느냐에 달려 있지 않을까요? 마침내 메데이아가 물었다. 내게는 생소한 생각이었다. 당시 나는 죽은 자들을 올바르게 경배하는 방법은 단 한 가지뿐이고 나머지는 전부 잘못된 것이라는 굳은 확신을 가지고 있었으며, 이 확신은 오늘날까지도 변함없다. 게다가 메데이아는 해지는 쪽의 나라들에게는 사람을 제물로 바치는 일이 없냐고 물었는데, 무엇 때문에 그런 것을 물었는지는 나로서도 알 길이 없다. 그런 일은 절대로 없습니다. 나는 격분하여 대답했다. 그녀는 고개를 살짝 옆으로 숙이고서 내 표정을 찬찬히 살펴보더니 이윽고 말했다. 없다고요? 중대한 결정을 내려야 할 때도요? 나는 그런 일은 절대로 없다고 거듭 단언했으며, 메데이아는 깊은 생각에 잠긴 사람처럼 말했다. 그래요, 그럴지도 모르지요.

오랜 세월이 지난 지금까지도 메데이아는 그때 우리가 나눈 대화를 잊지 않고 있었다. 조금 전 갑자기 나를 찾아온 그녀가 불쑥 이렇게 물었다. 당신은 지금도 사람을 제물로 바치는 일이 없다고 믿고 있나요? 아, 가련한 사람. 메데이아의 모습이 시야에서 완전히 사라지기도 전에, 아카마스의 심복으로 앞뒤 가릴 줄 모르고 매사 설쳐 대는 투론이 뛰어 들어왔다. 그 혐오스러운 인간은 메데이아가 무슨 말을 했는지 알려고 들었다. 도대체 무슨 영문이란 말인가? 메데이아 주변을 둘러싼 이 짙은 안개의 늪에서 헤맬 때마다 나는 애초에 그녀를 만나지 않았거나 아니면 적어도 그녀와 그녀의 동족들을 코르키스에서 데려오지 않았더라면 좋았을 것이라는 생각을 하게 된다. 나 스스로도 이런 생각에 놀라지만 사실은 사실이다. 물론 메데이아가 없었더라면 우리 중 그 누구도 코르키스에서 살아 돌아오지 못했을 것이다.

기나긴 세월 동안 마음속 깊숙이 감추어 두었던 영상이 불현듯 다시 떠오른다. 내가 본 메데이아의 모습 중에서 가장 떨쳐 버리기 힘든 잔인한 영상. 까마득한 옛날부터 자신의 동족이 숭상해 온 여신의 제단 앞에 제물을 바치는 여사제로서, 황소의 고환으로 만든 고깔 모자를 쓰고 황소 가죽을 몸에 두른 메데이아. 그것은 산 제물을 바치는 권리를 가진 사제의 표시였으며, 실제로 메데이아는 그렇게 했다. 그녀는 제단 바로 옆에서 화려하게 치장한 어린 황소 위로 칼을 휘두르더니 단숨에 황소 목의 동맥을 절단했다. 무릎을 꿇고 쓰러진 황소는 피를 흘렸고, 여인들은 그 피를 받아 마셨다. 맨 먼저 마신 건 메데이아였다. 등골이 오싹했지만, 나는 그녀에게서 시선을 뗄 수가 없었다. 그리고 나는 확신한다. 메데이아는 그런 자기 모습을 나에게 보여 주려 했다고. 끔찍하면서도 아름다운 모습이었다. 지금까지 그 어떤 여인에게서도 느껴 보지 못한 강렬한 욕망이 끓어올랐다. 사람을 갈기갈기 찢어 놓는 그런 욕망이 존재한다는 사실을 전에는 미처 몰랐다. 여인들이 살기등등하여 발을 구르고 소름 끼치는 춤을 추기 시작했을 때 나는 그 자리에서 도망쳐 나왔다. 그리고 나는 깨달았다. 그 여인을 두고 혼자 떠나 버릴 수는 없다는 것을. 나는 그녀를 나의 여인으로 만들어야만 했다.

나는 모든 일을 메데이아가 시키는 대로 했다. 황소들을 물리치기 위해서 내 모습을 보이지 않게 한다는 소름 끼치는 모자를 뒤집어썼으며, 메데이아의 격렬한 북소리에 발맞추어 앞으로 나아갔다. 북소리가 골수 깊숙이 파고들면서 나를 흥분의 도가니로 몰아갔다. 나는 미친 듯이 황소들 속으로 뛰어 들어가 마구 칼을 휘둘렀다. 나는 제정신이 아니었으며, 또 실제로 제정신이 아니길 바랐다. 왕을 속이고 함께 이별주를 마셔서 왕과 파수병들이 곯아떨어지게 만들었고, 뱀의 독을 막아 준다는 메데이아의 말을 좇아 머리끝에서 발끝까지 향유를 발랐다. 나는 그녀가 무슨 말을 해도 다 곧이들었을 것이다. 그런 다음 무슨 일이 일어났는지는 나도 모른다. 아주 끔찍한 일이 있었던 것만은 확실하다. 나는 의식을 잃었다.

　정신이 들었을 때는 처참한 몰골로 생명이 위독한 상태였다. 옆에 쪼그리고 앉은 메데이아의 모습이 보였다. 밤이었고 숲이 우리를 에워싸고 있었다. 메데이아는 불 위에 걸어 놓은 삼발이에 얹힌 냄비를 젓고 있었다. 가물거리는 불빛에 비친 메데이아는 무척 나이가 들어 보였다. 나는 아무 말도 할 수가 없었다. 죽음의 문턱이었다. 죽음의 숨결이 나를 휘감고 있었다. 내 육신의 일부는 모든 사람이 당연히 두려워하는 다른 세계에 가 있었다. 그 여인이 아니었더라면, 메데이아가 아니었더라면 나는 그대로 먼지가 되어 사라졌을 것이다. 나를 구해 주오, 메데이아. 이런 말들을 떠듬떠듬 입에 올렸던 것 같다. 그래요, 그래요. 그녀는 이렇게만 대꾸하고서는 냄비 속의 음식을 한 국자 떠서 마시라고 했다. 맛이 고약한 그것이 혈관을 타고 작열하듯 흘러내렸다. 메데이아는 오랫동안 한 손을 내 가슴 위에 올려놓은 채 가만히 있었다. 그러자 갑자기 가슴속에서 소용돌이와도 같은 것이 일면서, 나는 다시 생명을 얻었다. 그것은 내가 지금까지 겪은 숱한 체험들 가운데 가장 경이로운 것이었으며, 앞으로도 영원히 그럴 것이다. 메데이아, 그대는 마법사요. 언젠가 메데이아를 향해 조그맣게 중얼거린 적이 있다. 그녀는 조금도 놀라는 기색이 없이 그저 짤막하게 대꾸했다. 그래요. 나는 다시 젊어지고 원기 왕성해져서 자리를 박차고 일어났다. 시간이 얼마나 흘렀는지는 알 수 없었다. 그 시간 이후, 나는 메데이아가 코르키스인들에게서 누리는 경외와 명성을 이해할 수 있었다.

　메데이아를 제거해 버리고 싶어 하는 아카마스와 코린토스 사람들의 심정도 이해할 수 있다. 제거해 버린다? 왜 이렇듯 악의에 찬 낱말이 떠오르는 것일까. 말도 안 되는 소리. 그런 소리들은 잊어야 한다. 넘겨짚기 잘하는 아카마스는 조금 전 메데이아에 대한 애착과 크레온 왕을 위한 충성, 아니 충성하고 싶은 욕망 사이에서 번민하는 나를 빤히 들여다보더니, 아르고 선원들을 따라 선술집에 가거나 매춘부라도 찾아가 긴장을 푸는 게 어떻겠냐고 천박한 충고를 했다. 나는 치미는 분노를 누르지 못하고 하마터면 코린토스의 시장 한가운데서 아카마스의 목을 조를 뻔했다. 그런데 그가 어떻게 나왔던가? 뭐라 말했던가? 좋소, 이아손. 실컷 분풀이하시오. 이렇게 태연히 말하지 않았던가. 나는 몸을 돌려 그 자리를 떠났다. 지금 뭔가 잘못되어 가고 있다. 영 잘못되고 있는 게 분명하다. 그런데도 나는 그걸 막을 길이 없다.

　메데이아가 그렇듯 도도하지만 않아도 좋으련만. 어쨌든 나한테 의지하며 도망쳐 나온 신세가 아니던가. 금양 모피를 이용해 고향 이올코스에서 아버지에게 왕위를 되찾아 주려는 계획은 수포로 돌아갔으며, 결국 나마저 피신 다녀야 하는 처지가 되자 우리는 모두 크레온 왕의 자비심에 매달리게 되었다. 이런 사실을 메데이아에게 얼마나 여러 차례 말했던가. 그러면 그녀는 뭐라고 대답했던가. 이곳에서 굽실거리려고 코르키스를 떠난 건 아니지요. 이와 비슷한 이야기를 늘어놓으며 그녀는, 결혼하면 머리를 동여매는 코린토스 여인들과는 달리 제멋대로 늘어진 머리를 도무지 묶으려 들지 않는다. 그러곤 오히려 되묻는다. 그래서요? 이 머리가 더 아름답지 않나요? 뻔뻔스러운 여자 같으니라고. 메데이아는 내가 무엇을, 또 누구를 가장 아름답게 여기는지 아주 잘 알고 있다. 그리고 화가 나면 폭풍우처럼 거리를 내달리며 소리를 지르고, 기쁘면 큰 소리로 웃는다. 지금 생각하니 메데이아의 웃음소리를 들어 본 지도 무척 오래되었다. 그러나 자신은 치유사이니 방해하지 말아 달라는 표시로 이마에 하얀 띠를 두르고 작은 나무 상자를 든 채 거리를 누비는 일만은 아직도 포기하지 않고 있다. 전에는 모든 사람들이 메데이아를 존경했고, 특히 그녀의 도움을 받아 병석에서 일어난 환자의 가족들은 그녀를 칭송하는 말을 널리 퍼뜨렸다. 그 결과 한때는 아카마스의 문하에서 수학한 의사나 점성술사들이 아니라 메데이아에게 문의하는 것이 코린토스에서 유행이었다. 그러자 얼마 지나지 않아 그 불행한 여인은 오만 방자해졌고, 급기야 극심한 두통에 시달리던 한 신하의 아들을 치료하는 자리에서 그 위엄 있는 남자들의 치유술을 가리켜 사기라고 몰아세웠다. 그 신하는 당연한 의무인 양 이 말을 궁중에 퍼뜨렸다. 이 일로 인해 우리는 처음으로 심하게 다투었다. 말 좀 조심하시오! 나는 고함을 질렀다. 그녀는 태연하게 대꾸하여 되레 나의 화를 부추겼다. 그건 바로 내가 당신한테 하고 싶은 말이에요. 다들 당신 위에 있는 사람들이오. 내 말에 메데이아는 대답했다. 두고 봐야 알지요. 이봐요, 전에는 당신 스스로 더 잘 알고 있었잖아요. 당신의 스승 케이론이 당신에게 무엇을 가르쳤던가요? 저들처럼 사람들을 속이는 시시한 잔재주였나요? 참 희한한 일이었다. 케이론이 내게 가르쳐 주었고, 메데이아가 몸소 실천하는 훌륭한 치유술, 그것을 나는 잊어 가고 있었다. 이곳에서는 아무런 쓸모가 없었다. 이곳에서는 목숨을 부지하려면 무엇보다도 궁궐에서 무슨 일이 일어나는지 촉각을 곤두세우는 것이 중요했다. 그런데 메데이아는 이 사실을 납득하려 들지 않는다.

물론 저들이 메데이아보다 한 수 위였다. 그녀는 우리가 함께 살았던 궁궐의 처소를 비워 주어야 했다. 저들은 나를 배척하는 것이 아니라 질병을 퍼뜨릴지도 모르는 사람이 왕실 가까이에 있어서는 안 되기 때문이라고 설명했다. 저들은 오로지 메데이아를 궁궐에서 내쫓을 속셈으로 아주 진지한 태도로 거짓말을 하고 허위 사실을 끌어 댔다. 물론 메데이아는 내가 자신을 옹호해 주거나, 아니면 자신과 함께 궁궐을 떠나길 바랐더랬다. 그러나 저지르지도 않은 죄를 꾸며 대는데 무슨 수로 변호할 것인가. 설사 내가 그녀를 따라 궁전을 떠났더라도 우리 처지만 더욱 곤란해졌을 것이다.

메데이아는 궁궐을 떠났다. 저들은 메데이아가 궁궐을 떠나면서 저주를 내리지 못하도록 아카마스의 부하 둘을 딸려 보냈다. 내가 그 일에 대한 해명을 요구하자, 아카마스는 폭소를 터뜨리면서 아주 재미있다는 듯이 외쳤다. 오호, 사람들이 이렇게 단순해서야. 옆에서 말을 하지 못하도록 지키면, 메데이아 같은 여자도 사람에게든 물건에게든 저주 따위를 내리지 못할 거라고 생각했나 보오.

초기에 나는 메데이아의 토담집에 정기적으로 들르곤 했다. 물론 우리 사이가 예전 같지 않게 된 건 사실이지만, 당연한 일 아닌가. 이런 경우는 주변에서 얼마든지 볼 수 있다. 크레온 왕은 전보다 더 나를 가까이 불러서 온갖 의무와 임무를 맡기고, 그 가운데는 내 이름을 드높일 정도로 영예로운 사안들도 있다. 모피는 제우스 신전에서 다른 많은 제물들 틈에 섞여 부패해 간다. 코린토스에서의 내 앞날은 어둡지 않다. 나도 다 생각하는 바가 있다. 아카마스가 넌지시 암시해 준 것도 있다. 그 케케묵은 일만 들추어내지 않았더라면 만사가 잘 풀렸을 것이다. 메데이아가 친동생을 살해했다니! 그래서 어쨌단 말인가? 이제 와서 그 일 때문에 손해 보는 사람이라도 있단 말인가. 그러나 그것 때문에 이득을 보는 사람은 아주 많은 것 같다. 그런 것쯤은 나도 충분히 헤아릴 줄 안다.

  이제 어떻게 할 것인가. 오로지 한 사람, 메데이아만이 내게 길을 알려 줄 수 있을 것이다. 아, 또 이런 얼빠진 생각을 하다니.

3

크레온: 여인들은 선을 행하는 데는 미숙하지만
악을 다루는 데는 대가들이다.

— 에우리피데스, 『메데이아』에서

아가메다

나는 해냈다. 나는 그녀의 얼굴이 창백하게 질리는 것을 보았다. 정말 뜻밖의 순간에 나도 모르게 적절한 말이 튀어나왔다. 그런 순간이 오기만을 얼마나 오랫동안 이를 부득부득 갈며 기다렸던가. 그런데 때마침 적절한 순간에 적절한 말이 떠오른 것이다. 메데이아가 얼굴이 새파랗게 질리면서 간청하려는 듯이 두 손을 들어 올리는 것을 내 눈으로 똑똑히 보았다. 물론 그녀는 간청한 것이 아니라 자신을 추스르기 위해 애썼을 뿐이다. 그렇지 않았더라면 스스로 비웃음을 자초했을 것이다. 아니면? 아예 자비를 베풀어서 훨씬 심한 굴욕감을 심어 주어야 했나?

가끔 일이 진척되는 모습이 위태롭기 짝이 없을 때가 있다. 오래전 그때, 메데이아가 나를 배신했을 때도 그랬다. 이제 그녀가 알고 싶어 하든 말든, 그건 분명 배신 행위였다. 어떻게 그렇듯 쉽게 잊어버릴 수 있는지. 또 얼마 전 앓아 누웠을 때는 어떠했나. 자신의 불운이 다가오는 것을 전혀 예감하지 못하는 것처럼 보여서, 나는 누구보다도 먼저 그녀에게 그 사실을 알려 주고 싶었다. 그녀가 그 소식을 받아들이는 모습을 직접 지켜보면서 놀라 자빠지는 꼴을 즐기고 싶었다. 그랬다면 얼마나, 얼마나 좋았겠는가. 그러나 고열에 시달리는 메데이아를 보는 순간 분노가 치밀었다. 어쩌면 그렇듯 병을 핑계로 간단히 도망쳐 버릴 수가 있단 말인가. 그러나 그 순간 나는 위대한 치유사 메데이아가 속수무책으로 누워서 도움의 손길을 기다리고 있다는 것을 알아챘다. 가슴이 거칠게 뛰었다. 어린 시절 열렬히 간구했던 소원이 마침내 실현되려는 찰나였다. 메데이아의 곁을 지키면서 치료해 주고, 성심껏 돌보고 섬기며 그녀에게 없어서는 안 될 사람이 되어 주리라. 그러다가 마침내 그녀에게서 그토록 지독히도 열망했던 것, 감사의 말과 사랑의 말을 얻으리라. 그러는 나 자신이 경멸스러웠지만, 밤낮으로 꿈꾸던 순간이 드디어 다가온 것이다. 그녀는 나를 필요로 했다. 내가 그녀를 구해 주리라. 한없이 감사하는 마음이 그녀와 나를 내 안에 하나로 묶어 주고, 나는 누구보다 총애받는 사람이 되어 그녀의 그늘에서 살아가리라. 메데이아와 가까이 있을 때면 늘 그렇듯이 또다시 눈앞이 흐려지면서 정신이 몽롱해졌다. 그러나 앞으로 그런 일은 두 번 다시 없으리라. 그녀의 저주받은 능력과 악명 높은 영향력 앞에서 조금도 흔들리지 않으리라. 급히 방으로 달려 들어온 리사에게 나는 그렇게 내뱉었다. 리사는 마치 내가 빌고 빌어서 메데이아가 앓아 눕기라도 한 듯, 혐오스러운 몸짓으로 메데이아의 침상에서 나를 내쫓았다. 나는 그 혐오의 몸짓을 절대 잊지 않을 것이다.

 나, 아가메다는 한때 메데이아의 가장 유능한 제자였다. 메데이아 스스로 그렇게 말하지 않았던가. 아가메다, 너는 훌륭한 치유사가 될 게야. 그러나 메데이아는 떨 듯이 기뻐하는 나에게 언제나처럼 즉석에서 찬물을 끼얹었다. 그렇게 되기 위해서는 먼저 너 자신을 내세우지 않는 법을 배워야 한다. 메데이아는 말했다. 아가메다, 아픈 사람을 치유하는 것은 나나 네가 아니란다. 우리를 통하여 치유하는 그 무엇이 따로 있단다. 우리는 다만 그것이 우리와 환자 속에서 자유롭게 힘을 펼칠 수 있도록 도와줄 뿐이야. 아무럼 어떠랴. 나는 메데이아 옆에서 여러 가지 탕제를 조제하고 끓이는 법, 치유술과 약초의 효능, 숱한 주문들을 보고 배웠으며, 결국 치유사가 되었다. 메데이아를 두려워하는 사람들은 자진해서 나를 찾아왔다. 무엇보다도 코린토스의 훌륭한 집안에서는 처음부터 나를 불렀다. 그들은 내가 그들의 으리으리한 집에 솔직히 감탄하면서, 코르키스에서는 아직도 대부분의 사람들이 원시적인 주거지에서 지낸다는 이야기를 들려주면 흥미롭게 귀를 기울였다. 심지어 왕의 궁궐조차 나무로 지었다는 사실이 믿기지 않는다는 표정이었다. 그들은 나를 불쌍하게 여겼으며, 그럴수록 더 많은 보수를 주었고 그러면서 자신들의 생활 방식에 더 자부심을 느꼈다. 나는 이러한 사실을 재빨리 간파했다. 그리고 원하던 옷과 이제는 익숙해진 음식, 저들이 마시는 달콤하고도 독한 포도주에도 빠르게 익숙해졌다. 축제가 열릴 때마다 코린토스 사람들 앞에서 성대한 연극을 공연하여 오래전부터 승승장구하고 있는 프레스본이 자기 친구들에게 나를 추천했다. 프레스본의 말대로 메데이아의 운세가 다한 지금, 궁궐에서 나의 인기는 점점 올라가는 중이다. 환자를 치유하고 돌아올 때면 호주머니 안에서 반지나 목걸이 같은 장신구를 발견할 때도 적지 않다. 나는 아직은 그것들을 몸에 걸치지 않는다. 프레스본이 지금은 그럴 때가 아니라고 만류했기 때문이다. 다른 사람들의 질투심을 일부러 자극할 필요는 없다. 프레스본은 나를 시샘하지 않는다. 나는 그의 경쟁 상대가 아니다. 코린토스에서 명성을 얻은 코르키스 사람이 한 명 정도 더 있으면 그에게도 나쁠 이유가 없을 것이다.

과거에 프레스본은 내게 눈길 한 번 돌리지 않았더랬다. 나는 그의 호기심을 자극하는 유형이 아니다. 프레스본은 아름답고 맹목적으로 헌신하는 아름다운 여자를 좋아하는데, 나는 아름답지도 않고 맹목적으로 헌신하는 타입도 아니다. 그러나 나를 바라보는 프레스본의 시선에는 욕망을 대신하는 일종의 놀라움 같은 게 담겨 있는 것 같다. 경우에 따라 그것은 욕망이 될 수도 있다. 내가 남성들의 묘한 욕망에 대해 뭔가를 알고 있다면 그것으로 됐다. 그런 걸 자주 시험해 볼 수는 없지 않겠는가.
 물론 리사는 나에게 비난을 퍼부으며, 프레스본과 나를 비열한 인간으로 몰아세웠다. 한 곳에 쪼그리고 모여 앉아 수군대는 코르키스 노인네들처럼 우리를 두고 배신자라고 욕만 하지 않았을 뿐이다. 코르키스 노인네들은 자신들이 사는 동네에 작은 코르키스를 세워 놓고 어떤 변화도 뚫고 들어오지 못하게 가로막고 있다. 그리고 서로 이마를 맞대고 소곤거리며, 지구상 어디에도 결코 존재한 적이 없는 신비의 나라 코르키스를 만들어 낸다. 그 모습이 너무 처량해 보여서 웃고 싶어도 웃음이 나오지 않을 정도라고 나는 리사를 향해 소리 질렀다. 너는 네가 원하는 것만을 볼 뿐이야. 리사는 대답했다. 네 눈에는 근심과 향수에 찌들고 코린토스 사람들에게 받는 대접에 분노하여 옛날을 꿈꾸는 완고한 노인네들만 보일 뿐이지. 너는 언제나 그런 식으로 네가 편한 대로만 생각했어. 리사는 감히 나한테 이렇게 말했다. 다른 사람들뿐 아니라 무엇보다도 나 자신을 나의 필요에 따라 생각해 왔다는 것이다. 나는 제정신이 아니었다. 내가? 나는 큰 소리로 되받아쳤다. 내가 그랬다고? 그렇다면 너희들의 그 잘난 메데이아는? 아직도 숭배자들에게 둘러싸여 다른 사람은 얼씬도 못하게 하잖아? 그러자 리사가 조용히 말했다. 너 정말 미쳤구나. 네 말이 사실이라고 믿는 게야? 너 정말 그녀를 파멸로 몰아넣을 생각이로구나.

그렇다. 나는 그것을 원한다. 그렇게 되기만 한다면 내 생애 최고의 날이 될 것이다.

프레스본은 리사를 가리켜 '미련한 젖소'라고 부른다. 젖이나 먹이려고 태어났다는 것이다. 먼저 자신의 딸 아린나에게 젖을 먹였고, 나중에는 메데이아의 두 아들까지 떠맡았다. 이 여인의 역할 덕에 메데이아는 무슨 일에서든 성공하는 사람으로 보일 수 있었다. 메데이아는 행복으로 빚어낸 성채에서 살았으며, 머리를 아무렇게나 늘어뜨리고 깃발을 든 기수처럼 온 도시를 활보하고 다녔다. 그런 시절은 지나갔다. 이제는 그녀도 어쩌다 궁궐에 갈 일이 있으면 머리에 수건을 질끈 동여맨다. 지금은 그럴 기회도 별로 없지만 말이다. 이아손은 사람들 앞에서는 메데이아와의 관계를 부인하면서, 뒷구멍으로는 몰래 그녀를 찾는다. 물론 나는 다 알고 있다. 나는 리사 앞에 똑바로 서서 실컷 비웃어 주었다. 메데이아가 파멸하는 데는 다른 사람의 도움이 필요 없을걸. 자기 스스로 무덤을 파고 있으니까. 그것도 아주 깊이. 그러자 리사가 내 어깨를 움켜쥐고 거세게 흔들었다. 화가 난 리사의 눈은 결코 미련한 젖소의 눈이 아니었다. 잊지 말고 이 말을 꼭 프레스본에게 해 주어야 한다. 밑도 끝도 없는 신소리 그만두지 못해? 리사가 외쳤다. 때마침 그만 입을 다물어야 한다는 생각이 머리를 스쳤다. 나는 리사의 손을 뿌리치고 그곳을 나왔다.

나는 모든 결정을 내렸고 만반의 준비도 갖추었다. 프레스본은 내가 오기만을 기다리는 중이었다. 우리는 함께 아카마스를 찾아갈 예정이었다. 우리의 소원이 드디어 구체적으로 실현되려는 찰나였다

우리가 아카마스에게 환영받으리라고 기대했다면, 그건 순전히 우리

의 착각이었다. 아카마스는 바쁘다며 우리를 기다리게 했다. 자존심이 상해서 돌아가려는 나를 붙든 건 프레스본이었다. 그가 말했다. 우리에게는 우리를 받아 준 사람들의 공동체를 위태롭게 하는 것을 당연히 알려 줄 의무가 있다고. 프레스본은 스스로를 속일 수 있는 재능을 타고난 사람이다. 자신이 하는 모든 행동에 대해 언제나 더없이 고상한 동기를 찾아낸다. 프레스본이 사실 무엇 때문에 메데이아를 함정에 빠뜨리려 하는지, 그 이유를 나는 나중에야 서서히 깨닫게 되었다. 프레스본은 우리 모두처럼 단순히 사랑받는 것으로 만족하지 않는다. 그는 자신이 보여 주는 화려한 제전에 군중들이 찬탄할 때만 스스로의 존재를 느낀다. 사실 프레스본에게 그들의 신을 믿고 안 믿고는 상관없다. 그저 믿는 척할 뿐이다. 그 때문에 그는 메데이아가 자신을 경멸한다고 생각하는데, 사실 메데이아는 프레스본이라는 존재에게 일말의 관심조차 없다. 그런 일들이 프레스본에게는 틀림없이 목구멍의 가시처럼 느껴졌으리라. 나는 그 가시를 영원히 제거할 수 있는 방법을 그에게 귀띔해 주었다.

아카마스는 코린토스 사람들이 처음부터 우리 코르키스인들에게 보여 준, 말로 표현하기 어려운 거리를 두고 우리를 맞았다. 우리 가운데 행여 코린토스 사람들과 아주 가까워졌다고 믿는 사람이 있다 해도 그 거리감만은 절대로 극복할 수 없다. 그들은 도시 변두리에 옹기종기 마을을 이루고 모여 살면서, 자신들이 그 누구보다 먼저 이 바닷가에 터전을 닦아 고기를 잡고 올리브를 심은 원주민이라는 전설을 고집하는 갈색 피부의 왜소한 사람들보다 우월하다는 부동의 확신을 가지고 태어난다. 그들이 우리 코르키스 사람들을 자신들과 같은 사람으로 여기고 함께 살면서 우리 남자들에게는 자신들의 딸을, 여자들에게는 아들을 주려 했던 것은 명백한 사실이다. 여러 종족과 민족들이 마치 죽처럼 형태도 얼굴도 없이 뒤섞인 가운데 우리도 함께 휘저어 넣을 수 있었더라면 그들로서는 더할 나위 없이 좋은 일이었을 것이다. 긴 방랑 끝에 지친 나머지 저항력을 상실하고 유혹에 넘어간 코르키스 사람들도 더러 있었다. 그들은 이 열등한 종족의 품에 몸을 던져 해체되었으며, 결국 코르키스인이기를 포기하였다. 지탱할 힘도 없는 자화상을 고집해 봤자 어리석은 짓이라는 생각에는 나도 동감한다. 그러나 한편 보다 나은 삶을 이루기 위해 노력해서는 안 된다는 법도 없다. 나는 평범한 인간으로 인생을 끝내고 싶지는 않다. 드디어 목표가 눈에 보인다. 나는 마침내 아카마스 앞에 마주 섰다.

아카마스는 정중했다. 그러나 특유의 사무적인 태도가 배어 나왔다. 오랫동안 기다리게 한 것에 대해서는 한마디 말도 없었지만 몸을 굽혀 정식으로 인사를 차렸으며, 눈치 빠른 젊은 보좌 투론조차 방에서 내보내 달라는 프레스본의 요청을 곧바로 들어 주었다. 투론은 내 옆을 스쳐 지나가면서 눈을 찡긋했다. 우리는 서로 잘 알고 지내는 사이다. 투론은 언젠가 세력을 잡게 되면 적어도 한 번 정도는 쓸모가 있을 것이기에 함부로 대할 수 없는 코린토스의 젊은이들 가운데 하나다.

코르키스에서와 달리 코린토스에서는 남자가 먼저 말문을 여는 게 바람직하다고 여겨지며, 심지어 남자가 여자의 의견을 대변하는 우스꽝스러운 풍습도 있다. 그래서 프레스본이 이야기를 시작했다. 그는 버릇대로 거만과 비굴 사이에서 중용을 지키며 아가메다, 그러니까 내가 아카마스에게 긴히 할 말이 있다고 알렸다. 그러자 아카마스의 시선이 내 쪽을 향했다. 그 인간은 나를 달가워하지 않았다. 이야기해 보시오. 나는 메데이아와 관련된 일이라고 대답했다. 아카마스는 퉁명스러운 어조로 내 말을 가로막았다. 이주민들은 내 소관이 아니오. 나는 무슨 일이 있어도 아카마스의 관심을 끌어야 한다고 마음속으로 다짐한 다음 차갑게 말했다. 제 이야기를 듣고 안 듣고는 물론 나으리께서 직접 결정하실 일이지만, 제 이야기가 코린토스에 어느 정도의 가치가 있는지를 판단하는 것은 우리의 권한이 아닙니다. 그러자 아카마스는 놀란 듯 내 눈을 깊이 들여다보더니 명령조로 말했다. 이야기하시오. 나는 직접 눈으로 본 것을 말했다. 메데이아가 왕의 연회장에서 메로페 왕비를 은밀히 뒤쫓았습니다.

아카마스의 안색이 돌변하는가 싶더니 양 눈썹을 바짝 치켜세우며 물었다. 뒤를 쫓아갔다고? 도대체 어떻게 쫓아갔단 말이오? 결코 옆모습으로는 보여 주고 싶지 않은 내 커다란 코, 소녀 시절부터 감추고 싶어 했던 볼품없는 손과 발……. 내 몸 구석구석이 아카마스의 뻔뻔스러운 시선 아래 더욱 흉물럽게 변하는 것만 같았다. 수치스럽게도 나는 한동안 메데이아에게 속마음을 열어 보인 적이 있었다. 그때 메데이아는 네게도 고운 눈썹, 탐스러운 머리칼, 가슴 등 아름다운 데가 있지 않느냐고 설득하려 들었다. 그러나 내 머릿결이 지나치게 미끌거리고 가슴은 밋밋하다는 것은 누구나 알 수 있는 사실이다. 그러니 아카마스의 눈에도 그렇게 보이지 않을 리가 없다. 나를 그곳으로 끌고 간 프레스본이 저주스러워졌다. 아카마스는 나를 경멸했다. 처음 겪는 일은 아니었다. 자기들의 비좁은 부락에는 별로 모습을 나타내지 않으면서도 세력 있는 코린토스인들과 같이 다니는 것을 자주 목격한 다음부터는 우리 선량한 코르키스 사람들마저 나를 경멸한다. 그런 감정은 무엇 때문에 지긋지긋한 코르키스에 대한 기억을 간직해야 하는 거냐고 내뱉은 후부터 한층 더 심해졌다. 그동안 우리를 감쪽같이 잘도 속였구나. 언젠가 리사가 이렇게 말했다. 그게 어때서? 코린토스인들이 내 솔직함에 보답하는 이상 그런 일쯤은 상관없다. 자신들의 나라가 태양 아래 가장 완벽하다고 간절히 믿고 싶어 하는 코린토스 사람들의 심중을 나는 재빨리 꿰뚫어 보았다. 그 믿음을 단지 조금 더 강하게 해 주는 데 무슨 힘이 더 들겠는가?

아카마스는 내가 이런 모멸감을 느끼게 한 대가를 꼭 치르고야 말 것이다. 나도 사람들의 운명에 개입하고 싶고, 또 아카마스 못지않게 그런 재능을 타고났다. 다른 사람들에게 내 생각과 의도를 불어넣어서 마치 그들의 것인 양 느끼게 하는 것보다 더 황홀한 쾌감은 없다.

다행히 아카마스에게 보고한 내용은 사실이었다. 나는 연회장에서 글라우케 공주를 돌보라는 지시를 받고 입구 가까이에 서 있었다. 그러다가 우연히, 내 이야기 가운데 단지 이 한마디만은 사실이 아니지만, 우연히 홀을 떠나는 우리의 메로페 왕비를 보았다. 왕비는 혼자였다. 그런데 메데이아가 왕비의 뒤를 바짝 따라가는 게 아니겠는가. 나는 그 모습을 두 눈으로 똑똑히 보았다. 먼저 왕비가 회랑의 벽에 걸린 모피 뒤로 사라졌고, 메데이아가 그 뒤를 쫓아 들어갔다. 어쨌든 처음에는 기다리는 게 좋겠다고 생각했는데, 시간이 꽤 흐른 뒤에도 두 사람은 돌아오지 않았다. 나는 차츰 걱정스러운 마음이 들었다. 만약 글라우케 공주가 졸도만 하지 않았더라도 경보를 울렸을 것이다. 공주가 쓰러졌던 것은 아카마스도 잘 알지 않냐고 나는 말했다. 졸도. 창백하고 깡마른 공주가 경련을 일으키며 바닥에 쓰러질 때마다 왕과 의사들은 입을 모아 '졸도'라고 말한다. 공주는 온몸이 끔찍하게 뒤틀리고 꼬부라지면서 두 눈이 제멋대로 돌아가 흰자위만 보이고 뒤틀린 입술에 거품을 가득 문다. 연회장에 있던 사람은 누구나 그 고통스러운 광경을 보았다. 아카마스와 프레스본도 마찬가지였다. 프레스본은 왕실을 찬양하는 화려한 공연을 제대로 펼쳐 보이기도 전에 끝내야 했다. 나는 불행한 공주에게 물을 뿌리고 거세게 요동치는 그녀의 머리를 꼭 붙들고 있어야 했으며, 결국 들것에 실려 나가는 공주를 쫓아가 응급조치를 취하고 약초 찜질로 정신을 차리게 하였다. 그런 와중에도 허둥대는 어의들 뒤로 한 걸음 물러나, 가여운 글라우케를 회복시킨 내 공로가 나중에라도 입에 오르내리지 않도록 바짝 신경을 썼다.

아카마스가 예리하고 집요하게 질문을 던질 때가 되어서야 비로소 나는 내 이야기가 얼마나 진지하게 받아들여졌는지 깨달을 수 있었다. 또 메데이아가 어떤 위험에 빠졌는지도 이해하게 되었다. 기분 좋은 일이었다. 다만 무슨 일이 있어도 절대 그 위험에 휩쓸려서는 안 되었다. 나는 두 여인을 단 한 발자국도 뒤쫓지 않았으며, 회랑의 모피 뒤에 무엇이 숨어 있는지 짐작조차 하지 못했다는 것을 아카마스에게 말했다. 그대 자신을 위해서라도 그 말이 사실이기를 바라오. 아카마스는 짧게 대꾸했다. 그러나 나는 그가 내 말을 믿고 있다는 것을 느낄 수 있었다. 나를 메데이아의 파멸에 끌어들이겠다고 결심만 하면, 믿고 안 믿고는 아카마스에게 전혀 문제가 되지 않는다고 나중에 프레스본이 주지시켜 주었다. 아카마스의 질문에서 똑똑히 깨달았겠지만 목숨이 걸린 일이라고 프레스본은 설명했다. 우리가 메데이아를 향해 굴려 보낸 돌멩이는 예상했던 것보다 컸다. 그럴 줄 미리 알았더라도 아카마스를 찾아갔을까. 이런 의문이 떠오른다. 나의 대답은 뻔하다. 그렇다, 그랬더라도 갔을 것이다. 그 돌멩이에 덩달아 맞아 죽는 한이 있더라도 갔을 것이다.

그러나 그런 일은 절대 일어나지 않는다. 아카마스가 직접 나서서 막고 있다. 아카마스에게는 내가 필요하다. 내가 그 자리에서 깨달은 것처럼, 나보다 더 신빙성 있게 증언할 수 있는 사람을 찾기가 어렵기 때문만은 아니다. 아카마스는 이 유희에 나를 끌어들였고, 이 유희는 내 천성에 기가 막힐 정도로 잘 맞아떨어진다. 메데이아가 짐작도 하기 전에 그물을 단단히 조이기 위해서 내가 필요한 것이다. 나는 아카마스를 위해 일했고, 또 아카마스에게 없어서는 안 되는 존재였다. 그러나 나는 또한 내가 아카마스에게 또 다른 중요한 영향력을 발휘한다는 사실을 재빨리 간파했다. 아카마스는 내가 발휘하는 힘에 마음껏 자신을 맡겼다. 눈이 멀어 버린 메데이아는 인간의 강인함에 스스로를 걸고, 나는 인간의 나약함에 스스로를 건다. 나는 개구리처럼 두 눈이 불거져 나오고, 커다란 머리통과 볼품없이 왜소한 그의 욕망을 자극한다. 처음에 아카마스 자신은 그런 욕망을 인정하려 들지 않았지만, 오랫동안 억제한 사람이면 누구나 그렇듯이 나중에는 병적으로 탐닉했다. 나는 다양한 모습으로 표출되는 사랑을 말하는 게 아니다. 아카마스는 그런 것에 끄덕도 안 했다. 내가 말하는 건 한없이 사악할 수 있는 욕망이다. 물론 그것은 어쩌다 사랑의 유희로 표출되기도 한다.

그러나 아카마스에게서는 아니다. 아카마스는 서로 어긋나는 부분들이 기묘하게 짜맞추어진 남자다. 그는 많은 생각들을 신중하게 조합시켜 놓고는 그 속에 숨어 산다. 그것을 현실이라 생각하지만, 사실은 흔들리는 자의식을 지탱하려는 데 그 유일한 목적이 있다. 아카마스는 반대를 용납하지 못하고, 자신보다 못한 사람들을 거만하게 조롱한다. 그런데 자신이 그 누구보다도 우월하다고 생각하므로 결국 모든 사람을 조롱하는 셈이다. 다만 노골적으로 드러내느냐 아니면 은밀하게 숨기느냐의 차이만이 있을 뿐이다. 지금도 내 기억 속에는 아카마스가 인간의 본성에 대해 그다지 잘 알지 못하고 원칙들로 이루어진 틀에 의지해서 살아간다는 것을 분명하게 깨달은 순간이 생생하게 남아 있다. 누구도 절대로 그 틀을 문제 삼아서는 안 되며, 만약 그런 경우 그는 위협을 받는다고 느끼고 참을 수 없는 상황에 이른다. 그의 원칙 가운데 하나는 자신이 정의로운 사람이라는 굳은 믿음이다. 처음에 나는 그가 진심으로 그런 말을 하고 있다고 믿지 않았다. 그러나 아카마스가 메데이아에게 유리한 점을 끌어대기 시작했을 때, 정작 그에게 필요한 것은 그녀에게 불리한 증거들이라는 사실을 알 수 있었다. 아카마스는 메데이아의 잘난 척하는 태도에 넌더리가 나 있었다. 그녀의 면전에서 열등하다고 느끼지 않기 위해 메데이아의 완벽함에 똑같은 완벽함으로 응수해야 하는 자기 처지에 진저리를 쳤다. 아아, 나는 그 여인이 발휘하는 모든 영향력을 얼마나 철저하게 연구했던가.

아차, 실수하는 경우에는 모든 것을 잃어버릴 수가 있었다. 그러나 나는 내 육감을 믿고, 메데이아의 좋은 점을 칭찬하는 아카마스의 말을 가로막았다. 지금 말씀하시는 것을 정말로 믿으십니까? 나중에 프레스본은 그 순간 숨이 멎는 것 같았다고 털어놓았다. 왕의 최고 추밀 고문이 된 이후, 아카마스에게 그처럼 당돌하게 군 사람은 없었다.

아카마스는 도중에 말을 멈추었다. 아카마스의 눈에서 놀라움과 함께 내가 노려 온 관심의 빛이 번뜩였다. 그는 내 말이 무슨 뜻인지를 물었다. 메데이아처럼 나무랄 데 없이 완벽하게 행동하는 경우, 반드시 어딘가 수상한 구석이 있게 마련입니다. 나는 말했다. 분명 뭔가 숨기는 것이 있습니다. 그래서 다른 사람들이 양심의 가책을 느끼게 해서, 자신을 가린 아름다운 베일 뒤를 보지 못하도록 막으려는 것이지요. 그러고 나서 나는 덧붙였다. 그건 이미 아카마스 나으리도 정확히 간파하고 계시는 것 아닌가요?

아카마스는 잠시 침묵을 지키더니 이윽고 프레스본에게 말했다. 그대는 영민한 아이를 데려왔어. 좀 지나치게 영민하다는 생각이 들지는 않는가, 어떤가. 아직은 여전히 아슬아슬한 상황이었다. 그 상황에서 나는 이미 여러 남자들에게 몇 차례 시험해 보았으며, 예외 없이 모두에게 효과가 있었던 수단을 동원했다. 노골적으로 아카마스에게 아부의 말을 한 것이다. 제가 다른 사람들과 달리 유난히 영리한 것은 아닙니다. 또 물론 나으리하고는 비교도 안 되지요. 그러나 이따금 운이 좋으면, 제가 중요하게 여기는 사람이 타고난 현명함을 제대로 발휘하도록 도와드릴 수는 있습니다.

그 일이 있고부터 프레스본은 나에 대한 찬탄을 참지 못한다. 그리고 나보다 못하다고 느꼈기 때문인지, 감히 나와 잠자리를 같이할 생각을 하지 못한다. 물론 아카마스의 영역을 침해하고 싶지 않은 이유도 있었다. 저녁에 함께 모여 계획을 논의하다가, 내가 아카마스의 집에서 밤을 보내는 일이 가끔 있었기 때문이다. 하긴 그렇다. 한 남자가 모든 분야에서 탁월하기는 힘들 것이고, 또 나는 그러기를 바라지도 않는다. 아카마스에게 그가 누구와도 견줄 수 없이 훌륭한 연인이라는 생각을 심어 주기는 어렵지 않았다. 과연 누가 이 도시에서 가장 막강하고 가장 현명한 남자 곁에 누워 있는 것보다 더 큰 매력을 내게 줄 수 있겠는가.

지금으로서는 상황이 이렇다. 그러나 가장 마음에 드는 것은 아무도 이 상황이 앞으로도 계속 이어지리라고 확신하지 못한다는 점이다. 무엇보다도 모든 게 유동적이어서 흥이 난다. 하루하루가 긴장의 연속이고, 날마다 촉각을 곤두세워야 한다. 물론 아카마스는 나를 경계하고, 나는 아카마스를 경계하기 때문이다. 아카마스 자신이 가장 사랑하는 영혼의 일부가 여전히 메데이아에게 집착하고 있다는 사실을 나는 잘 알고 있다. 아카마스는 왕에게 바친 한 손으로는 메데이아에게 해코지를 하고, 메데이아에게 고개 숙여 절하면서 가슴에 갖다 대는 다른 손으로는 자신이 꾸미는 재앙을 막으려 한다. 그것마저 계산에 의한 결과일지도 모른다. 그 인간은 본래 그런 존재인 데다가 어쨌든 오랫동안 메데이아의 맹목적인 신뢰를 받지 않았던가. 또한 메데이아를 향한 아카마스의 간파하기 어려운 태도 밑바닥에서 뭐라 분명하게 말할 수 없는 것이 느껴진다. 양심의 가책이라는 표현은 적절하지 않다. 그러나 아카마스뿐 아니라 다른 코린토스 사람들에게는, 그들 스스로는 전혀 의식하지 못하지만 왕실 이상으로 그들을 서로 결합시켜 주는 뭔가가 분명히 있다. 그들의 선조들이 똑똑히 알고 있었던 것, 즉 원주민들을 업신여기고 야비하게 폭력을 사용하여 이 땅을 빼앗았다는 사실이 증명할 수 없는 무의식적인 방법으로 후손들에게 전수되고 있는 것처럼 보인다. 코린토스에서 그런 이야기를 직접 들은 적은 없다. 어느 밤인가 아카마스가 별 생각 없이 불쑥 내뱉은 말을 듣는 순간, 스스로 깨닫지 못하는 가운데 메데이아가 아카마스에게 어떤 역할을 하는지 나는 분명히 깨달았다. 메데이아로 인해서 아카마스는 야만족의 여인에게 선입견 없이 정의롭게, 심지어는 다정하게 대할 수 있다는 것을 증명할 수 있었던 것이다. 양심의 가책이라고는 추호도 없이 야만인들에게 마음껏 증오심을 표출하는 천박한 백성들과는 달리, 궁중에서는 터무니없게도 이러한 덕성이 유행했다. 메데이아에게 가차없이 굴도록 아카마스를 부추기는 일은 나의 기운을 북돋는다.

첫 번째 만남에서 아카마스는 아주 거만한 태도로, 만에 하나 우리가 호기심을 억제하지 못하고 메로페 왕비의 뒤를 쫓아서 메데이아가 사라졌던 모피 뒤에 무엇이 숨어 있는지 알아내려 한다면 무서운 징벌이 기다릴 거라는 사실을 똑똑히 깨닫게 해 주었다. 우리는 누가 시킨 것도 아닌데 엄숙하게 맹세했다. 나는 아직 죽고 싶은 생각이 없기 때문에, 지금까지 이 맹세를 지켜 왔고 앞으로도 계속 지켜 나갈 것이다. 우리 세 사람은 메데이아가 사려 깊게 굴지 않기를 은밀히 바랐으며, 그녀는 우리의 바람을 만족시켜 주었다. 메데이아가 촉각을 곤두세우고 조심하긴 했지만, 찾으려 들면 증거는 얼마든지 있었다. 그러나 메데이아가 뒤쫓는 비밀이 너무 경악스러운 것이어서 드러내 놓고 공격하기에는 적절하지 않은 것 같았다. 아카마스는 알아듣기 어려운 복잡한 말로 이런 상황을 설명했고, 우리는 무슨 말인지 눈치 빠르게 알아들었다. 그렇다면 벌할 수 없는 범행대신, 공공연하게 메데이아를 궁지에 몰아넣어서 원하는 성과를 얻어 낼 수 있는 다른 범행을 찾아내자는 의견을 내놓은 사람은 프레스본이었다. 우리가 원하는 성과가 무엇인지에 대해서는 한마디도 입 밖에 내지 않았다. 그리고 이 유희와 관련된 사람을 배제한 비현실적인 공간에서 우리의 계획을 요리조리 짜 맞추고 손질했다. 그것은 자유롭게 효과적으로 생각할 경우 매우 유용한 방법이다. 코르키스에 있을 때 나는 그런 사고가 존재하는지도 몰랐다. 보통 남자들만이 그런 사고를 할 수 있다고 말하는데, 나에게도 그런 재능이 있는 게 분명하다. 다만 나는 남모르게 그런 능력을 발휘할 뿐이다.

아카마스가 우리에게 특별히 임무를 부여한 것은 아니었다. 그는 언제나 빠져나갈 뒷길을 열어 두려 했다. 동태를 좀 더 지켜보면서 메데이아 스스로 이성을 되찾도록 기다려 보자고도 했다. 그러나 나는 메데이아가 왕비를 뒤쫓아 들어간 통로와 관련하여, 앞으로도 계속 눈에 띄지 않게 이곳저곳을 탐문하고 다니리라는 확신을 가지고 있었다. 사실 결코 알아서는 안 되는 것이었지만, 그 사이에 나도 그 정도는 알고 있었다. 나는 아무도 자신에게 해를 끼칠 수 없다고 생각하는 메데이아의 자만심을 믿었다. 그녀는 보호막이라도 두른 듯 거침없이 돌아다녔다. 그와 반대로 나는 어린 시절부터 보호해 주는 사람 하나 없이 온갖 상처와 모욕을 받으며 자랐다. 메데이아, 왕의 딸 메데이아, 헤카테의 사제에게 그런 일은 상상조차 할 수 없는 것이었다. 그랬다. 내 나이 열 살에 어머니가 세상을 뜨셨고, 그때부터 나는 신전에 들어가 시녀로 일하면서 메데이아 곁에서 배울 수 있었다. 그것은 내 머리로 생각이라는 것을 할 수 있게 되면서부터 간직해 온 가장 열렬한 소망이었다. 메데이아가 살아가는 방식이야말로 유일하게 추구할 만한 가치가 있어 보였으므로 어머니가 돌아가셨을 때도 나는 슬프지만은 않았다. 어머니의 친구였던 메데이아는 어머니를 살리기 위해 갖은 수단과 방법을 동원했다. 그러나 고열은 어머니를 집어삼켜 버렸고, 메데이아는 전에 없이 분노했다. 치유 중인 사람이 죽었을 때 메데이아가 그렇게 화를 낸 적은 일찍이 한 번도 없었다. 그 분노는 사실 가당찮은 것이었다. 코르키스 사람이라면 누구나 치유하는 인간의 능력에는 한계가 있으며, 그 경계 너머에서 신들이 직접 관장한다는 것을 잘 알고 있기 때문이다. 의아하게도 코린토스인들은 사자(死者)에게 과도한 애도를 표시하여 신들을 화나게 한다. 하지만 그것은 온당한 처신이 아니다. 물론 코린토스인들에게는 죽은 자들의 영혼이 휴식기를 거쳐 새로운 육신을 받아 부활한다는 확신이 없기는 하다.

 어쨌든 메데이아는 내 어머니와의 약속을 지켜 나를 제자로 받아들이고 많은 것을 가르쳐 주었다. 그러나 그녀는 거리감을 조장하여 나를 실망시켰고, 어린아이가 그리도 갈구하는 일말의 애정도 보여 주지 않았다. 많은 세월이 흘러 내가 가장 뛰어난 제자들의 반열에 들게 되었을 때, 메데이아는 언뜻 지나가는 말로 이야기했다. 너도 잘 알겠지만 친구의 딸을 편애한다는 뒷말을 듣지 않기 위해서는 다른 제자들보다 너를 더 엄하게 대할 수밖에 없었단다. 내가 메데이아를 증오하기 시작한 것은 바로 그때부터였다.

 누구나 모든 것을 다 가질 수는 없다고 그녀 입으로 내게 직접 말한 적도 있다. 이제 메데이아 자신도 모든 것, 신전에서의 확고부동한 지위와 만인의 사랑을 동시에 가질 수 없다는 사실을 똑똑히 알게 되리라. 지금까지는 그런 사실을 깨달을 기회가 전혀 없었다. 여기 코린토스로 온 이후 성실하지만 재미없는 코르키스 사람들에게서 떨어져 나와 코린토스의 젊은이들과 어울리기 시작하자 비로소 메데이아는 다시 나에게 관심을 보여 주었다. 한 번은 이야기를 나누자고 나를 불러서는 내게 관심 있는 척 굴더니 불행하냐고 물었다. 나는 단지 웃음을 터뜨렸을 뿐이다. 뒤늦게 무슨 헛소리란 말인가.

 불행하냐고? 그녀 때문에 불행했던 시간은 이미 지나갔으며 이제는 행복을 잡는 것만이 문제다. 투론과 나, 우리 두 사람은 서로 조금도 속이지 않고 장단이 척척 맞는다. 이를 두고 프레스본은 목적을 위한 동맹이라고 부른다. 나도 그 방면에 대해서는 잘 알고 있다. 그런 동맹은 다른 관계를 배제하지 않아서 좋지. 갑자기 모든 사람이 나를 원한다. 뻣뻣한 붉은 머리카락, 흐물흐물한 몸통, 프레스본은 남자로서는 혐오감을 불러일으킨다. 그는 자기 말에 귀를 기울여 주는 사람을 원해서 여자 옆에 누워 있을 때보다는 열변을 토할 때 더 많은 쾌감을 느낀다. 프레스본의 허영심은 한이 없는 데다가 조금도 자제할 줄을 모른다. 그래서 내 몸보다는 과장된 칭찬에 더 흥분한다. 그러지 말라는 법도 없다. 여자들은 누구나 남자를 사로잡기 위해 갖가지 재능을 발휘하지 않는가. 투론은 나에게 왕실에 접근하는 길을 열어 주었고, 프레스본은 내게 메데이아에게 복수하는 길을 알려 준다. 그 계획을 제안한 사람은 다름 아닌 프레스본이었기 때문이다. 어느 기나긴 밤, 우리는 머리를 맞대고 앉아 그 계획을 아주 상세하게 가다듬었으며, 기쁨에 넘친 나머지 그날 밤 결국 동침했다. 모든 가능성을 한데 어우르는 참으로 천재적인 계획이었다. 코르키스에서 동생 압시르토스를 살해했다는 죄목으로 메데이아를 고발하자는 내용이었다. 메데이아의 진짜 죄, 코린토스의 국가 기밀을 파고든 죄를 차마 써먹을 수 없는 아카마스에게 그것은 만약 그가 원하기만 한다면 공격을 위한 좋은 빌미가 될 것이다. 게다가 우리 두 사람, 프레스본과 나는 이 부유하고 교만하며 자신감 넘치는 코린토스에도 비밀을 숨긴 지하 통로가 존재한다는 사실에 내심 쾌재를 불렀다. 약점을 가진 평범한 사람들은 자신들과 같은 약점을 지닌 사람들 사이에서 더 편안해지는 법이다.

　물론 아카마스에게는 절대 그런 내색을 해서는 안 되었다. 일부 복잡한 사태는 그에게 알리지 않는 것이 상책이었다. 생각하기 좋아하는 아카마스는 잘 만났다는 듯이 그런 일에 대뜸 얽혀들 것이다. 메데이아가 동생을 살해했다는 게 사실이냐는 아카마스의 물음에, 우리는 미리 약속한 대로 당시 코르키스에 나돌았던 이 소문을 어쨌든 부정한 사람은 없었으며 메데이아 자신도 결코 반박한 적이 없다고 대답했다. 아카마스는 우리에게 자신이 제기한 이의를 잊어버릴 시간을 주기 위해서, 머릿속으로 생각하는 바를 소리 내어 말하기 시작했다. 하지만 너무 오래전의 일이고, 또 사실 코르키스 사람들만의 문제일세. 물론 코르키스 사람들이 현재 코린토스 왕의 보호를 받는 처지이니, 이제라도 지난 날의 불의를 말소시켜 달라고 왕께 진지하게 청원하면 도움을 거절하시지는 않을 걸세. 하지만 그러한 조치를 취하기 전에 먼저 심사숙고해 봐야 하네. 지금 당장 나한테 필요한 것은 그대들의 절대적인 침묵일세. 아카마스는 위협적으로 말했다. 메데이아에게 유리한 쪽으로 상황이 급변하는 경우, 우리 두 사람의 목숨이 위태롭다는 것은 자명한 사실이다. 우리의 관심은 당연히 메데이아의 상황이 악화되는 데 있으며, 아카마스는 이런 사실을 잘 알고 있다. 그는 자신과 우리의 관심이 일치하기 때문에 자신과 우리를 경멸한다. 우리는 그런 사실을 잘 알고 있다. 우리가 그걸 안다는 것을 아카마스는 이미 알고 있다. 우리의 관계는 차츰 밑도 끝도 없는 것이 되어 가고, 그래서 정말이지 신명이 난다. 명쾌한 관계는 지루하기 짝이 없다.

우리는 두 눈만 크게 뜨고 지켜보기만 하면 되었다. 메데이아는 제 발로 함정을 향해 한 걸음 한 걸음 다가서고 있었다. 우리는 다만 아카마스가 그녀의 행보에 대하여 알아채게끔 아주 조금 배려했을 뿐이다. 물론 굳이 직접 우리를 통해서 알 필요도 없었다. 결국 그는 메데이아가 포기하지 않았다는 사실을 분명히 깨달았다. 메데이아는 조심스럽긴 했지만 끈질기게 탐문을 계속했으며, 자신이 지하 통로에서 발견한 것에 대해 알고 있으리라고 추정되는 코린토스 사람들과 서서히 접촉을 시도했다. 나도 그것이 어떠한 성질의 것인지 짐작은 하고 있다. 그러나 그것과 관련하여 단 한마디도 실수하지 않도록 입 조심을 하고 있으며, 심지어는 저 깊은 속마음에서조차 내 예감을 말로 표현할 엄두를 내지 않는다. 어찌 그렇게 경솔할 수 있는지 나는 그런 메데이아를 도무지 이해할 수가 없다.

메데이아는 평소 다들 피해 다니는 궁전의 낡은 처소에서 은밀히 왕비를 만나는 일조차 서슴지 않았다. 이 사실을 알게 된 아카마스는 드디어 광분했다. 이번에는 우리가 도와준 게 아니었다. 아카마스 수하에는 따로 정보원들이 있다. 나로서는 도저히 더 이상 메데이아를 보호할 수 없다. 그대들이 알고 있는 내용을 비밀로 하라고 더 이상 강요하지 않겠다. 두려움과 기쁨이 교차하는 순간이었다.

우리 두 사람, 프레스본과 나는 각자 한 사람씩 붙잡고 메데이아의 혐의에 대해 들려주기로 합의했다. 소문이 얼마나 빨리 퍼져 나갈지 자못 궁금했다. 이틀 후 코르키스인들 중 그 소문을 못 들은 사람이 거의 없을 지경이 되었다. 그러나 코린토스 사람들은 다만 몇 명만이 그 소문을 들었으며, 들은 이들도 코르키스인들의 해묵은 지저분한 일에 끼어들고 싶지 않다는 거부감을 드러냈다. 두말할 여지없이 이아손은 그 자리에서 공포에 질렸다. 기분 좋게도 메데이아 역시 반응을 보였다. 당연한 일 아니겠는가. 그녀는 소문의 장본인을 알 리 없는데도 길 한복판에서 나를 불러 세웠다. 이봐, 아가메다. 메데이아는 단도직입적으로 말했다. 내가 압시르토스의 죽음과 무관하다는 것은 너도 잘 알잖아. 그 순간 또다시 내 천재적인 영감이 발동했다. 아, 메데이아. 누나라면 동생의 일에 여러 가지로 양심의 가책을 느껴야 하는 것 아닌가요? 아실 만한 분이 왜 그러세요?

그때 메데이아의 얼굴이 창백해졌다. 나는 그것을 똑똑히 보았다.

4

이아손: (메데이아에게)
장엄한 천공(天空)의 고귀한 공간을 통해 가시오.
그대가 가는 곳에는 신들이 존재하지 않는다는 것을 증언하시오.

— 세네카, 『메데이아』에서

메데이아

압시르토스, 나의 동생아. 그러니까 네가 죽은 게 아니었단 말이냐. 어두운 들판을 헤매며, 미친 여인들이 갖다 버린 네 뼛조각을 하나하나 주워 모은 것은 허망한 꿈이었단 말이냐. 갈기갈기 찢긴 가여운 내 동생아. 내가 알아보지 못하는 사이에 너는 끈질기게 잘도 뒤를 따라왔구나. 하지만 내가 무슨 수로 너를 알아볼 수 있었겠니? 저 깊은 바다 밑바닥에서 너는 산산이 조각난 네 사지를 하나하나 주워 모아 다시 짜 맞추어서는 환영이 되고 소문이 되어 내 뒤를 따라 왔구나. 네가 결코 힘 있는 자가 되려 애쓴 것도 아닌데. 지금은 아주 막강한 힘을 자랑하는구나. 하늘을 날아왔는지 아니면 바다 밑바닥을 걸어왔는지는 몰라도, 나를 뒤따라올 만큼 힘이 세구나. 어쨌든 사람들은 그렇게 믿고 있단다. 네 힘을 굳게 믿는 프레스본과 아가메다뿐 아니라 심지어 로이콘마저 그렇지. 로이콘의 눈빛에는 불안이 어려 있었단다. 그러나 나 자신은 떠도는 소문을 눈치 챘을 때 별로 놀랍지 않더구나. 사람들은 얼굴을 맞대고 직접 나한테 이야기한 게 아니라 등 뒤에서 수군거렸단다. 동생아, 네 이름이, 참으로 오랜만에 네 이름이 들리고 또 내 이름도 들리더구나. 하여 급히 몸을 돌려 보면 다들 얼버무리는 표정으로 시선을 내리깔더구나. 나를 제외한 모든 사람이 알고 있었다고 마침내 리사가 알려 주더구나. 내가 압시르토스, 내 동생을 죽였다고 말한다는구나. 나는 웃지 않을 수 없었지. 하지만 리사는 웃지 않았단다. 나는 리사를 바라보았어. 리사, 너는 사실을 알고 있잖니? 물론 저는 알지요. 그리고 제 마음은 앞으로도 언제까지나 변함이 없을 거예요. 리사의 말은 다른 사람들은 곧 변할 거라는 사실을 암시했어. 나는 아직 무슨 영문인지 알지 못한단다. 그래서 자세히는 모르지만 무슨 일인가 벌어졌다는 것, 코린토스에서 지낸 오랜 세월 동안 흐릿한 앙금처럼 마음속에 쌓여 있던 지루함에서 마침내 벗어나게 되었다는 것에 오히려 마음이 홀가분해지는구나.

코린토스와 코린토스에서 옛날부터 일어난 모든 일은 나와 아무 상관 없단다. 우리의 코르키스는 마치 내 육신을 커다랗게 부풀린 것과 같아서, 모든 움직임을 감지할 수 있었지. 언젠가 너에게 말한 적이 있었지. 서서히 내 몸 깊숙이 파고드는 질병처럼 코르키스의 몰락을 예감했고, 그래서 도무지 기쁨과 사랑을 느낄 수 없다고 말이다. 동생아, 너는 아주 영특하고 이해심이 많은 아이였단다. 우리가 어머니, 칼키오페, 리사와 모여 앉아 코르키스에서 일어나는 일들에 관해 이런저런 근심 어린 이야기를 나누고 있을 때면, 넌 나이는 어렸지만 총명하게도 다 알아들었지. 우리의 아버지, 왕이 너와 우리를 그 저주스러운 계획으로 놀라게 했을 때, 네 생명이 달린 문제라는 것을 네가 예상했으리라는 생각만 하면 지금도 괴로운 마음을 누를 길이 없단다. 우리는 속수무책으로 막연한 불안감에 시달렸지. 그리고 무력하고 무능한 아버지인 왕을 과소 평가했다. 아버지는 그나마 당신에게 남아 있는 어설픈 힘을 오로지 권력과 생명을 부지하는 데에만 쏟아 부으셨어. 그런데도 우리는 무슨 짓이라도 마다 않을 그런 술수가 존재한다는 사실조차 몰랐단다. 우리는 정말 눈뜬장님이었구나, 압시르토스야.

아이에테스 왕이 코르키스를 다스리는 방식이 날이 갈수록 백성들로부터 많은 반감을 불러일으켰다는 것은 어린 너도 잘 알고 있었어. 우리 어머니와 헤카테 여신을 모시는 나 역시 불만이었지. 헤카테 신전은 나와는 상관없이 불만을 품은 사람들, 특히 젊은 사람들의 집합소가 되었고, 동생아, 너도 모임이 있을 때면 언제나 빠지지 않고 참석했다. 그들은 아이에테스 왕의 완고함과 궁궐의 지나친 사치에 반발했으며, 왕이 국가의 보물인 우리의 황금을 상업을 진흥시키고 농민들의 비참한 생활고를 덜어 주는데 사용해야 한다고 주장했다. 왕과 왕족이 옛날부터 코르키스에서 맡아 온 본분을 상기하길 원했단다. 하지만 아, 압시르토스야! 고작 그 정도를 사치라고 여기다니 우리가 얼마나 무지했는지 아느냐! 코린토스에 와서야 나는 진정한 사치가 무엇인지 두 눈으로 직접 보았단다. 그런데도 이곳에서는 그것에 불만을 느끼는 사람이 아무도 없어 보이는구나. 떡 부스러기 하나 얻어먹지 못하면서 곡식과 가축을 내놓아야 하는 처지에도, 시골과 도시 변두리에 사는 가난한 사람들마저 궁궐에서 열리는 성대한 연회에 대해 황홀한 표정으로 이야기하곤 한단다.

코르키스에서 우리는 옛 전설에 심취되어 있었지. 정의로운 왕과 왕비 치하에서 누구나 모든 걸 공평하게 나누어 가졌으며 다른 사람을 시기하거나 재산이나 생명을 노리는 일이 없이 서로 의좋게 살았다는 전설 말이다. 코린토스에 처음 도착한 뒤 아무것도 모르는 상태에서 내가 코르키스 사람들의 이러한 꿈에 대해 이야기하면, 사람들은 하나같이 똑같은 표정을 지었단다. 처음에는 불신과 동정심이 어우러진 착잡한 표정을 짓다가 급기야 싫증을 내며 혐오감을 드러내는 거였어. 하는 수 없이 나는 그러한 이상향이 우리 코르키스 사람들에게는 절대로 멀리 있지 않으며 늘 우리 삶의 척도였다는 말은 꺼내지도 못하고 말았단다. 우리는 해를 거듭할수록 우리의 이상향으로부터 멀어져 가는 것을 목격했고, 곧 고루한 늙은 왕이 최대의 걸림돌이라는 사실을 깨달았지. 상황이 그러하니 모든 사람들은 새로운 왕이 등극하면 변화가 있을 것이라고 생각하게 되었단다. 우리와 뜻을 같이하는 여인들 가운데 칼키오페를 새 여왕으로 추대하자는 대담한 생각을 가진 사람들도 있었지. 먼 옛날 여왕이 코르키스를 통치했다는 이야기가 전해 내려온단다. 우리가 옛 관습을 부활시키려는 생각을 의논하는 자리에서, 아주 연로한 노인 몇 명이 옛날에 코르키스의 왕은 칠 년 동안만 통치했다고 알려 주었단다. 그런 다음 잘해야 칠 년 동안 한 번 더 통치할 수 있었으며, 임기가 끝나면 후계자에게 왕위를 물려주었다는구나. 계산해 보니, 아이에테스 왕은 두 번째 재임 기간을 일 년 남겨 두고 있었어. 우리 가운데 선량한 몇몇 사람이, 옛 코르키스의 율법에 순종하기 위해서는 자진해서 물러나야 한다고 아이에테스 왕을 설득해 보자는 의견을 내놓았단다.

그렇게 어리석을 수가! 우리는 정말이지 한 치 앞도 내다보지 못했단다. 아이에테스 왕 역시 전해 내려오는 옛 이야기를 알고 있었다. 틀림없이 우리의 계획을 밀고한 사람이 있었던 게지. 또 우리도 왕을 너무 과소평가했단다. 왕은 우리 편에서 보낸 사람들을 맞기 전에, 이미 만반의 준비를 갖추고 있었다. 자신의 통치 기간이 끝났다는 전갈을 듣는 대신, 먼저 선수를 쳐서 왕이 칠 년 동안 두 번 통치할 수 있었던 옛 관습에 대해

장황하게 이야기를 늘어놓아 사람들을 놀라게 했단다. 그러고는 자신은 이 관습에 따를 생각이라고 거만하게 선언했다는구나. 그뿐 아니었단다. 나는 선조들의 선례를 좇아 때가 되면 왕위에서 물러날 것이니라. 같은 날 내 아들, 후계자 압시르토스가 코르키스의 왕위에 오를 것이다. 그러면 우리 종족의 전례를 따르는 것 이상이지 않겠느냐. 옛 의례에 따라서 늙은 왕과 왕의 젊은 대리인 가운데 한 사람이 희생될 필요가 없기 때문이니라. 왕은 이렇게 이야기했단다.

요구하러 갔던 이들은 되레 탄원하는 자들이 되어, 제대로 말 한마디 못하고 물러 났단다. 하필이면 그 무렵 아르고 선원들이 도처에서 어슬렁거리며 앞을 가로막지만 않았더라도, 우리가 좀 더 침착하게 대처할 수 있었을지도 모르지. 그들이 눈치채지 못하도록 관심을 다른 데로 돌려야 했어. 그리고 실제로 그들은 아무것도 눈치 채지 못했다. 왕은 이런 상황을 이용하여 기민하고 약삭빠르게 행동했단다. 적절하게 조촐한 의식을 거행하여, 자신은 왕위에서 물러나고 너를 왕위에 앉힌 거야. 가여운 동생아, 화려한 용포에 싸여 거대한 왕좌에 앉아 있던 네 작은 모습과 평복 차림으로 왕좌 옆에 겸손하게 서 있던 아이에테스 선왕의 모습이 아직도 눈에 선하구나. 사실 나는 눈앞에서 무슨 일이 벌어지는지 제대로 파악하지 못했단다. 이것이 내가 할 수 있는 유일한 변명이구나. 그러나 네 얼굴에 가득했던 불안은 나한테도 그대로 전해졌단다.

왕이 어떻게 그런 일을 꾸밀 수 있었는지, 아직까지도 자세한 내막을 알 수가 없구나. 아마 많은 일을 벌일 필요는 없었을 게야. 그리고 처음에는 우리에게 말했던 대로 할 생각이었을 게다. 자신의 술책으로는 문제를 해결할 수 없다는 사실을 분명히 깨달은 뒤에 가서야 비로소 너를 죽일 수밖에 없다는 생각이 떠올랐겠지. 나중에 보여 준 아들에 대한 슬

품은 결코 거짓이 아니었을 것이다. 동생아, 권력도 아들도 잃지 않을 수만 있었다면, 왕은 기꺼이 둘 다 가졌을 것이다. 둘을 다 가질 수 없다는 것을 인식한 순간 틀림없이 공포에 떨었을 게야. 그러나 결국 왕은 평소에 하던 대로 권력을 선택한 것 같구나. 협박을 이용해서 말이다.

 왕의 심복들 중 누군가 광신적인 늙은 여인들에게 암시를 주었을 게야. 그 여인들은 모든 자잘한 일들에 이르기까지 선조들처럼 살아야 한다는 주장을 관철시키는 데 삶의 유일한 의의를 두고 있었다. 우리는 그들의 주장을 진지하게 받아들이지 않았는데, 그게 실수였구나. 별안간 코르키스의 정세가 그 여인들에게 유리한 방향으로 흘러갔고, 그들은 마침내 때가 왔다고 생각했단다. 그래서 옛 율법을 새로이 부활시킨 왕의 조처에 기뻐 날뛰며 모든 일이 정해진 대로 이루어지기를 기대했다. 옛 율법에 따르면 왕과 왕의 대리인 중 단 한 사람만이 살아남을 수 있기 때문이란다. 동생아, 네가 왕으로 등극한 날이 저물고 밤이 깊었을 때 그 여인들은 네 침실에 잠입했다. 그날 밤 따라 괴이하게도 아무도 네 방문을 지키지 않았고, 또 괴이하게도 그들은 그 사실을 이미 알고 있었지. 그래서 무방비 상태로 목욕하던 너를 찾아내서는 등골 오싹해지는 노래를 부르면서 네 목숨을 앗아갈 수 있었던 거란다. 행여 우리에게 이로운 점이 있지 않을까 싶어서 의지하려 했던 옛 시대에는 그런 것이 관례였단다. 옛 시대, 그리고 옛 시대가 우리 안에 분출시킨 힘, 우리가 제어하지 못한 힘 앞에서 느꼈던 전율이 지금도 뇌리에 생생하구나. 왕을 비롯하여 모든 사람이 승인했던 대리 왕의 죽음은 언젠가는 반드시 살인으로 낙인 찍힐 것이다. 동생아, 내가 너의 끔찍한 죽음을 통해 얻은 교훈이 있다면, 과거의 편린들을 우리에게 편리한 대로 짜 맞추거나 임의로 떼어 내서는 안 된다는 것이다. 내가 그것을 저지하는 대신 도리어 조장한 탓에 결국 네 죽음에 한몫한 꼴이 되었구나. 얼마 전 네 죽음과 관련하여 아가메다가 나를 비난했을 때, 그녀의 속셈은 다른 데 있었다. 그걸 알면서도 내 얼굴은 창백해졌단다. 동생아, 코르키스에서 떠나게 만든 네 죽음과 너만 생각하면 내 얼굴은 창백해진다. 아가메다는 아무것도 모른단다. 증오심은 눈을 멀게 하지. 대체 왜 아가메다는 나를 증오한다는 말이냐. 왜 다들 나를 증오한다는 말이냐.

내가 신을 믿지 않는다는 사실을 그들이 감지한 탓일까. 그런 나를 참지 못하는 것일까. 억울하게 희생된 가여운 내 동생아! 미쳐 버린 여인들이 네 사지를 토막 내어 뿌린 들판을 달리면서, 어둠이 내려앉는 들판을 울부짖으며 내달리면서, 너를 한 조각 한 조각 주워 모으면서 나는 신을 향한 믿음을 버렸단다. 어떻게 우리가 새로운 모습으로 이 지상에 돌아올 수 있단 말이냐. 어째서 들판에 뿌려진 죽은 남자의 사지가 들판을 풍요롭게 할 수 있으며, 감사와 복종의 증거를 줄기차게 요구하는 신들은 무엇 때문에 우리 목숨을 지상으로 되돌려 보낸단 말이냐. 압시르토스야, 너의 죽음으로 인해 나는 눈을 뜰 수 있었다. 나는 내가 영원히 살 수 없다는 사실에 처음으로 위안을 느꼈단다. 그리고 두려움 때문에 사람들이 만들어 낸 그 신앙이라는 것을 떨쳐 버릴 수 있었지. 바로 말하면 나는 신앙을 혐오한다.

나는 이런 이야기를 함께 나눌 수 있는 사람을 아직까지 만나 보지 못했단다. 나처럼 신을 믿지 않는 유일한 사람 아카마스를 발견했지만, 그의 입장은 근본적으로 나와 다르다. 우리는 서로에 대해 많은 것을 알고 있다. 내가 그의 골수에 사무친 무관심에 대해 잘 안다고 눈빛으로 말하면, 아카마스는 남의 일에 참견하는 골수에 사무친 내 강박 관념은 유치하기 짝이 없다는 눈빛을 보내온다. 최근에 아카마스는 역시 눈빛으로 내게 위험한 짓을 하지 말라고 경고했지만, 나는 모르는 척했단다. 하지만 이제는 무슨 일인지 알아야겠구나.

　나는 타락하고 몰락한 코르키스에 도저히 남아 있을 수 없어서 이아손과 함께 고향을 떠나는 길을 택했단다. 그것은 도피였지. 마지막으로 본 우리의 아버지 아이에테스 왕의 자만심과 공포가 뒤섞인 표정을 이곳 크레온 왕의 얼굴에서도 보았단다. 우리 아버지는 제물로 바쳐진 당신 아들의 장례식에서 내 눈을 똑바로 쳐다보지 못하셨어. 크레온 왕은 악행을 발판으로 권력을 유지하면서 추호도 양심의 가책을 느끼지 못하고, 철면피처럼 모든 사람의 얼굴을 똑바로 바라본단다. 언젠가 명망 높고 부유한 코린토스 사람들이 아카마스를 따라 화려한 무덤 속에 안장된 강 건너 묘지에 가 본 적이 있단다. 그곳에서 나는 죽은 자들이 무사히 저승에 이르는 입장권을 살 수 있도록 돈과 장신구, 음식, 심지어 말이나 하인들까지 무덤 속에 넣어 주는 광경을 보았다. 그 후로는 이 찬란한 코린토스가 그 영원한 묘지의 덧없는 대응물이라고밖에 생각되지 않는구나. 이곳에서도 죽은 자들이 세상을 다스리는 것처럼 보인다. 아니 죽음에 대한 두려움이 세상을 다스리는 것인지도 모르지. 과연 코르키스를 떠나는 길밖에 없었는지 의문이 생기는구나.

　이제 코르키스가 내 뒤를 쫓아오는구나. 동생아, 나는 네 뼈를 바다에 던졌다. 우리가 사랑했고 네가 묻히고 싶어 했으리라 확신하는 우리의 흑해 깊은 곳에 던졌지. 우리를 추적해 온 코르키스의 배들을 바라보면서, 우리의 아버지 아이에테스 왕의 면전에서 나는 아르고 선상에 똑바로 선 채 너를 한 조각 한 조각 바다 속에 던졌단다. 그러자 아이에테스 왕은 코르키스 선단의 뱃머리를 돌리게 했지. 그때 나는 마지막으로 공포에 질려 굳어 버린 그 친숙한 얼굴을 보았다. 품에 안고 있던 사자의 유골을 맞바람 속에서 미친 듯이 절규하며 바다에 내던지는 여인의 모습은 아르고 선원들에게도 소름 끼쳤을 거야. 이제 다시 그 모습이 뇌리에 떠오른 선원들이 몹시 불안해한다는구나. 그러니 나를 위해 증인으로 나서지 않는다고 해서 놀라서는 안 된다고 이아손은 말한단다. 그럼 당신들은 내가 친동생을 내 손으로 죽여서 토막 낸 다음 가죽 포대 속에 넣어 여행길에 올랐다고 믿는 건가요? 나는 이아손에게 물었단다. 착한 이아손은 고개를 돌리더구나. 그러곤 아직까지 내 물음에 대답하지 않고 있단다.

동생아, 이렇듯 오랜 세월이 지나는 동안 나는 감히 네 꿈을 한 번도 꿀 수 없었다. 그런데 이제 지난 기억들이 생생해지면서 꿈도 되살아나는구나. 밤이면 밤마다 바다가 사납게 날뛰며 네 유골을 삼키고, 밤이면 밤마다 그때는 흘리지 못했던 눈물이 내 두 눈에서 용솟음치는구나. 또 밤이면 밤마다 내 손 끝은 궁전의 지하 동굴 속에서 찾아낸 가냘픈 뼈마디들을 더듬는단다. 좁다란 두개골, 어린 견갑골, 가녀린 척추를 말이다. 이피노에. 이제 그녀는 과거의 나 이상으로 네 누이란다. 동생아, 눈물에 젖어 잠에서 깨어나면 너와 이피노에 가운데 누구 때문에 울었는지 나는 모르겠구나.

아르고 선원들은 나를 아버지의 손에 넘겨주자고 이아손을 설득하려 들었단다. 내가 앞뒤 재지 않고 도망쳐 나옴으로써 코르키스 함대의 위험한 추격을 받게 됐다는 게 이유였지. 우리를 추적하던 코르키스인들에게 넘겨주기 위해 나를 배 밖으로 내던지기 일보 직전, 이아손이 용감하게 나섰단다. 그건 내가 그의 보호를 받고 있다는 의미였지. 남자의 보호를 받는다는 것은 내게 새로운 경험이었단다. 하지만 이아손은 이내 당황하여 갈팡질팡했단다. 그의 부하들은 속죄라는 말을 입에 올리기 시작했어. 선원들은 압시르토스의 죽음에 분노한 신들을 진정시키고, 동시에 내가 코르키스에서 도주한 일과 그것을 도와준 이아손의 행위까지 함께 용서를 구하는 게 좋겠다고 의견을 모았단다. 사실 저지르지도 않은 죄를 고백하라는 것이나 다름없는 이 부당한 요구를 나는 거절했다. 그러나 이아손에게는 이 속죄가 얼마나 절실한 일인지를 나는 곧 알아챘단다. 때마침 아르고는 우리 키르케(그리스 신화에 나오는 마녀로 독수리를 의미한다. 전설의 섬 아이아이아에 살면서 섬을 찾아오는 사람들을 짐승으로 변하게 하였다. 특히 호메로스의 서사시 『오디세이아』에서 오디세우스의 부하들을 돼지로 만들어 버린 것으로 유명하다.—옮긴이) 이모가 오래전부터 섬 주변을 지나가고 있었어. 그 사실을 상기시킨 것은 리사였고, 나 또한 아무렇게나 늘어뜨린 붉은 머리가 불현듯 떠올랐단다. 섬 밖 아주 멀리까지 마법사로서 명성이 자자한 그 친척을 만나 보지 않을 이유가 없었어. 아르고 선원들도 키르케 이모에 대해 소문으로 알고 있었지. 그들은 이아손과 나를 따라가기를 거부했다. 마법을 걸어 남자들을 돼지로 만들어 버린다는 소문 때문이었지. 선원들은 후미진 만(灣)에 배를 대고 우리를 내려 주었다.

우리는 바닷가에서 키르케 이모와 마주쳤단다. 이모는 타는 듯한 붉은 머리를 감고 하얀 의복을 빨고 있었다. 주름살이 깊게 팬 얼굴은 보는 사람에게 두려움을 느끼게 했단다. 이모는 누가 찾아올 것인지 벌써 알고 있었던 것 같았어. 섬 안쪽 통나무집들이 옹기종기 모인 곳에서 한 무리의 여인들과 함께 살고 있는 그녀는 그곳으로 걸어가는 동안 우리를 기다렸다고 말하더구나. 전날 밤 넘쳐 흐르는 핏물에 몸을 몽땅 적셔서 바닷물에 피를 씻어 내는 꿈을 꾸었다는 것이었다. 속죄하려는 사람답게 우리는 아무 말도 하지 않았단다. 그리고 부뚜막 앞에 웅크리고 앉아서 동생아, 너를 추모하기 위해 우리는 얼굴에 재를 발랐단다. 여사제의 표시인 하얀 띠를 이마에 두르고 지팡이를 손에 들고 나서 키르케 이모는 어떤 죽음을 속죄하려는 것이냐고 내게 물었지. 나는 동생의 죽음이라고 대답했다. 이모는 담담한 목소리로 압시르토스라고 말하더니, 고개를 끄덕이는 나에게 불행한 여인이라고 하더구나. 그 말을 듣는 순간 또다시 삭힐 수 없는 슬픔이 복받쳐 올라 몸을 가눌 수조차 없었단다. 해마다 들판에서 새로운 돌멩이들이 솟아나듯이 갑자기 기억의 문이 다시 열리고 모든 추억의 파편들이 일시에 날아오르면서 그때의 슬픔이 새삼 가슴에 사무치더구나.

키르케 이모는 갓 잡은 새끼 돼지의 피를 우리에게 뿌리면서, 그 피로 살인죄를 정화해 달라는 주문을 외웠단다. 그러고는 연달아 여러 개의 잔을 주면서 마시라고 하더구나. 이아손은 곧 잠이 들었지만, 나는 도리어 정신이 또렷해졌지. 우리에게는 두 시간 정도의 여유가 있었고, 그 두 시간은 내게 한없이 길게만 느껴졌단다. 내가 코르키스를 떠날 수밖에 없었던 이유를 다 듣고 난 다음, 이모는 많은 이야기를 들려주었다. 그 이야기를 듣고 있는 동안 내 마음속에는 이모가 내 선지자이고 내가 이모의 후계자라는 느낌이 강하게 찾아왔단다. 이모 또한 이모를 따르는 여인들과 함께 왕과 신하들에게 격렬하게 반발했다가 추방당했기 때문이지. 저들은 키르케 이모에게 반대하도록 사람들을 사주하였고, 자신들이 저지른 범행을 이모에게 떠넘겼단다. 결국에는 그것도 모자라서 사악한 마녀라는 오명을 뒤집어씌워서 사람들이 등을 돌리게 만들어 이모는 아무것도, 정말로 아무것도 할 수 없게 되었다는구나. 동생아, 이모가 코르키스를 떠나기 전에 마지막으로 치유한 사람이 누군지 아느냐. 바로 어머니와 너였단다. 나도 이모의 이야기를 듣기 전까지는 그 사실을 까맣게 몰랐구나. 어머니는 출산 도중 기운이 다하여 하마터면 네가 태어나기도 전에 숨이 막혀 죽을 뻔했단다. 그때 키르케 이모가 가느다란 손을 힘껏 어머니 안에 집어넣어 네 몸을 돌려 준 까닭에, 간신히 네 머리가 나올 수 있었다는구나. 이모는 먼저 너를 무사히 꺼낸 다음, 어머니의 출혈을 멈추게 하려고 밤새도록 갖은 애를 다 썼단다. 그때 사용한 방법들은 나에게도 설명해 주었지. 삶에 대한 어머니의 의지가 사그러들자 키르케 이모는 작은 아기였던 너를 어머니의 가슴에 올려놓고 어머니의 출혈이 멎지 않아 세상을 뜬다면 너마저 죽을 것이라고 소리쳤다는구나. 그리고 잠시 후 피가 멈추었단다. 동생아, 너의 죽음은 이모를 큰 슬픔에 젖게 했단다. 코르키스가 이모를 버렸는데도 말이다.

키르케 이모는 우리보다 세상에 대해 아는 게 아주 많았단다. 굳이 섬을 떠날 필요도 없이 사람들이 이모를 찾아왔어. 세계 각국의 배들이 지중해의 그 부근을 항해했으며, 사람들은 항구의 선술집에서 키르케 이모에 대한 이야기를 주고받았다. 메데이아, 그들이 무엇을 찾는지 아느냐? 이모가 나한테 물으시더구나. 그들은 자신들에게 죄가 없다고 말해 줄 여자를 찾는단다. 어쩌다 보니 우연히 숭배하게 된 신들에게 내몰려 그런 일들을 저지를 수밖에 없었으며, 자신들이 달고 다니는 피의 흔적은 신들이 정해 준 남자로서의 본분이라는 이야기를 듣고 싶어 한단다. 메데이아, 그들은 몸집만 클 뿐 끔찍한 어린애들이란다. 내 말을 명심하거라. 그런 경우가 점점 늘어나고 또 널리 퍼져 가고 있다. 네가 의지하는 저 젊은이도 곧 너한테 매달리게 될 게야. 저 사람 마음속에는 벌써 악이 싹트고 있어. 그들은 스스로는 절망을 견디지 못하면서, 우리에게는 절망을 참도록 길들였지. 남자든 여자든 어느 한쪽은 슬퍼해야 하지 않겠니. 오로지 전장(戰場)의 소란과 울부짖음, 패배자들의 신음 소리만 가득할지라도, 이 대지만은 변함이 없을 거야. 그렇게 생각하지 않느냐?

어찌 하여 이토록 오랫동안 그런 이야기들을 모두 잊고 살 수 있었단 말인가. 이모 곁에, 이모와 여인들 곁에 머무르게 해 달라고 애원했던 기억도 이제야 새삼 다시 떠오르는구나. 나는 이모가 있는 그 섬에서 눈 깜짝할 사이에 천상의 빛이 비치는 삶을 체험했단다. 배들이 오고 가고 남자들이 오고 간다. 위로 받아 치유된 사람들도 있고 그렇지 못한 사람들도 있다. 키르케 이모도 그 순간 나와 같은 생각을 하고는 말했단다. 너는 여기 머물러서는 안 돼. 너는 사람들 틈에서 살아야 한다. 우리가 무엇 때문에 그들과 함께 있는지 분명히 의식하고서, 그들을 사납고 위험하게 만드는 두려움에서 벗어나도록 도와주어야 해. 저기 저 사람, 이아손에게만이라도 그렇게 하거라.

어떻게 그 모든 걸 잊을 수 있었단 말인가. 맞다, 키르케 이모는 내 물음에 대답하고는 웃었단다. 언젠가 내가 한 무리의 남자들을 돼지 떼처럼 섬에서 쫓아낸 적이 있었지. 그러면서 나는 그들이 티끌만큼이라도 스스로를 인식하도록 도와준 것이기를 내심 바랐단다. 메데이아, 내가 무슨 생각을 하는지 아느냐? 시간이 흐를수록 내 마음은 정말 사악해질 게야. 서서히 사악해져서 종내는 바닷가에 홀로 서서 저주를 퍼부으며 아무도 섬에 발을 들여놓지 못하게 할 게다. 그들이 나한테 쏟아 부은 그 모든 사악함, 야비함, 비천함은 물처럼 쉽게 흘러 나가는 게 아니더구나.

어떻게 그걸 잊을 수 있었을까. 나도 적절한 순간이 오면 사악해지기를, 정말로 사악해지길 바랐던 것을 어떻게 잊을 수 있었단 말인가. 압시르토스야, 이제 바로 그 순간이 온 것 같구나.

어이가 없을 뿐이란다. 모든 게 이렇듯 빤하고 환히 들여다보이는데,

저들에게는 아무렇지도 않다니. 그렇게 거짓말, 거짓말, 거짓말을 늘어놓으면서도 철면피처럼 내 얼굴을 똑바로 들여다볼 수 있다니. 거짓말을 못하는 것도 심각한 장애로구나. 동생아, 우리가 어렸을 때 하던 놀이가 생각나는구나. 우리는 거짓말을 배우고 싶어 했지. 어머니나 아버지에게 그럴듯한 거짓말을 해서 곧이듣게 만드는 사람이 이기는 놀이였어. 우리는 대개 웃으면서 쫓겨 오곤 했지. 우리는 유난히 이 놀이를 못했던 기억이 나는구나. 압시르토스야, 이곳 사람들은 거짓말의 명수란다. 스스로를 속이는 데도 아주 능수능란하지. 처음에 나는 저들의 몸이 무척 단단한 데에 놀랐단다. 저들의 목이나 팔, 배에 손을 올려놓으면 아무런 흐름이나 솟구침 같은 느껴지지 않는단다. 단단함 자체라고나 할까. 그 단단함을 녹이는 데 얼마나 오랜 시간이 걸렸는지 아느냐? 그들은 얼마나 주저하고 저항했으며, 또 동정 받기를 얼마나 거부했는지 아느냐? 그러다 마침내 그들, 다 큰 남자들은 울음을 터뜨렸단다. 그러나 많은 사람들은 수치심을 느끼며 다시는 나를 찾아오지도, 만나 주지도 않았지. 먼저 나는 그런 모습을 이해하는 법부터 배워야 했고, 거기에 이아손이 많은 도움을 주었단다.

이아손은 훌륭한 남자였다. 그의 걸음걸이, 그의 몸가짐, 배를 조종할 때 드러나는 근육의 움직임. 아아, 나는 마냥 그를 바라보지 않을 수 없었어. 선원 몇 명이 코르키스인들의 공격을 받아 부상당했을 때, 나는 이아손과 함께 그들을 돌봐 주었다. 이아손은 아는 게 많았으며 치유법과 약제에도 정통했단다. 손과 손을 맞잡고 일하면서 말 없이 서로를 이해했던 그날 밤보다 우리가 서로를 가깝게 느낀 적은 일찍이 없었다. 나는 조금도 주저하지 않고 이아손의 아내가 되기로 결심했단다. 우리가 은신처를 찾아 들렀던 코르키라(그리스 연안 이오니아 해에 위치한 섬. 현재는 코르푸라고 불린다.—옮긴이)의 왕이 나 없이는 돌아올 수 없다는 명령을 받고 또다시 우리를 뒤쫓아온 코르키스 함대에게 나를 넘겨줄까 봐 두려웠기 때문만은 아니었어. 그날 밤 우리는 정해진 순서를 밟아 혼례를 올렸으며, 마크리스 여신(그리스 신화에서 꿀을 발견한 아리스타이오스의 딸로 코르키라의 동굴 속에서 사는 여신.—옮긴이)의 동굴에서 초야를 보냈단다. 그때 나는 도와주십사고 기도하면서 내 장신구들을 여신의 제단 위에 모두 풀어 놓았고, 그 후로 다시는 장신구를 몸에 달지 않는단다. 그렇게 하겠다고 여신에게 맹세했고, 여신도 나를 이해해 주었기 때문이지. 나는 끼고 있던 반지를 빼고 여신의 품안에서 평범한 여인이 되었다. 조금도 망설이지 않고 이아손에게 나를 바치고 그와 나를 한 몸으로 엮었지. 내 몸을 누르던 이아손의 어깨를 내가 어떻게 움켜잡았으며 또 그의 근육 하나하나가, 그의 긴장과 행복한 이완이 내게 선사하던 느낌이 어떠했는지 나는 지금도 기억하고 있다. 코린토스의 다른 남자들처럼 이아손의 어깨가 차츰 단단해지기 시작했을 때 내 마음이 얼마나 아팠는지 아느냐? 이미 이아손은 그런 것 따위에는 마음 쓰지 않는단다. 그는 이제 궁중의 사람이 되고 말았으니까. 당신과 아이들을 위해서요. 이아손은 그렇게 말했단다. 당신이 이곳에 머무를 수 있도록 하기 위해서란 말이오. 이아손은 우리가 아니라 당신과 아이들이라고 말했고, 그것은 내게 칼로 에는 듯한 고통, 결코 사라지지 않을 아픔이 되었단다.

크레온 왕은 나를 위협하고 굴욕감을 심어 주기 위해 인사도 없이, 쳐다보지도 않은 채 돌처럼 차가운 표정으로 내 옆을 지나갈 수 있는 그런 인간이다. 하지만 나는 그런 일에는 눈썹 하나 까딱하지 않는다. 우연히 동굴 속에서 발견한 남자의 시신에 대해 알려고 들지 말라고 아카마스가 나를 설득할지도 모른다. 그러면 그대가 동생을 죽였다는 소문은 저절로 잠잠해질 것이오. 그러면 나는 아카마스에게 물을 것이다. 그게 남자의 시신이라는 것을 어떻게 아시지요? 아카마스는 하얗게 질리면서 광대뼈가 불거지도록 이를 악물고 협박하듯이 물을 게다. 메데이아, 그대가 알고 있는 게 대체 무엇이오? 나는 침묵을 지킬 것이다.

그러나 두려움과 걱정에 쫓겨 이성을 잃은 이아손이 같은 질문을 하면서 내 입을 다물게 하려 든다면, 나는 마음이 흔들려 내가 알고 있는 사실을 이아손에게 말하게 될 것이다. 동생아, 네 또래의 소녀, 어린아이나 다름없는 소녀의 유골이 동굴 안에 있다. 그 유골은 크레온 왕과 침묵을 지키는 메로페 왕비 사이에서 태어난 첫딸, 그러니까 공주의 유골이란다. 어스름한 방으로 찾아간 내게 왕비가 말해 주었지. 나는 벌써 모든 진실을 헤아리고 있었기에 왕비는 짧게 그렇소, 아니오라고만 대답하면 되었어. 왕비의 좁다란 입술 사이로 대답이 새어 나왔단다. 그가 명령했다오. 그가 그 아이 이피노에를 제거하려 했다오. 메로페 왕비는 말했단다. 우리가 그의 자리에 이 아이를 앉힐까 봐 두려워했다오. 그리고 우리도 그걸 원했다오. 우리는 코린토스를 구해 내려고 했다오.

그 순간 내가 느꼈던 한기는 여전히 나를 휘감고 있다. 뼈대가 굵은 한 시녀가 나를 밖으로 데려다 주었다. 커다란 돌덩이가 가슴을 짓누르고 있는 것만 같아 나는 궁궐 뜨락을 이리저리 헤매었단다. 그들은 코린토스를 구하려고 했고, 우리는 코르키스를 구하려고 했다. 그리하여 이피노에와 압시르토스, 너희 둘이 희생된 것이다. 이피노에는 나 메데이아보다도 더 가까운 네 누이란다.

나는 코르키스를 떠나지 말았어야 했다. 이아손이 모피를 손에 넣도록 도와주지도 말고, 함께 떠나자고 내 동족들을 설득하지도 말았어야 했다. 바다를 건너는 그 길고도 힘든 여행을 감수할 필요도 없었다. 코린토스에서 절반은 두려움에 떨고 절반은 멸시당하는 야만인으로 그 긴 세월을 살아가지 않아도 되었다. 오, 내 아이들! 그렇다. 그런데 이 아이들은 무엇을 찾아내게 될까. 내 사랑하는 동생아, 지구라고 불리는 이 원반 위에는 승자와 희생자만이 존재한단다. 설사 이 원반 밖으로 내쫓기는 한이 있더라도, 나는 무슨 일이 있었는지 기필코 알아내고야 말 것이다.

5

여인들은 우리와 동등해지는 즉시
우리를 능가한다.

— 카토*

* 고대 로마 공화정 말기의 정치가(BC 95~BC 46). 스토아 철학의 신봉자.——옮긴이

아카마스

오, 아무것도 모르는 여인이여. 아무것도 모르는 이런 인간들이야말로 우리를 파멸의 구렁텅이로 처넣는다. 설마 그런 일이 아직도 존재하리라고는 생각도 해보지 않았다. 호기심을 자극하는 풍문들이 들려오긴 했다. 우리의 위대한 바다 주변 어느 항구에서 아르고와 그 여인을 만나본 뱃사람들은 우리나라에도 들른 적이 있고, 그 덕에 항구의 선술집을 떠돌아다니는 온갖 시시한 소문들은 우리 해안으로도 흘러들어 왔다. 당시 아르고 선원들의 모험담보다 더 사람들의 관심을 불러일으킨 것은 없었으며, 또 아름다운 야성녀라 불린 그 여인보다 세인들의 입에 더 많이 오르내린 사람도 없었다. 나는 사람들을 잘 파악한다고 자부한다. 사람들의 억누르기 어려운 기이한 욕구, 그리고 제멋대로 퍼져 나가는 환상과 이 환상의 산물을 진정한 현실로 여기고 싶어 하는 성향도 잘 알고 있다. 그러나 그 여인에게는 사람들 머릿속에 불을 지르고 놓아주지 않는 뭔가가 있는 게 틀림없다.

크레온 왕은 주변 여러 나라의 왕좌에 앉아 있는 사촌들의 동태를 소상히 파악하고 있었으며, 장차 어떤 일이 일어날지 상당히 정확하게 예견했다. 그는 왕위를 찬탈한 숙부가 왕좌에서 물러날 리 없으니 설령 이아손이 금양 모피를 손에 넣는다 해도 도움이 되지 않는다고 말했다. 또 이아손의 왕위 계승권을 위해 싸워 줄 사람은 아무도 없으므로 결국 이아손은 아내와 부하들을 거느리고 의탁할 장소를 찾아 나서는 수밖에 없다는 것이었다. 왕은 원로 회의에서 그 장소는 바로 코린토스가 되리라고 말했다. 왕은 이 조카에 대해 잘 알지는 못하나 여러 모로 탐문해 보니, 그리 나쁘지만은 않았다고 설명했다. 이아손이 테살리아의 숲 속에 머물며 케이론에게 받은 교육은 우리 궁궐에서 왕자들이 향유한 것과는 비교도 되지 않겠지만, 어쨌든 기를 것은 기르고 눌러야 할 것은 누르고 거친 부분은 잘라 냈으니, 우리가 이제 나머지를 떠맡아서 능력 있는 젊은이로 키워 보자고 크레온 왕은 제안했다. 우리는 모두 고개를 끄덕였다. 어쨌든 궁중에는 왕위 계승권을 가진 왕자가 없었고, 자손이라고는 오직 가엾은 글라우케 공주뿐이었다. 저마다 속셈을 지닌 점성술사들도 눈을 내리뜨며 동의한다고 중얼거렸다. 퇴장할 때 왕은 특별히 나만 남아 있으라고 분부했다. 가슴 뿌듯한 일이었지만, 다들 지켜보는 앞에서 유독 나만 지목하여 다른 사람들의 시기심을 일깨우지 않았더라면 더욱 좋았을 것이다.

아카마스, 그대의 생각은 어떻소? 크레온 왕은 매사 내 의견을 묻는 습관이 있었다. 나로서는 왕이 내 솔직한 의견을 듣고 싶어 하는 건지 아니면 자신의 생각을 확인받고 싶어 할 뿐인지 매번 새롭게 알아내야 했다. 이아손 정도의 젊은이라면 코린토스 궁전에 손색이 없을 것이옵니다. 나는 말했다. 좋소, 좋아. 그런데 다른 할 말은 없소? 왕이시여, 그에게 부인이 있다고 들었사옵니다. 나도 알고 있소. 그 여인도 만나 보게 될 것이오, 그렇지 않소? 크레온 왕이 말했다. 그렇사옵니다. 나는 이아손 일행을 맞는 데 필요한 일들을 수행할 것을 분부받았다.

그러고 나서 몇 주 후 바람 불고 흐리던 어느 가을날, 아르고가 메데이아를 따라온 코르키스의 배들과 함께 우리 항구에 도착했다. 우리 함대 소속의 안내선이 그들을 인도했으며, 궁성의 중급 관리 몇 명이 영접을 위해 파견되었다. 나는 조금 떨어진 곳에 서서 그 여인을 기다렸다. 그녀는 이아손의 팔에 의지한 채 힘겹게, 그러나 제발로 걸어서 부교를 내려왔다. 만삭인 그녀의 창백하고 움푹 팬 눈자위는 몹시 지쳐 보였다. 풍랑이 심한 바다를 건너는 여행이 그녀에게는 무리였던 게 분명했다. 주변에서 그녀를 돌보는 여인들은 행여 그녀가 파도에 떠밀려 심하게 흔들리는 배 안에서 분만이라도 하지 않을까 노심초사했다. 아름다운 여인이었다. 이아손을 이해할 수 있었다. 메데이아가 내 앞에 다가섰고, 나는 그녀의 눈을, 초록빛 눈동자 속에 일렁이는 황금색 불꽃을 보았다. 맑은 두 눈에는 생기가 넘쳤다. 여자는 발이 차가우면 출산을 할 수 없어요. 메데이아의 입에서 들은 첫마디였다. 폭풍우에 놀란 닭들이 씨암탉 주위로 몰려들 듯 코르키스 사람들이 메데이아 곁으로 모였다. 어두운 해변에 움츠린 채 모여든 미지의 군상들 위로 낮게 깔린 구름이 빠르게 흘러갔다. 버려진 인간들. 나는 생각했다. 이런 일이 결코 우리에게 일어나서는 안 되리라.

이아손은 여전히 자신에게 충성하는 몇몇 아르고 선원들을 내게 소개하고는, 피난민들을 기꺼이 받아 준 호의에 대해 정중하게 감사를 표했다. 나는 부인을 소개시키는 걸 잊었다고 그에게 상기시켰다. 이에 이아손은 무척 당황하였고, 메데이아는 소리 내어 웃었다. 메데이아의 웃음

소리는 그녀의 눈 다음으로 사람들의 주목을 끈다. 그런 웃음소리를 들어 본 지도 꽤 오래되었다. 메데이아의 그런 웃음소리를 잠재운 것은 다름 아닌 우리 자신이라는 사실을 나는 잘 알고 있다. 살다 보면 유감스럽게도 내키지 않은 일을 해야 할 때가 종종 있다.

 도착한 날 밤 메데이아는 아이들을 낳았다. 쌍둥이였다. 아니, '쌍둥이다.'라고 말해야 한다. 건강하고 튼튼한 사내아이들로, 한 아이는 이아손을 닮은 금발이었고 다른 아이는 어머니처럼 검은 곱슬머리였다. 그것을 본 메데이아는 또다시 웃음을 참지 못했다. 난산은 아니었다. 메데이아의 방에서 수발을 드는 여인들이 수다 떠는 소리, 심지어 노래하는 소리가 복도에서 일하는 우리 귀에까지 들려왔다. 의아해진 궁궐의 시녀들이 왜 그렇게 즐거워하냐고 묻자 리사가 대답했다. 탄생은 당연히 축하해야 하는 향연이라고. 우리 코린토스의 여인들이 코르키스 여인들의 출산 방식을 배운다는 말을 들어도 나는 별로 놀라지 않는다. 그중에는 고귀한 신분의 여인들도 있다. 그러나 우리의 고매한 의사들은 그들의 치유술이 궁궐로 유입되는 것을 한사코 막고 있다. 코르키스 여인들의 치유법이 우리에게 맞지 않는다는 그들의 말에도 일리는 있다. 코르키스 사람들은 아이가 태어나면, 아이의 유일한 사명은 이 세상에 존재하는 것이니 그 사명을 위해 모든 사랑과 애정을 받아 마땅하다고 생각하는 것 같다. 언뜻 아름답고 경건해 보이긴 하지만, 그건 원시적인 사고일 뿐이다. 따뜻하기는 하겠지만 비좁은 자궁에서 벗어나기 위해 그렇듯 필사의 노력을 다한 후, 기회가 주어지는 즉시 다시 그곳으로 돌아가는 것은 정말이지 아무 의미가 없다. 여자들이란……. 그래, 그렇다. 구속에서 벗어났다는 듯 이방인들과 한데 어울려 별스럽게 즐거워하는 우리 코린토스의 여인들이 이따금 눈에 띄었다. 그런 여인들은 약간의 거리를 둔 채 생각에 잠긴 눈빛으로 각자의 배우자를 훑어보기 시작했다. 사실 나한테는 흥미로운 일이었다. 나는 고루한 남편들 편도, 냉랭한 여편네들 편도 아니다. 그리고 끈끈한 우정이라는 것도 내겐 그다지 탐탁치 않다. 아가메다는 이런 사실을 눈치 채고 있다. 그녀는 나와 닮은 데가 있다. 어쨌든 치유사로서 메데이아의 비밀스러운 명성은 곧 빛을 잃을 것이다. 누가 친동생을 살해한 여인을 찾아가겠는가. 별로 내키지 않는 일도 때로는 해야만 하는 순간이 있다.

처음에 메데이아는 신뢰할 만한 여인이었고, 그녀의 그런 점은 사람들의 마음을 온통 잡아끌었다. 그녀의 눈으로 내가 사는 도시를 바라보는 것은 좀처럼 접하기 어려운 색다른 경험이었다. 그녀는 알현실에서는 이루 말할 수 없이 딱딱하다가도, 우리끼리 식사하는 자리에서는 풀어진 모습을 보여 주는 크레온 왕의 모습을 두고 어쩌면 이렇게 상반되는 두 사람의 크레온 왕이 있느냐고 물었다. 나는 그렇지 않을 수도 있다는 생각을 결코 해본 적이 없다. 당시 크레온 왕은 이아손과 메데이아, 그리고 나를 자주 식사에 초대했고, 그러고 나면 기분이 좋아져서 제멋대로 행동하곤 했다. 지나치리만큼 메데이아를 숭배하는 가련한 글라우케 공주도 이따금 자리를 같이했다. 공주의 아버지였지만 왕은 딸에게 전혀 신경 쓰지 않았다. 메데이아가 은밀히 공주의 간질병을 치료하고 있다는 소문이 돌고 있다. 사실 공주의 병세에 조금 차도가 있는 것처럼 보이는데, 중도에서 치료를 그만두게 할 수밖에 없어 유감이다. 메데이아의 어처구니없는 질문을 받은 나는 왕으로서 크레온은 크레온이 아니라 그냥 임의의 한 남자, 말하자면 한 개인이 아니라 왕이라는 직위 자체라는 사실을 이해시키려고 했다. 그러자 메데이아는 불쌍한 사람이라고 말했다. 메데이아는 그렇게 말하면서 자신의 아버지인 코르키스의 왕을 생각한다고 최근에 아가메다가 내게 말해 주었다. 기이한 여인이다.

　나는 평소의 나답지 않게 흥분해서 코린토스가 어떻게 움직이는지를 설명해 주었다. 그것은 바로 내가 어떤 방식으로 권력을 행사하는지 차근차근 알려 주는 것과 다름없었다. 다시 말해서 나는 무엇보다도 왕을 비롯한 모든 사람이 코린토스에 존재하는 모든 힘의 원천이 오로지 크레온 왕이라고 생각하는 것을 막기 위해 내 권력을 행사했다. 내가 짊어진 고독과 침묵의 멍에를 벗어던지고 다른 세계에서 온 여인에게 마음을 터놓고 싶은 욕구를 거스르기란 힘든 일이었다. 내가 주는 선물을 그녀가 당연히 받아들이며 그다지 높이 평가하지 않는 것도 내심 즐거웠다. 한때 우리에게는 이방인들과 그런 식으로 유희를 즐기던 시절이 있었다. 우리는 우리 자신과 우리의 도시에 자신이 있었다. 왕의 수석 천문학자인 나는 결코 우리를 위험에 빠뜨릴 리 없는 이주민 여인에게 이 도시의 부와 명성이 무엇에 토대를 두고 있는지에 대해 자신만만하게 설명할 수 있었다. 모든 일은 무엇보다도 진정으로 원하는 것과 유익하다고, 즉 선하고 올바르다고 여기는 것에 의해 좌우되기 때문이다. 메데이아는 이 말에 전혀 이의를 제기하지 않았다. 다만 문장 가운데 중요한 '즉' 이라는 낱말에만큼은 반대하였다. 유익한 것이 반드시 선하다고는 볼 수 없지요. 그녀는 말했다. 세상에! '선하다' 라는 낱말 하나 때문에 그녀는 나를 얼마나 괴롭혔으며 나아가 자신은 또 얼마나 괴롭혔던가! 그녀는 코르키스에서 생각하는 선에 대해 내게 설명해 주려 애썼다. 살아 있는 모든 생명체가 마음껏 자신을 발휘할 수 있도록 도와주는 게 진정 선한 것이었지요. 그렇다면 풍요로운 생산력을 말하나 보군요. 나는 말했다. 그렇다고도 볼 수 있어요. 메데이아가 말했다. 그러곤 우리 인간과 다른 생명체들을 결합시켜 주는 모종의 힘들이 존재하며, 삶이 정체되지 않으려면 이 힘들이 자유롭게 흘러가야 한다고 말했다. 이해할 수 있었다. 우리 코린토스에도 그런 이야기를 늘어놓는 몇몇 몽상가 무리가 있다. 그러나 진지하게 그것을 추구하게 되면 인간들은 본래 어떤 존재든 간에 공동체 안에서는 살 수 없을 게요. 나는 반박했다. 메데이아는 깊이 생각하는 눈치였다, 중요한 건 바로 그거예요. 메데이아, 도대체 뭐가 중요하단 말이오. 잠시만. 그녀는 말했다. 뭔지는 알겠는데, 아직은 말로 표현할 수가 없어요.

메데이아와의 대화는 항상 무언가에 대해 일깨워 주었다. 그러나 그녀가 사람들의 신경을 곤두세우게 하는 것도 사실이었다. 누구보다도 크레온 왕이 그랬을 것이다. 왕은 그다지 두뇌가 명석한 사람이 아니며, 일단 자신이 궁지에 몰렸다는 사실을 깨달으면 내가 도와주기를 바란다. 당시 나는 그가 보내는 신호를 못 본 척, 못 들은 척 미련하게 굴면서 남다른 재미를 맛보았다. 그 여자는 지나치게 똑똑하고 너무 아는 척을 해. 왕은 메데이아를 이렇게 평했다. 무엇보다도 왕에게 메데이아는 섬뜩한 존재였다. 어떻게 표현해야 하나. 메데이아는 지나치게 여성적이었으며, 그녀의 모든 사고방식은 그런 여성적인 면에 깊이 물들어 있었다. 그녀는 생각은 감정에서 발전하며 감정과의 관계를 잃어버려서는 안 된다고 믿었다. 그런데 지금 나는 왜 다 지난 일인 양 이야기하고 있단 말인가. 그래, 그녀는 지금도 그렇게 믿고 있다. 물론 그것은 시대에 뒤떨어진 진부한 생각이다. 피조물 특유의 감정적인 탐닉이라는 나의 말에 메데이아는 창조적인 원천이라고 응수했다. 그녀는 내 망루의 테라스에 서서, 코르키스에서 천문학은 여인들의 일이며 그것은 달의 주기에 토대를 두고 있다고 며칠 밤에 걸쳐 설명했다. 그리고 이곳에서는 별들이 뭐라고 불리는지 알고 싶어 했으며 별들의 궤도에 대한 설명을 부탁했다. 또 별들의 운행 경로와 별자리를 보고 어떻게 우리의 운명을 알아낼 수 있는지 궁금해했다. 우리는 함께 천상의 음악과 수정처럼 맑은 울림에 귀를 기울였다. 우리의 귀는 그 화음을 듣기에 적합하지 않지만, 사력을 다해 정신을 집중하면 간혹 들을 수도 있다. 메데이아는 나와 같은 순간에 그 화음을 들은 최초의 여인이었다. 거대한 활이 떨리는 현을 스치는 것 같군요. 메데이아는 말했다. 지극히 정확한 표현이었다. 나는 인정한다. 그날 밤의 체험은 평소와는 다르게, 훨씬 강렬하게 내 마음을 뒤흔들었다.

밤하늘에 떠 있는 별들을 통해 읽어 내는 나의 예언에 메데이아가 동조하지 않아 나는 심기가 뒤틀렸다. 어쨌든 먼 옛날부터 우리 코린토스에는 별자리를 읽는 전통이 전해 내려왔으며, 경외하는 마음과 함께 그 이름이 후세에까지 길이 전해지는 내 선임자들의 수 역시 아주 많다. 이따금 정도에서 벗어나는 생각을 할 때도 있지만, 언젠가는 나도 그들의 뒤를 이어 내 동족들의 기억 속에 영원히 살아 남기를 소망하고 있다. 무엇 때문이지요? 메데이아가 또다시 물었다. 나는 메데이아의 이런 물음들이 그 누구도 넘어서는 안 된다고 나 스스로 경계를 그은 영역까지 접근하고 있는 것을 깨닫지 않을 수 없었다. 아니 그런 영역이 존재한다는 사실을 그녀의 물음들을 통해서 비로소 분명하게 깨달았다고 말하는 편이 더 정확할 것이다. 내가 그런 영역을 설정하지 않을 수 없도록 만든 고통스럽고 괴로운 동기들이 다시 고개를 들면서 새삼 분노가 치밀었다. 무엇 때문이냐고, 무엇 때문이냐고! 나는 크게 외쳤다. 무엇 때문에 길이길이 살아남기를 바라냐고! 그런 물음은 아무 쓸모가 없소. 메데이아는 입을 다물었다. 그러나 침묵은 그녀가 동의하지 않는다는 것을 다른 어떤 말보다도 강력하게 드러내 주는 것이었다. 그렇다면 대체 뭐요?

나는 다시 목청을 높였다. 그대는 같은 동족의 기억 속에 영원히 살고 싶지 않다는 게요? 아니면 대체 뭐란 말이오? 그대는 아직까지 그런 일에 대해서 깊이 생각해 보지 않았다는 말이오? 그런 이야기를 누구에게 늘어놓든 그것은 그대 마음이지만, 나한테는 하지 마시오. 또다시 예의 침묵이 찾아왔다. 내 안에서 광기 같은 것, 스스로 품위 없는 행동이라고 여겨 이미 오래전에 떨쳐 버린 흥분이 끓어올랐다. 세월이 어느 정도 흐른 후, 무슨 이야기 끝에 메데이아가 갑자기 말했다. 우리나라에서는 어떤 조상이든 존경을 받아요. 웃지 않을 수 없는 때가 가끔은 있다.

물론 우리 코린토스 사람들은 이주민들의 무리를 낯선 동물 보듯 눈을 크게 뜨고 바라보았다. 노골적으로 불친절하지는 않았지만 친절하지도 않았다. 당시 우리는 몇 년 동안 태평성대를 누렸다. 좋은 시절은 나중에야 비로소 그 가치를 깨닫게 마련이다. 우리의 부유한 생활을 보고 눈을 크게 뜨는 코르키스 사람들의 모습은 우리 마음을 흐뭇하게 했다. 몇 년 동안 이어진 풍작, 그득한 곡식 창고, 저렴한 식료품 값, 가난한 백성들을 위해 국가에서 공식적으로 제공하는 급식……. 더 이상 히타이트 족(기원전 1700 ~ 1200년경 소아시아에 대제국을 건설했던 민족.—옮긴이)에게 의지할 필요도 없었다. 그것은 바로 가엾은 이피노에 공주의 이야기가 마침내 망각 속으로 빠져 들고 말았다는 의미였다. 나 또한 거의 잊고 살았다. 이피노에 공주가 정말로 낯선 뱃사람들에 의해 납치되어 그들의 젊은 왕과 행복하게 결혼했는지 여부에 대해서는 더 이상 아무도 묻지 않았다. 친애하는 메로페 왕비가 오랜 세월 병석에 누워 외딴 별궁에 칩거하면서 말로 형용하기조차 어려운 두 여인 말고는 아무도, 그야말로 아무도 만나지 않는다는 사실도 이제 받아들이게 되었다. 솔직히 전혀 예상하지 못했던 일이다. 누군가로부터 그렇게 살라는 명령을 받은 것인지, 다시 말해 일종의 유배 생활을 하는 것인지, 아니면 왕비 스스로 이피노에 공주 사건 이후 궁궐에서 일어나는 모든 일을 페스트처럼 피하고 있는 것인지는 나로서도 알 수 없다. 그리고 언젠가부터는 더 이상의 궁금증조차 일지 않았다.

  그 모든 일이 일어났을 때, 나는 아직 혈기 왕성한 청년이었다. 당시는 매우 뒤숭숭한 시절이었다. 지중해 연안의 여러 종족들은 꿈틀거렸으며, 우리 도시는 내분에 휩쓸려 있었다. 의회는 두 파로 나뉘어 한 파는 크레온 왕에게 충성을 바쳤고, 다른 한 파는 중요한 발언권을 가지고 있던 메로페 왕비를 지지했다. 이미 오래전에 의미를 상실한 옛 관례에 따르면, 왕비가 왕에게 왕관을 빌려주었기 때문이다. 즉 통치권이 모계 쪽으로 승계되었다는 것이다. 벌써 오래전에 잊혀진 옛 율법이 별안간 다시 의미를 얻으면서, 두 파는 한 치의 양보도 없이 증오에 찬 논쟁을 벌이기 시작했다. 그러는 와중에 코린토스를 안전하게 지켜 낼 수 있을 것처럼 여겨지는 이웃 도시와의 동맹 가능성이 모색되고 있었다. 다만 이피노에 공주가 그 도시의 젊은 왕과 혼인하여 훗날 크레온 왕의 왕위를 계승해야 한다는 조건이었다. 많은 원로들은 이 제안이 합리적이라고 생각했으며, 메로페 왕비도 그들과 의견을 같이했다. 주변 열강들의 압박으로부터 코린토스를 해방시킬 수 있는 전망이 매우 커 보이므로 바람직한 선택이라는 것이 그들의 생각이었다. 그러나 크레온 왕은 그 제안에 반대했다. 왕이 반대하거나 참석하지 않으면 의회는 어떤 제안도 통과시킬 수 없었으므로 메로페 왕비는 몹시 격분하였다. 그녀는 왕의 반대가 바로 자신을 겨냥한 것이라는 사실을 잘 알고 있었다. 나는 크레온 왕의 편이었다. 여성이 지배하는 새로운 사회를 기대하며 메로페 왕비를 따르는 여인들과 딸 이피노에에게서 왕비의 영향력과 세력을 제거하기 위해 수많은 책략, 인내심, 끈기를 요하는 힘들고도 지난한 싸움이 끝난 후, 크레온 왕은 은밀한 자리에서 나에게 말했다. 참으로 의미 없는 일이오. 나는 여인들을 반대하는 것이 아니라오. 우리 바다를 둘러싼 여러 민족들의 역사에는 여왕들이 성공적으로 통치한 선례가 충분히 있소. 개인적인 사리사욕이 아니라 코린토스의 미래에 대한 우려만이 나의 행동을 결정할 수 있소. 시대의 징후를 읽어 낼 줄 아는 이라면, 오늘날 주변 국가들이 전쟁과 만행을 되풀이하면서 성립되었다는 것을 두 눈으로 똑똑히 볼 수 있을 것이오. 여인들이 이끄는 옛날 방식의 코린토스로는 그런 국가들에 도저히 대적할 수 없소. 시대의 흐름을 거스르는 것은 부질없는 짓이오. 이 흐름을 제때 알아내어 떠내려가지 않고 살아남을 수 있도록 여러 조치를 취할 수 있어야 할 것이오. 그러기 위해서는 때로 몹시 고통스러운 대가를 치를 수도 있다오.

그렇게 해서 우리가 치른 대가가 바로 이피노에 공주였다. 공주를 희생시키지 않았더라면 전 코린토스 왕국이 멸망했을 것이오. 나는 메데이아에게 말했다. 무엇이 당신을 그토록 자신 있게 만드나요? 나는 메데이아가 당연히 이렇게 물을 줄 알았다. 증오심에 가득 찬 아가메다와 말로는 설명하기 어려운 프레스본이라는 인간이 메데이아를 고발하러 온 자리에서 그녀가 모든 걸 알고 있다는 사실을 깨달은 순간, 나는 말 그대로 모골이 송연해졌다. 메데이아는 올가미에 걸려든 것이다. 그것도 제 발로 걸어 들어갔다는 사실에 나는 더더욱 광분했다. 무엇이 그렇게 나를 자신 있게 만드느냐고 물었소? 나는 버럭 소리를 질렀다. 그 모든 일을 겪은 내게 그런 질문을 하는 거요? 아니, 함께 버티어 낸 나한테? 과연 그대에게 조국이나 왕실을 위해 이러저러하게 행동하라고 다른 사람을 깨우쳐 줄 만한 권한이 있는지 없는지 단 한 번이라도 곰곰 생각해 봐야 할 것이오. 이상하게도 메데이아는 전혀 동요하지 않았다. 내가 코르키스를 떠난 일이나 코르키스와 나와의 관계는 온전히 내 일이에요. 하지만 저지르지도 않은 죄를 뒤집어씌워서 나에 대한 세상 사람들의 생각마저 조작할 필요까지는 없지 않아요? 동굴 안에서 발견한 것이나 내가 알아낸 다른 것들에 대해 발설할 생각은 추호도 없어요. 나는 침묵을 지킬 수 있어요. 다만 나는 나 자신을 위해 분명하게 정리해 두고 싶을 뿐이지요. 그것조차 용납이 안 되나요?

우리는 서로 원수가 되어 마주 보았다. 행여라도 안타까운 마음이 일어서는 안 되었다. 나는 말했다. 메데이아, 너무 그리 교만하게 굴지 마시오. 너무 자만하지 말란 말이오, 응? 그대는 우리가 사람들의 생각을 조작했다고 말하는데, 우리가 가만히 있는데도 그대의 종족들 스스로 의심을 품은 거라면 어쩌겠소? 혹시 거짓 사실을 꾸며 대며 설득하는 바람에 같이 도주하게 된 것은 아니었을까, 혹시 동생을 살해한 사실이 소문나기 전에 조국을 떠나려 한 누군가의 사사로운 이익이 배후에 숨어 있었던 것은 아니었을까. 그대가 생각하기에 당신네 동족들이 이런 의문을 갖는 게 그리도 잘못이라는 말이오?

분노의 불길이 치솟으리라고 예상했지만, 내가 거두어들인 것은 비웃음이 전부였다. 잘못이냐고요? 물론이지요. 이렇듯 오랜 세월이 지난 지금에 와서······. 지극히 잘못된 것이지요. 그러나 당신들의 이익을 위해서는 너무나도 시의 적절하군요. 폭로가 두려워 이처럼 어처구니없게도 전전긍긍하지만 않는다면, 그 이익을 더 잘 좇을 수 있겠지요. 이피노에 공주를 살해하지 않고서는, 그때 그녀는 살해라고 말했다, 코린토스의 존립이 위태로웠을 것이라는 말이 정말 사실이라면, 왜 많은 시간이 흐른 지금 당신네 코린토스 사람들이 이미 그것을 이해했다고 생각하지는 못하는 거죠? 한 어린 소녀의 생명보다는 자신들의 생존과 영화를 더 소중하게 여긴다는 것을 충분히 이해할 만한 사람들 아닌가요? 아니면 무조건 계속 속이고 거짓말하면서 그 때문에 일어날 모든 희생을 감수할 생각인가요? 그건 당신네들을 위해서도 좋은 일만은 아니라고 생각해요.

메데이아는 알고 있었다. 나는 그런 물음들에 대답할 생각이 추호도 없었다. 내 사랑하는 코린토스 동족들의 행복은 그들 스스로 태양 아래 가장 순결한 사람들이라는 믿음에 달려 있다는 것을 메데이아도 물론 모를 리 없었다. 하지만 진실을 알게 된 사람들이 보다 올바르게 행동하리라고 생각한다면 그건 오산이다. 오히려 사람들은 사기를 잃고 제멋대로 고집스럽게 굴어서 결국 다스리기만 어려워질 것이다. 이러한 점에서 나는 이피노에 공주의 희생을 비밀에 부치는 것이 유일하게 바람직한 방법이었으며, 그런 지시를 내린 사람들과 그것을 실행에 옮긴 이들은 우리 모두를 위해 무거운 짐을 덜어 주었으니 칭송받아 마땅하다고 확신한다. 내가 그 일에 직접 관여한 것은 아니다. 그다지 아름다운 광경은 아니었다고 한다. 어린 황소를 희생으로 바치는 장면은 나도 본 적이 있다.

우리는 지하 통로에 제단을 마련하였다. 그러니 살해 운운하는 것은 언어도단이다. 나도 잘 알고 있었던 사랑스러운 아이, 이피노에 공주는 아무것도 눈치 채지 못했을 것이다. 그 사건 이후 공주의 어머니 메로페 왕비는 아예 눌러 살고 있는 궁궐 구석에서 네 남자의 감시를 받고 있다. 그때 미친 듯이 절규한 탓에 목소리를 잃어버려 벙어리가 되었다고들 한다. 아버지 크레온 왕은 히타이트 족과의 협상을 위해 배를 타고 가는 중이었다. 특별히 악의를 품은 사람들이 아니라면 아무도 그 계약을 굴욕적이라고 생각할 수 없었다. 현재 히타이트 족이 하늘이 무너져도 발생하지 않을 만일의 경우를 대비한 부수 조항을 내세우면서, 자신들의 주도권을 확고히 할 목적으로 지중해 연안의 정세 변화를 이용하는 것은 사실이다. 우리는 과거보다 히타이트 족에게 더 많이 의존하고 있으며, 크레온 왕은 어려운 처지에 있고, 코린토스인들은 위기 의식에 사로잡혀 있다. 메데이아, 그대는 적절하지 않은 시점에 소란을 일으키고 있소. 그래요, 하지만 적절한 시점은 영원히 오지 않아요. 당신에게도 코린토스에게도 그리고 나 자신에게도 마찬가지지요. 게다가 나는 당신들과 같은 사람이 아니에요. 메데이아가 덧붙였다. 하지만 우리와 같은 사람이 될 수 있소. 나는 말했다. 그러자 메데이아가 물었다. 아카마스, 진심으로 그렇게 생각하나요?

아니, 사실 나는 그렇게 생각하지 않는다.

유모가 이피노에 공주와 동행했다. 유모는 그 아이가 단 한 사람이라도 친밀한 얼굴을 보면서 죽음을 맞게 해 주어야 한다고 주장했다고 한다. 유모는 끊임없이 소녀와 이야기를 나누었으며, 귀에 익은 자장가를 불러 주었다. 그리고 아이의 손을 잡고서 제물을 바치기 위해 선발된 사제들을 따라 횃불을 밝힌 통로를 걸어갔다. 의식의 집행을 증언해 줄 왕의 신하들이 행렬을 뒤따랐다. 한 번인가 이피노에 공주가 어디로 가느냐고 물었고, 유모는 공주의 손을 쓰다듬으며 안심시켰다고 한다. 마침내 누군가 공주의 목을 붙잡아 제단 위에 올렸을 때 이피노에 공주는 물었다. 이 사람들이 지금 뭘 하는 거야? 무엇 때문에 나는 그 불행한 여인들에 대해 그리고도 세세하게 물어 보았던가. 젊은 신하는 그것들로부터 벗어날 수 있게 된 것을 기뻐하면서, 내게 모든 상황을 털어놓았다. 칼날이 목 깊숙이 들어가자 공주의 손은 경련을 일으켰고, 유모는 그때까지도 그 손을 놓지 않았다. 코린토스에서 사람을 제물로 바쳤다는 기억은 파파노인들에게도 없을 거요, 내 말이 맞을 거요. 사제장은 이렇게 말했다. 사람을 제물로 바치는 일은 다른 이들의 더 많은 희생을 막아 낼 수 있을 경우에만 정당화될 수 있지요. 물론 유모는 그 후 정신이 나가 머리를 풀어헤친 채 멍하게 풀린 눈동자로 코린토스 거리를 며칠 동안 헤매고 다녔다. 경비병들은 유모를 둘러싸고 아무도 그녀에게 말을 걸지 못하도록 가로막았다. 유모는 왕비를 피했다. 그러던 어느 날 유모는 낭떠러지 아래에서 으스러진 채로 발견되었다. 궁중에서는 자기가 젖을 먹여 기른 공주를 잃은 슬픔을 감당할 수 없었기 때문이라는 소문을 퍼뜨렸다. 진실은 진실이었으되 다른 많은 진실들처럼 전제 조건이 틀려 먹은 진실이었다. 어린 이피노에 공주가 납치되긴 했지만, 공주와 결혼할 왕실과 협상 중이므로 불안해할 필요가 없다는 소식이 코린토스에 전해졌기 때문이다.

  나는 이 사건을 통해 많은 것을 배웠다. 그중 하나는 믿고 싶다는 은밀한 바람과 일치하기만 하면, 사람들은 아무리 서툰 거짓말이라도 믿는다는 진리다. 백성들은 이피노에 공주의 다정다감함과 사랑스러움에 감동해 그녀를 사랑으로 에워싸고 떠받들며 지켜 주었다. 어린 이피노에 공주는 혼자서도 코린토스의 거리를 나다닐 수 있었다. 공주가 사라졌는데도, 그 작고 어린 이피노에 공주가 사라졌는데도 그것을 무마시키려는 속임수라는 게 너무나도 서툴렀기에, 나는 소요가 일어날 것이라고 확신했다. 하지만 그런 일은 없었다. 그 소녀가 도시 어딘가에 아직 머물고 있다고 믿었다면, 코린토스인들은 공주가 있다고 추정되는 곳으로 쳐들어갔을 것이다. 그렇다. 궁성이라 할지라도 예외는 아니었을 것이다. 유모의 자살은 우리에게 귀중한 도움을 주었다. 이피노에 공주가 사라졌다는 사실을 누구라도 믿게 만든 것이다. 보통 사람이라면 유령을 위해 목숨을 걸지는 않는다. 자신이 사는 도시의 어두컴컴한 통로에서 시신으로 썩어 가는 것보다는 꽃피는 나라의 젊은 왕과 결혼하여 행복하게 살고 있다고 생각하는 편이 더 낫다. 그 쪽이 훨씬 인간적이니까. 인간에게는 어떤 식으로든 자기 몸을 보호하려 드는 본능이 있다. 인간을 그렇게 만든 것은 신이다. 그렇지 않다면 이미 지구상에는 단 한 사람도 존재하지 않을 것이다. 젊고 아름다운 신부 이피노에 공주를 찬미하는 노래가 떠돌았다. 그 노래들은 코린토스인들의 마음속에 있던 무거운 짐을 덜어 주었으며, 불길한 의혹과 죄책감, 슬픔을 달콤한 그리움으로 녹여 주었다. 세상을 이처럼 창조해 낸 신들의 지혜에 탄복해 마지 않을 수 없다. 세상 돌아가는 이치를 한 번 깨달은 사람은 몇 번이고 되풀이하여 확인하고 싶은 충동을 느낀다.

나는 세상 돌아가는 이치를 깨달았다고 말할 수 있다. 그러나 이제 그것 때문에 흥분하는 일은 없다. 앞으로 메데이아에게 일어날 일은 이미 지루해졌다. 메데이아의 막을 길 없는 몰락을 차근차근 예상하는 것은 또 얼마나 권태로운가. 메데이아는 내게 내가 알고 있는 모든 내용을 만인 앞에서 공개하라고 요구했다. 자신이 동생을 살해하지 않았다고 세상에 알려 달라는 것이다. 눈사태는 이미 시작되었으며, 그것을 막으려 드는 사람은 누구든 눈더미 속에 파묻히게 된다는 것을 그녀는 아직도 깨닫지 못하고 있었다. 그녀가 그렇게 되기를 나는 진심으로 원했던가. 미묘한 질문이다. 나 자신도 뭐라 답변해야 할지 모르겠다. 눈사태를 일으킨 사람이 나였던가? 어쨌든 눈사태를 일으킬 수밖에 없다고 판단한 사람들 가운데 하나인 것은 부인할 수 없다. 어쩔 수 없이 꼭 해야 하는 일이 항상 마음에 드는 것은 아니다. 그러나 직무를 수행하는 과정에서는 개인적인 호불호가 아니라 보다 높은 관점을 좇아야 한다는 사실을 절대로 망각해서는 안 된다.

허영심에 찌든 어리석은 프레스본. 증오심에 눈먼 아가메다. 그 두 인간은 도무지 부끄럼이라는 것을 모르며 충동이 잡아끄는 대로만 따라간다. 그들의 비열한 밀고를 물리치고, 사악한 중상모략의 대가로 그들을 돌로 쳐 죽일 수 있다면 얼마나 통쾌할 것인가. 내가 그녀를 만족시키는 동안 어떤 영상들이 내 눈앞을 스쳐 지나가며 내 쾌감을 고조시키는지 아가메다라는 인간은 과연 알기나 할까. 그러나 나는 쾌감을 좇아 사는 사람이 아니다. 그래요. 메데이아는 말한다. 나는 알고 있어요. 그것이 바로 당신들의 불행이에요.

메데이아는 과거에도 늘 저랬을까? 아니면 이곳에서 살다 보니 뻔뻔스러워진 것일까? 그녀의 많은 부분을 관대히 보아 넘겨준 나에게도 어느 정도 책임이 있는 것일까? 내 후계자가 되겠다는 야망을 가지고 초지일관 노력하는 보좌 투론은 그렇게 생각한다. 물론 젊은 투론이 이용하는 수단은 나와 우리 세대가 정당하다고 여겼던 것과는 다르다. 이런 젊은이들은 도무지 양심의 가책이라는 것을 모른다. 그를 보면 이따금 마치 먹이를 찾아 코를 벌름거리며 숲 속을 어슬렁거리는 어린 들짐승 같다는 생각이 든다. 나는 투론 면전에서 그런 이야기를 하곤 한다. 그러면 그는 치통으로 괴로워하는 사람처럼 얼굴을 찡그리면서, 우리의 아름다운 도시 코린토스에서의 삶이 숲 속의 그것과 다를 게 뭐냐고 태연자약하게 묻는다. 숲의 법칙을 따르지 않고 출세한 사람의 이름을 단 하나라도 댈 수 있냐는 것이다. 한 사회를 이끌어 갈 재능을 타고난 젊은이에게, 왕실과 혈연 관계도 아니고 고위층의 후원도 없는 젊은이에게, 규칙, 법률, 덕목을 준수하라고 충고하실 수 있습니까? 투론은 근심도 회

의도 모르는 번들번들하고 버릇없는 얼굴을 내게 들이밀었다. 나는 한 대 후려치고 싶은 유혹을 뿌리치기 위해 고개를 돌렸다.

우리는 생각하지도 못하는 것을 저들은 입에 올린다. 그런 것을 두고 솔직하다고 말해야 하는가. 소년 시절 나와 거의 같은 시기에 왕실 천문학자의 문하생으로 입문한 로이콘과 그런 것에 관해 이야기를 나눈 적이 있다. 우리가 만나는 횟수는 갈수록 줄어든다. 그렇다고 해서 그와 만나기 위해 내가 특별히 애쓰는 것도 아니다. 로이콘이 마음속으로 자신을 코린토스의 양심으로 여긴다는 것을 나는 안다. 솔직하다고? 로이콘이 말했다. 그런 경우에는 솔직함과 뻔뻔함을 구별하기가 어렵지. 투론 같은 이들은 우리의 선임자들이 다른 목적을 위해 발전시켜 놓은 수단들을 우리를 반대하는 데 이용한다네. 냉혹하게도 말이지. 일신의 영달이 아닌 다른 것에는 도대체 관심이 없는 인간들이야.

로이콘이 '우리'라는 말을 입에 올림으로써 나까지 포함시켜 준 것은 우정 어린 처사였다. 그러나 사실 로이콘이 말하는 사람들 속에 내가 더 이상 속하지 않는다는 것은 우리 둘 다 알고 있다. 모든 것을 가질 수는 없다. 왕의 수석 천문학자이면서 동시에 로이콘 같은 사람과 친밀한 관계를 유지할 수는 없는 일이다.

이피노에 공주 사건이 일어났을 때, 나는 내 입장을 분명히 밝혔어야 했다. 말할 것도 없이 로이콘은 이피노에 공주에 대한 탐문을 종결짓는 데 반대하는 무리에 가담했다. 모반이라고 할 만한 사건이 일어났지만 곧 진압되고 말았다. 나는 그 사건과 무관했다. 로이콘은 정치 문제에는 일절 개입할 권한이 없으며 다만 천체를 관측하여 별자리표를 작성하는 것으로 여생을 보내야 하는 천문 부서에 배속되었다. 일견 그 일은 로이콘에게 어울리는 것처럼 보였다. 물론 그곳에는 아주 재능이 뛰어난 이들도, 극히 냉소적인 이들도 있다. 그들은 세상과 동떨어진 주제를 놓고 토론을 벌인다. 아무 사심 없이 친밀한 어조로 말이다. 세상에 구속받지 않고 원하는 대로 살아가는 유유자적한 삶이 이따금 부러울 때가 있기도 하지만, 물론 로이콘이 그런 내 마음을 눈치 채도록 하고 싶지는 않다. 사람이 모든 것을 다 가질 수는 없는 법이다.

  언젠가 로이콘의 망루 문 앞에서 메데이아와 우연히 마주친 적이 있다. 그 안에서 무슨 일이 벌어지는지는 몰라도 별로 기분 좋은 일은 아니었다. 메데이아가 로이콘에게 위로를 기대한다면 그야 얼마든지 가능하다. 그러나 만약 동맹이라도 결성하여 우리가 조만간 취하게 될 조치를 방해하려 든다면, 로이콘도 더 이상 나의 보호를 받지 못할 것이다. 나로서는 진정으로 그런 일이 없기를 바랄 뿐이다. 언젠가 긴 대화가 끝난 후 자리를 뜨면서 메데이아가 내게 던진 물음이 뇌리에서 떠나지 않는다. 황당하면서도 분통 터지게 하는 물음이었다. 대관절 당신들은 뭐가 두려워서 도망을 치는 거죠?

6

> 그가 나의 전 재산을 앗아 갔다.
> 나의 웃음, 나의 애정, 즐거워할 수 있는 마음,
> 나의 동정심, 도와줄 수 있는 마음, 동물적인 본능,
> 밝은 미소, 이 모든 것을 하나하나 말살시켜서
> 이제 아무것도 남아 있지 않다.
> 도대체 무엇 때문에 그런 짓을 하는 것일까,
> 나는 이해할 수가 없다······.
>
> — 잉게보르크 바흐만, 『프란차—단상』에서

글라우케

 모두 내 잘못이다. 나는 틀림없이 벌을 받을 줄 알았다. 아아, 이제 벌 받는 일에는 이골이 난다. 어떤 벌을 받을지 알기도 전에, 벌이 내 안에서 사납게 날뛴다. 어떤 벌인지 알고 나면, 나는 헬리오스 신(그리스 신화에 나오는 태양신.—옮긴이)의 제단 앞에 몸을 던지고 옷을 갈기갈기 찢고 얼굴을 할퀴며 애원할 것이다. 신이시여, 제발 이 도시에서 벌을 거두어 주시고 오직 한 사람, 이 죄인에게만 벌을 내려 주십시오.
 페스트. 아, 이럴 수가. 도대체 무슨 죄를 지었기에 페스트라는 벌을 내린단 말인가. 잠시도 내 곁을 떠나지 않는 투론에게 물어 볼 수 있을 것이다. 투론은 내 경호원이라며 아카마스가 데려온 동갑내기 젊은이로, 믿을 수 없을 만큼 깡마르고 창백하다. 양 볼은 움푹 들어갔으며 기다란 손가락은 뼈만 앙상하고 눈빛은 칙칙하다. 지금 나는 투론에게 돌봐 주어서 고맙다고 말해야 할 처지이다. 부왕께서는 나를 몹시 염려하시지만, 나랏일이 바빠서 친히 찾아오실 수 없다는 전갈을 보내 오셨다.

당연히 그럴 것이다. 그리고 찾아오신다고 하여도, 나는 부왕께 축축하고 앙상한 투론의 손이 소름 끼친다는 말은 차마 할 수 없을 것이다. 투론은 나를 진정시키기 위해서라며, 내 팔이나 어깨 심지어 이마에까지 마음대로 제 손을 올려놓는다. 또 나는 투론의 겨드랑이에서 풍기는 지독한 땀 냄새 때문에 토할 것 같다는 말도 할 수 없으리라. 그렇게 지독한 냄새가 나는 사람을 나는 아직까지 한 번도 본 적이 없다. 아니 거꾸로 아무리 맡아도 질리지 않는 향내가 나는 사람들이 있다. 그러나 이제 그런 생각은 두 번 다시 하지 않으련다. 내 이마를 손으로 짚어 준 여인, 그 여인을 나는 잊어야 한다. 그녀를 잊어야 한다고 간곡히 타이르는 사람들 말이 옳다. 무엇보다 아버지 크레온 왕의 말씀은 천 번 만 번 옳다. 그 여인의 이름을 내 기억에서 지워야 한다. 그런 사람이 있었다는 사실 자체를 머릿속에서 지워 버리고 마음속에서 떨쳐 버려야 한다. 우리에게는 영원히 이방인일 그런 여인에게 어떻게 내 마음을 열어 보일 수 있었는지 누군가에게, 아니 나 스스로에게라도 물어 보아야 한다. 그녀를 배반자라고 부르며, 검은 마법을 부린다고 비난하는 투론의 말은 정녕 옳을 것이다. 그러나 사실은 투론이 무슨 말을 하든 상관없다. 아버지의 절망에 비하면 그런 게 대수이겠는가. 아버지가 얼마나 낙담하셨으면 내게 그렇듯 심하게 화를 내셨을까. 나는 아버지가 그렇듯 무섭게 화내시는 모습을 본 적이 없고, 또 내 몸에 손을 대신 기억도 없다. 어쩌다 손을 댈 기회가 있어도 언제나 피하셨다. 나는 그 심정을 이해한다. 아무리 아버지라 하더라도 어떤 남자가 핏기 없이 지저분한 피부와 윤기 없는 머리카락, 볼품없는 손발을 어루만지고 싶겠는가. 제아무리 딸이라 해도 말이다. 내 몰골이 볼썽 사납다는 것쯤은 누가 말해 주지 않아도 아주 어린 시절부터 잘 알고 있는 사실이다. 이제 이름조차 입에 올리고 싶지 않은 그 여인은 나를 마음껏 비웃은 다음, 몸을 놀리는 법과 걸음걸이, 머리를 감고 빗는 요령 등을 내게 알려 주려 했다. 물론 나는 잘도 속아 넘어갔으며, 하마터면 나 아닌 다른 사람이라도 된 양 착각할 뻔했다. 사실은 칭찬이 아닌데도 칭찬하는 사람들의 말을 쉽게 곧이 듣는 것이 나의 단점이다. 그 여인의 말은 다른 사람들의 경우와는 다르게 좀 더 교묘했으며, 마음속 깊이 파고 들어와 아주 비밀스러운 부분, 그때까지는 신 앞에서만 드러낼 수 있었던 가장 내밀한 고통을 건드렸다. 앞으로는 죽는 날까지 다시 신 앞에서만 그 고통을 펼쳐 보일 수 있으리라. 내가 그런 생각을 해서는 안 된다니 이 무슨 해괴한 소리란 말인가. 그런 생각은 그대를 병들게 해요. 그 여인은 나를 타일렀다. 나 스스로를 두고 불행한 사람, 불행한 존재라는 영상을 자꾸 마음속으로 떠올리면 병이 된다는 것이다. 그녀는 도대체 왜 그러는 거냐고 물으면서 그녀 특유의 웃음을 터뜨렸다. 참 방자한 웃음이라는 투론의 말은 지당하다. 전에 살던 황량한 산 속에서는 그렇게 웃을 수 있었는지 모르지만, 무엇 때문에 우리가 그 오만 방자한 웃음을 참아야 하는 거냐고 투론은 말한다. 왜 그대는 검은 천 조각에 싸인 채 인생을 꽃피우지도 못하고 시들게 하나요? 그녀는 이렇게 말하며 내가 기억하는 한 언제나 입고 다녔던 검은 옷을 벗겨 냈다. 그 여인이 내게 데려온 리사의 딸 아린나는 코르키스 여인들만이 짤 수 있다는 옷감을 내게 가져왔다. 나는 그 옷감을 보고는 두 눈이 휘둥그레졌다. 두 사람은 그것을 내 몸에 두른 다음 나를 거울 앞으로 데려갔다. 나한테는 어울리지 않아요. 나는 말했다. 그러나 두 여인은 말 없이 웃었다. 밝게 빛나는 푸른색이 좋겠어요. 목둘레와 치맛단에 황금빛 레이스를 달면 푸른색이 한층 화사하게 돋보이겠지요. 아린나가 말했다. 그들은 내가 입을 옷을 지으면서 많은 이야기를 주고받았다. 내가 그 옷을 입고 눈을 내리뜬 채 회랑을 뛰어가자, 내가 누군지 알아보지 못한 젊은 요리사 한 명이 등 뒤에서 휘파람을 불어 댔다. 그런 일이, 그런 일이 있을 수 있다니. 정말이지 놀라운 경험이었다. 그런데 그것이 바로 그녀의 사악한 마법이었다. 지금까지 결코 존재한 적이 없었으며 지금도 존재하지 않는 것을 내가 느끼게 만든 것이다. 갑자기 두 팔과 두 다리가 민첩하게 움직였다. 어쨌든 내게는 그렇게 여겨졌다. 그런데 투론은 그게 전부 속임수였고 조롱이었다고 말하면서, 불쌍하다는 표정으로 한 손을 내 머리 위에 올려놓는다. 물론 투론의 말은 불쌍한 여자, 신들에게 버림받은 불행한 한 여자를 그들이 조롱했다는 뜻이다. 주변 사람들의 도움으로 그녀의 사악한 손아귀에서 벗어나 내게 어울리는 검은 의상을 다시 입게 된 지금, 나는 그런 사실을 명백하게 알 수 있다. 지금 내 팔다리는 도무지 믿을 수 없었던 그때의 민첩함을 다시 잃어버렸으며, 등 뒤에서 휘파람을 부는 멍청한 젊은 요리사도 이제는 더 이상 없다. 마침내 그녀의 술책을 알아차리신 아버지는 언성을 높이며 소리치셨다. 누가 감히 공주에게 그따위 무례한 짓을 한단 말이냐? 그 여인이 자주 나를 찾아온다고 누군가 일러바친 것이다. 도대체 지금 우리가 어디에 있느냐? 아버지는 버럭 소리를 지르셨다. 어찌 감히 이곳에서 마음대로 활개를 칠 수 있단 말이냐? 내가 앞문으로 쫓아낸 여자를 내 딸이 뒷문으로 끌어들이다니, 이게 웬 말이냐? 아버지는 내 어깨를 거머쥐고 흔드셨다. 우리 아버지가 나를 손으로 붙든 것이다. 그런 일은 지금까지 단 한 번도 없었다. 그 순간 내게는 두려움과 희열이 엇갈렸다. 마침내 내가 해낸 것이다. 아버지가 나를 손으로 붙잡으시다니! 그 여인이 이 광경을 봐야 한다는 생각이 들었다. 이제 만나서는 안 되는 그 여인은 내게서 아버지에 대한 두려움을 거두어 주려 했다. 나도 마침내 아버지에게서 두려움 섞인 희열을 느낄 수 있었다고 그녀에게 알려 주고 싶었다. 사람들은 나에게 놀라지 말라고 말했지만, 나는 사실 전혀 놀라지 않았다. 정말이다. 사람들의 말이 옳다는 것은 인정하지만 나는 놀라지 않는다. 나 자신에게도 그녀에게도 전혀 놀라지 않는다. 다만 그 여인이 방에 들어서는 즉시 사람들의 거동이 달라지는 것을 그녀 자신도 알고 있는지 궁금할 뿐이다. 우리 아버지, 크레온 왕도 그 순간 그 여인이 함께 있었다면 절대로 자제력을 잃지 않으셨을 것이다. 그렇다, 자제력을 잃고 그렇게 분노를 터뜨리지 않으셨을 것이다. 그 여인이 있는 자리에서는 아버지도 감정을 자제하시고, 당신의 솔직한 감정을 곤혹스럽게 여기신다. 나는 처음부터 그런 사실을 눈치 챘다. 비록 내가 별로 말은 없을지라도 보는 눈과 생각하는 머리까지 없는 것은 아니다. 처음 만난 자리에서 그 여인은 분명히 내게 그런 말을 했다. 그녀의 말 한마디 한마디는 내 기억 속에 또렷이 남아 있다.

　내가 그 여인과 코르키스 사람들을 얼마나 애타게 기다렸는지 아무도 짐작할 수 없을 것이다. 그들이 찾아오기를 얼마나 학수고대했던가. 나는 당시 내 시중을 들던 젊은 시녀를 매수하여 낡은 옷을 한 벌 구해서는 평범한 아가씨처럼 꾸미고 얼굴을 수건으로 가린 다음, 출입 통제구역을 넘어 슬며시 항구에 접근했다. 나는 지금 글라우케가 아니다. 변복을 한 나는 얼마든지 대담해질 수 있다. 나는 그렇게 부교 발치에 서서, 그 여인이 만삭의 몸으로 그 남자의 부축을 받으며 배에서 내려오는 광경을 지켜보았다. 순간 그 남자가 뿜어 대는 광채에 눈이 부시면서, 내 안에서 무언가 갈갈이 찢겨 나가는 것만 같은 느낌이 들었다. 증오스러운 하늘을 배경으로 그 여인의 모습이 내 시야를 가득 채웠다. 코린토스의 하늘, 내가 이 하늘을 얼마나 증오하는지 나는 그 누구에게도 말한 적이 없다. 다만 그 여인에게만은 말했다. 내게 증오하는 법을 가르치려 한 사람은 바로 그녀였다. 하지만 하늘은 아니에요, 글라우케! 그 여인은 소리치면서 또다시 특유의 웃음을 터뜨렸다. 누구나 아버지를 증오한다는 생각을 할 수 있으며, 그런 생각을 한다고 해서 아버지에게 나쁜 일이 일어나는 것도 아니고, 또 죄책감을 느낄 필요도 없다고 설득하려 한 사람도 바로 그녀였다. 그 여인은 그런 식으로 나에게 사악한 영향을 미치기 시작했다. 어떻게 그 사악함에 빠져들 수 있었는지, 그것도 그렇듯 즐거운 마음으로 빠져들 수 있었는지 지금 생각하면 어처구니가 없을 뿐이다. 멋을 부리고 싶은 욕구, 유치한 놀이나 오락을 즐겨 보려는 욕망, 내 안의 사악한 것들이 갑자기 바람직한 것인 양 모습을 드러냈다. 그 여인은 아린나를 친구로 데려와 그런 놀이를 하게 했다. 그때까지 나를 바닷가로 데려가 수영하는 법을 가르쳐 준 친구는 단 한 사람도 없었다. 수영은 건강에 좋아요. 처음 듣는 말이었다. 그 후 얼마 동안은 그들의 말이 정말 옳은 듯이 보였다. 그렇지 않았던가. 내 끔찍한 발작은 뜸해졌으며 그 여인은 머지않아 내가 완전히 나을 거라고 호언장담했다. 언제 나를 덮쳐서 뒤흔들고 바닥에 내동댕이칠까 미리 겁먹고 두려워하지 않는 몇 날, 몇 주가 이어졌다. 그러나 투론은 어쩌면 그렇듯 잔인한 거짓말을 늘어놓아 아픈 사람을 속일 수 있냐고 말한다. 투론은 나를 걱정하며 잠시도 내 곁을 떠나지 않고 있다가 발작이 일어나면 내 몸을 붙들고 지켜 준다. 그는 내 몸이 다치지 않도록 돌보는 임무를 맡고 있으며, 필요한 경우 다른 도움을 요청하기도 한다. 내가 얼마나 자주 발작에 시달리는지는 온 궁궐이 다 아는 사실이다. 경멸과 연민이 뒤섞인 사람들의 눈빛을 보면 알 수 있다. 이제 나는 혼자서는 단 한 걸음도 밖에 나갈 수 없고, 잠도 혼자 잘 수 없다. 내가 무슨 일을 저지르지나 않을까 아버지가 몹시 염려하신다는 것이다. 그 여인으로부터 격려를 받던 시절, 아무도 모르는 길을 홀홀 단신으로 걸어서 아린나가 기다리던 바닷가까지 갔던 일을 그들이 안다면 뭐라고 할 것인가. 땅거미가 내려앉을 무렵 가까이 다가가 보면 이따금 아린나는 혼자가 아니었다. 그녀 곁에는 웬 남자가 있었다. 그림자처럼 형체만 보이는 사람. 내가 오는 게 보이면 그 남자는 자리를 떴다. 아린나는 그 남자에 대해 한마디도 하지 않았지만 그녀가 흥분했다는 것, 아니 몹시 들떠 있다는 것은 숨기지 못했다. 우리는 서로 마음을 터놓고 지냈지만, 나는 그 남자에 대해서만큼은 물어 볼 용기가 나지 않았다. 내 눈으로 본 것을 사실이라고 믿고 싶지 않았다. 그러던 어느 날, 아린나가 제 풀에 털어놓았다. 나를 믿고 자신의 비밀을 털어놓는 사람이 있다니! 처음 겪는 일이었다. 정말 그랬다. 아린나가 이아손을 좋아한다는 것이다. 가슴이 움찔했지만, 나는 속마음을 드러내지 않는 법을 알고 있었다. 그렇다면 그의 부인은? 나는 용기를 내어 물었다. 부인도 그 사실을 안다고 아린나는 대답했다. 부인은 우리 둘과 마주쳐도 아무렇지도 않은 것처럼 보였다. 그녀는 우리의 수다 내용에 귀를 기울였으며, 대수롭지 않은 내용인데도 말꼬리를 잡고 이런 저런 물음을 던졌다. 예를 들어 한 번은 그녀가 내 기억에 남아 있는 가장 어린 시절의 사건이 무엇이냐고 물었다. 나는 웃으면서 말했다. 그런 걸 어떻게 알겠어요. 그러자 그 여인은 내 머리와 목을 아주 시원하게 주물러 주었다. 그러면 늘 나를 짓누르고 있다가 이따금 가공스러운 힘으로 내 빈약한 머리를 송두리째 뒤흔들면서 발작을 일으키곤 하던 응어리가 눈 녹듯 사라지는 것을 느낄 수 있었다. 그대의 기억에 남아 있는 가장 어린 시절의 사건은 물론 이제 그대하고는 아무 상관없는 일이지만, 나는 아주 관심이 많아요. 또 그때 그대가 뭘 느꼈는지도 궁금하고요. 용기를 내어 천천히 내면의 줄을 타고 마음속 깊숙이 한번 내려가 보아요. 그런 줄 같은 게 있다고 충분히 생각할 수 있어요. 그 깊은 곳에는 그대가 지나온 삶과 그것에 대한 기억만이 존재한답니다. 그 불운한 여인은 언제나 그런 식으로 별일 아닌 듯 지나가는 말처럼 이야기했다. 그녀가 책임질 수 없는 짓을 한다는 아버지의 말씀은 물론 옳다. 아카마스와 함께 아버지는, 그 여인이 나를 어디로 몰고 갔는지 캐물으시고는 이성을 잃으셨다. 나는 그녀가 나를 내면 깊숙이 몰고 갔다고 생각한다. 그녀는 이따금 한 걸음 물러나 감칠맛이 나거나 쓸개즙처럼 쓴 약초 물을 마시게 하면서 그 줄에 대해서는 한마디도 언급하지 않았다. 잠시 동안 그 줄은 외부 세계의 어떤 대상보다도 생생하게 느껴졌다. 나는 줄을 늘어뜨려 그것을 타고 내려가서 깊이 가라앉았다. 침대에 누워 있을 때뿐 아니라 눈을 뜨고 돌아다니거나 심지어 사람들과 이야기할 때조차 주의를 집중하면 자꾸만 깊숙이 내려가려고 기를 쓰는 내 작은 영상을 뒤쫓을 수 있었다. 아니 뒤쫓아야만 했다. 때로는 그 여인의 손을 붙잡으려 했고, 그러면 그녀는 내게 손을 맡겼다. 그녀는 내 밝은 인생에 그늘을 드리우는 그림자들을 부정하지 말라고 설득하려 했다. 궁궐 뜰의 우물가 가까이에 있는 어떤 장소에 다가가면 늘 나를 덮치는 끔찍한 두려움 앞에서도 도망쳐서는 안 된다는 것이었다. 나는 그 장소를 피해 다니는 법을 터득했더랬다. 피해 다니면서도 얼마든지 살아갈 수 있다. 얼마나 많은 것을 피하면서 살 수 있는지 대부분의 사람들은 짐작조차 할 수 없을 것이다. 비단 거기만이 아니라 우물가 주변 전체, 급기야 궁궐의 뜰만 봐도 나는 겁에 질려 벌벌 떨었고, 그래서 궁궐에 사는 사람이면 누구나 하루에도 몇 차례씩 오가는 뜰을 밟지 않으려고 온갖 핑계와 구실을 찾아냈다. 나는 내 약점을 누구에게도, 심지어 그 여인에게도 말하지 않았다. 그러나 그녀는 나도 모르게 내뱉는 소리와 떨리는 몸짓을 통해 그것을 알아냈다. 그 여인이 얼마나 세심하게 나를 지켜보고 관찰하는지는 정말 놀라울 정도였다. 못해요! 이렇게 외치면 그녀는 내 말을 존중해 줄 뿐 두려움을 떨쳐 버리라고 애써 설득하려 들지 않았다. 나도 잘 알아요. 그 여인은 말했다. 그대에게는 팔이나 다리가 하나 없는 것과 같아요. 다만 그대에게 없는 것을 다른 사람들이 보지 못할 뿐이지요. 그녀는 인내심을 가지고 기다렸다. 틀림없이 전부 계산에 의한 것이었으리라. 그녀가 어떻게 했기에, 어느 날 그녀의 손을 잡고 뜰을 가로지르게 된 걸까? 그녀가 나를 꼭 붙잡아 주었던 것만은 지금도 기억한다. 그 장소에 가까워질수록 내 손이 축축해지고 발이 자꾸만 휘청거리자, 그 여인은 나지막한 소리로 말을 걸어 내 마음을 진정시켜 주었다. 아니, 그것은 단순히 진정시켜 준 것 이상이었다. 그것도 그녀가 부린 많은 속임수 가운데 하나라는 사실을 지금은 똑똑히 알고 있다. 불현듯 주변이 쥐 죽은 듯 조용해졌기 때문이다. 다시 소리들이 귀에 들려왔을 때 나는 이미 궁궐 뜨락 다른 편 구석의 늙은 올리브 그늘 아래 놓인 돌 의자에 그 여인과 나란히 앉아 있었다. 그렇듯 두려운 상태에 빠지지 않고 내 두 발로 걸어서 그 장소를 지나온 것이다. 뒤늦게, 그제라도 그 상태에 빠져야만 모든 것이 제자리를 찾을 것만 같았다. 그러나 그 여인은 이제 그럴 필요가 없다고 말하면서, 내 머리를 품에 안아 주었다. 이마를 어루만지며, 내 어린 시절의 이야기를 소곤소곤 들려주었다. 그대가 두려워하는 저 곳은 그대가 지난날 견디기 어려워 한 기억과 연결되어 있어요. 하지만 앞으로 살아가기 위해서는 그 기억을 잊어야 해요. 어린아이가 자라는 동안, 그 기억이 아이의 머릿속에서 함께 자라지 않았다면 좋았을 거예요. 그 검은 얼룩은 점점 커져서 어린아이를, 결국은 어른이 된 처녀를 꼼짝 못하게 사로잡았지요. 무슨 말인지 알겠어요, 글라우케? 아아, 나는 무슨 말인지 알아들었다. 아주 정확하게 알아들을 수 있었다. 그 여인은 나에게 줄을 던져 주었으며, 나는 그녀의 물음들을 따라 깊숙이 밑으로 내려갔다. 그녀는 나 혼자서는 지나갈 수 없었던 위험한 장소들로 나를 데려가려 했다. 나는 그녀가 나한테 누구도 대신할 수 없는 존재가 되어 주려 한다고 생각했다.

이것도 나의 착각이며 속임수였다고 시인하기까지는 오랜 시간이 걸렸다. 그렇다면 도대체 뭐가 옳다는 말인가. 여전히 내 눈을 믿어도 되고 또 누군가 다른 사람을 신뢰해도 되는 것일까.

나는 모른다. 벌써 옛날에 까맣게 잊어버린 것, 말하는 순간 처음으로 다시 뇌리에 떠오른 것에 대해 그 여인이 어떻게 나의 말문을 열게 만들었는지 나는 정말로 모른다. 어쩌면 전부 내가 생각해 낸 것인지도 몰라요. 내 말에 그 여인은 대답했다. 그런 건 중요하지 않아요. 나는 그녀의 무릎을 베고 누워 있었다. 그때까지 나는 누군가의 무릎을 베고 누워 본 기억이 없었다. 그녀가 말했다. 다만 기억나지 않을 뿐 어머니 무릎에는 앉아 보았을 거예요. 왜 그런 생각을 하지요? 나는 외쳤다. 여인은 대답하지 않았다. 그녀는 이따금 절대로 대꾸하지 않을 때가 있었는데, 그걸 보면 그녀가 얼마나 계산적이었는지 짐작할 수 있다. 내가 침묵을 참지 못하고 결국은 계속 말하리라는 것도 그 여인은 전부 예상하고 있었던 것이다. 나는 당혹감을 감추기 위해 계속 이야기할 수밖에 없었으며, 이야기하고 또 이야기하다 보면 마침내 그녀에게 중요하다고 생각되는 말이 튀어나왔다. 대수롭지 않고 아주 사소한 것이었지만, 그 여인은 그것을 끄집어내 나에게 올가미를 씌웠다. 그대의 부모님이 싸우신 건 그때가 처음이었나요? 뭐라고요? 나는 물었다. 무슨 뜻이지요? 어느 날 어머니가 뜰의 바로 그 자리에 서 계셨던 일을 이야기하던 중이었다. 흑단 같은 곱슬머리를 길게 기른 아름다운 어머니는 그때만 해도 궁궐에서 우리와 함께 사셨다. 어머니는 하늘을 향해 두 팔을 휘저으셨고 머리칼을 마구 잡아 뜯으면서 절규하셨다. 나는 그 여인의 품에 안긴 채 마구 도리질을 쳤다. 발작은 언제나 그렇게 시작되었다. 그랬다면 마음 편하게 망각의 늪 깊이 빠질 수 있었을 테지만, 여인은 그것을 용납하지 않았다. 그녀는 내 머리를 꽉 붙잡고 온 힘을 다해 버티면서 노기 어린 목소리로 단호하게 말했다. 안 돼요! 계속해요. 글라우케, 어서 계속해요. 어머니가 어떤 남자를 향해 달려드는 모습이 보였다. 그 남자는 어머니의 이름을 부르며 어머니를 몸에서 떼어 내려 했고, 어머니는 그의 얼굴을 손톱으로 할퀴었다. 그 남자가 누구였나요, 글라우케? 그 남자, 그 남자라니요? 어떤 남자를 말하는 거예요? 자, 가만히 글라우케. 그대로 가만히 있어요. 그리고 잘 봐요.

그 남자는 왕이었다. 아버지였다.

나는 그 여인을 증오한다. 이토록 한 사람을 증오할 수 있다니. 그녀가 어린 남동생을 살해했다는 말이 사실이라고 나는 굳게 믿는다. 그녀는 무슨 일이든 저지를 수 있는 여자다. 가만히 내버려 두면 그녀 같은 여자는 신들이 내리는 불행이라는 불행을 모조리 한 곳으로 끌고 올 수도 있을 것이다. 그런 여자는 아예 존재하지 않았던 것처럼 흔적도 없이 사라져야 한다. 내 마음대로 생각할 수 있으며, 제아무리 엉뚱한 소원이라도 얼마든지 품을 수 있다고 가르쳐 준 사람도 그녀였다. 그러나 내가 얼마나 엉뚱한 소원을 품고 있는지 그녀가 알았어도 과연 그렇게 주장했을지 궁금하다. 그것은 바로 나의 은밀한 승리감과 뿌리 깊은 불안의 원천이었다. 나 자신보다 나를 잘 아는 것처럼 보였던 그 여인에게 나는 내 욕망을 숨길 수 있었다. 그녀의 힘으로 두려움에서 벗어날 수 있었던 내 소원들이 어디로 흘러가고 어떤 형태를 취하고 어떤 모습이나 목소리에 집착했는지 그녀는 짐작조차 못했다. 신뢰에 넘쳐 그 여인의 품에 머리를 파묻은 채 일종의 깊은 수면 상태에서 깨어났을 때, 맨 먼저 내 귓가를 울린 것은 바로 그 목소리였다. 극악무도한 여자 같으니라고.

정신이 드나 보오. 근심 어린 부드러운 남자 목소리가 말했다. 나를 향해 고개 숙인 아름다운 얼굴, 이루 형언할 수 없는 푸른 눈동자. 이아손이었다. 마치 생전 처음 보는 것만 같았다. 나는 그 여인과 함께 내 안부를 염려하는 그 울림에 귀를 기울였다. 그때 내 기분이 어떠했는지는 말로 표현할 수 없다. 나는 자리에서 몸을 일으켰다. 몸이 더 나아진 것 같으면서도 한편으로는 더 나빠진 것 같기도 했다. 내 욕망이 그 여인의 남자를 향하고 있다니, 가당치도 않은 일이었지만 그렇다고 해서 욕망을 단념할 수도 없었다. 그대는 서로 합치될 수 없는 것들을 합치시키려고 너무 오랜 세월 애를 썼기 때문에 그만 병이 나고 만 거예요. 그 여인이 말했다. 내가 보는 앞에서 아버지와 격렬하게 다투신 다음, 아름다운 어머니는 내 곁에서 멀어지셨다. 마치 나를 일절 만나지 않으려고 피하는 것만 같았다. 그러고 나서 얼마 안 있어 내 몸은 온통 붉은 발진으로 뒤덮여 몹시 가렵고 고통스러워졌다. 그때 어머니는 다시 나를 찾아오셔서 우유와 응유로 찜질을 해 주시고 노래를 불러 주셨다. 그 노래들도 다시 생각났다. 그러나 그때 어머니는 과연 나에게 당신의 진실한 얼굴을 보여 주신 걸까, 나보다 늘 다른 사람을 더 좋아하셨던 것은 아닐까.

다른 사람이 누구냐고 그 여인은 당연히 물었다. 우리는 어디서 만나든 늘 이야기를 나누었지만, 궁궐 뜰에서는 두 번 다시 만나지 않았고 내 방에서 만나는 일도 드물어졌다. 그녀는 궁궐을 피하는 것 같았으며, 나한테 전할 말이 있을 때는 아린나를 보냈다. 아린나는 그녀의 심부름으로 왔다는 인상을 일깨워서는 안 되었다. 그 여인은 혼란스럽게 뒤엉켜 제멋대로 떠오르는 내 머릿속의 생각들을 빼놓지 않고 전부 말하게 했다. 나를 버린 어머니, 어떻게 지내는지 알고 싶지도 않은 어머니가 갈수록 자주 뇌리에 떠오르는 것을 감지할 수 있었다. 어쩌면 그대는 어머니에 대해 알고 싶은 게 있는 건지도 몰라요. 그 여인이 말했다. 왜 어머니가 어둠침침한 방에 칩거하면서 아무도 만나지 않으려 하시는지 그 이유를 알고 있나요? 그런 건 알고 싶지도 않아요. 나는 대답했다. 어머니가 제정신이 아니라는 투론의 말에는 나도 동감이다. 내게도 눈이 있다. 어머니가 아버지 옆에 미라처럼 앉아 계시던 연회장에서 내 두 눈으로 직접 보았다. 그런 왕비를 둔 왕이 불쌍하다는 생각이 들 정도였다. 어머니는 한 번도 나를 쳐다보지 않으셨다. 내 쪽으로는 고개도 돌리지 않으셨으며 내 안부조차 묻지 않으시고는 그대로 자리를 뜨셨다. 그냥 나가 버린 것이다. 그때 또다시 발작이 나를 덮쳤다. 그래요. 나는 화가 나서 말했다. 어머니가 나한테 마법을 거신 거지요. 어머니의 모습을 보거나 어머니에 대한 이야기를 하면, 나는 늘 발작을 일으켜요. 그럴지도 모르지요. 여인이 말했다. 오늘은 정말 그렇군요.

믿어지지 않았지만 내 몸은 또다시 붉은 발진으로 흉측하게 뒤덮였고, 그 여인은 그런 모습에 기뻐하는 것 같았다. 주름진 피부에서 발진이 시작됐을 때, 나는 제정신이 아니었다. 징그럽게 온몸으로 번진 발진에서는 진물이 흐르고 가려웠다. 병이 낫는다는 징조예요. 그 여인이 주장했다. 뭐라고 말했지요, 우유와 응유라고 했나요? 그녀는 어머니가 하셨던 대로 찜질을 해 주었고, 또 어머니가 부르셨던 노래들까지 흥얼거리더니 아주 메스꺼운 약물을 마시라고 건넸다. 그 여인은 발진이 사그라들고 새살이 돋은 피부를 보여 주면서 밝은 목소리로 말했다. 글라우케, 그대는 뱀처럼 허물을 벗고 있어요. 그러곤 새로운 탄생에 대해 이야기했다. 옛날에 어머니가 그러셨듯이 그 여인이 나를 버릴 때까지 희망에 찬 날들이 이어졌다. 어떻게 나한테 그럴 수 있단 말인가. 그녀는 해서는 안 될 일을 내게 했다. 나는 그녀를 증오한다.

지금쯤은 그 여인도 기가 꺾였을 것이다. 그녀가 어린 남동생을 죽였다는 소문이 날로 번져 가고 있다. 오늘은 도시 아래쪽 빈민가에서 최초로 희생자를 낸 페스트에 대해 이야기하면서 그녀의 이름을 들먹이는 소리가 내 귀에까지 들려왔다. 나를 헌신적으로 돌봐 주는 아가메다가 지나가는 말로 슬쩍 그 이야기를 꺼냈다. 그러곤 내가 어떤 반응을 보이는지 날카로운 눈길로 지켜보는 것 같았다. 나는 속마음을 감추었다. 승리감과 두려움 때문에 숨이 멎을 것만 같았다. 이제 그 여인은 응분의 벌을 받을 테고, 나는 그녀를 영원히 잃게 될 것이다. 사람들이 그녀에 대한 조치를 준비하고 있다. 그들은 나한테 숨기려 들지만, 나는 원하기만 하면 얼마든지 알아낼 수 있다. 나를 어리석다고, 아니 정신박약자라고 생각하는 데 익숙해져 있기 때문에 내가 어수룩한 표정으로 미련한 질문을 던지면, 시종들은 내 면전에서 거리낌없이 아무 이야기나 늘어놓는다. 두려움을 느낄 때는 숲 속의 무력한 동물처럼 주변 상황에 대해 정확하게 알아 두어야 한다. 그 여인은 그 점을 정확하게 파악하고 있었으며, 또 두려움을 떨쳐 버리기가 얼마나 어려운지도, 두려움이 표피 아주 가까이 숨어 있어서 언제라도 불쑥 튀어나올 수 있다는 것도 정확하게 알았다. 그녀 스스로 두려워할 이유가 충분했는데도 그녀는 나와의 관계를 유지하려고 심혈을 기울였다. 그 사실만큼은 나도 인정하겠다.

어느 날 아린나가 언제나처럼 지나가는 말로 코린토스의 가장 뛰어난 조각가이자 석공인 오이스트로스를 만나러 가지 않겠냐고 내게 물었다.

신분이 높은 사람들의 묘비를 만드는 오이스트로스에 관한 이야기는 나도 많이 들어 온 터였다. 사람들은 그가 신들로부터 황금의 손을 선사 받았다고 말했다. 그러나 무엇보다 내 시선을 끈 것은 오이스트로스의 강렬한 눈, 잿빛이 도는 푸른 눈이었다. 다정한 눈빛이었다. 그러나 그것은 동시에 상대방을 살피는 듯한 눈빛이었다. 코린토스 사람들 대부분의 눈에서 보이는 호기심, 뻔뻔함, 질투의 흔적은 찾을 수 없었다. 아, 글라우케 공주님. 오이스트로스는 말했다. 이렇게 찾아 주시다니 영광입니다. 그의 머리는 붉은 갈색이었는데, 그런 머리는 코린토스에서 보기 드물 뿐 아니라 심지어 커다란 흠으로 여겨진다. 그러나 모든 조롱과 험담에 의연한 오이스트로스의 경우는 달랐다. 오이스트로스는 작업장 안으로 나를 데리고 다니면서 여러 가지 종류의 돌들을 보여 주고 그 돌들이 어디에 사용되는지 설명해 주었다. 끌을 어떻게 놀리는지도 직접 보여 주고, 커다란 돌덩이를 가리키면서 그 안에 어떤 형상이 숨어 있는지 알아맞혀 보라고도 말했다. 아무 돌이나 붙잡고 마음 내키는 대로 이런저런 형상을 조각할 수는 없기 때문이다. 내게는 새로운 사실이었다. 우리와 같지요. 오이스트로스는 말했다. 고기 완자로 사람을 만들 수는 없지 않습니까. 그걸 알고 있으면 이따금 위안이 되지요, 그렇지 않습니까. 오이스트로스는 나를 자신과 똑같은 사람으로 대해 주었으며 큰 소리로 웃었다. 저절로 따라 웃지 않을 수 없는 웃음이었다. 오이스트로스의 웃음소리에 옆방으로 통하는 문이 열리며 두 여인이 나타났다. 나는 깜짝 놀랐다. 그 여인이 와 있었던 것이다. 나머지 한 여인은 처음 보는 얼굴이었다. 아, 그렇지. 공주님을 기다리는 사람이 있었지요. 오이스트로스는 이렇게 말하며 나를 옆방으로 밀어 넣었다.

이 도시에 그처럼 아름다운 곳이 있으리라고는 꿈에도 생각해 본 적이 없었다. 그곳에 사는 아레투자는 이제 이름조차 입에 올리고 싶지 않은 한 여인과 아주 친한 사이로 보였다. 아레투자는 보석 세공사였으며, 자신이 돌을 깎아 만든 보석들과 똑같은 옆모습을 지녔다. 그녀는 곱슬곱슬한 검은 머리칼을 맵시 있게 위로 틀어 올리고, 잘록한 허리를 강조하면서 가슴이 많이 드러나는 옷을 입고 있었다. 나는 아레투자에게서 시선을 뗄 수가 없었다. 왜 지금까지 당신을 만나 볼 수 없었지요? 나도 모르게 불쑥 묻자 아레투자는 미소를 지으며 말했다. 우리는 서로 다른 환경에서 살고 있어요. 저는 온종일 일을 하기 때문에 밖에 나가는 일이 드물지요. 아레투자의 거처에는 서쪽으로 커다란 창문이 하나 나 있었으며, 그곳은 실내에 있는지 실외에 있는지 분간이 안 갈 정도로 희귀한 식물들로 가득했다. 이런 데서 산다면 얼마나 좋을까. 저절로 이런 생각이 들면서 동시에 그곳에서 살 수 없다는 생각에 가슴이 답답하게 조여왔다. 그러나 이제 그 모든 것은 지나간 추억일 뿐이다. 아레투자와 오이스트로스가 살던 집이 지진으로 심하게 파괴되었다는 소식이 들려왔지만 내가 누구를 붙잡고 그들의 안부를 물을 수 있겠는가. 내 주위에서는 다른 종류의 지진이 일어났다. 그 여파로 집은 붕괴되지 않았지만 사람들이 흔적도 없이 사라졌다. 그 불길한 여인과 관계 있던 사람들은 모조리 땅속으로 꺼진 듯 종적을 감추었다. 나를 위한 일이 아니었다면 등골이 오싹했을 것이다. 내가 오이스트로스나 아레투자와 그 여인의 운명 아니면 무슨 이야기를 할 수 있겠는가. 그 여인의 운명이 파멸을 향해 한 발 한 발 다가가는 것을 나는 정확하게 감지하고 있다. 사실 두렵긴 하지만 어서 그날이 오길 바라 마지 않는다. 결국 그날은 오고야 말 것이다.

유일하게 이 점에서 이아손과 나는 생각을 같이한다. 이것은 분명한 사실이다. 이아손은 요즘 들어 부쩍 자주 내 주변에 모습을 나타낸다. 그럴 때마다 아버지가 보내서 왔다는 생각을 못하는 내 아둔한 심장은 마구 방망이질한다. 이아손이 좋아하는 여인은 따로 있으며, 앞으로도 영원히 그 여인만 좋아하리라는 사실도 나는 잘 알고 있다. 이아손은 결코 그녀에게서 벗어나지 못할 것이다. 그러나 나 같은 여자가 감히 신들의 선물을 거부할 수 있을 것인가. 나라고 해서 다른 사람이 떨어뜨린 빵 부스러기를 줍지 말라는 법이라도 있다는 말인가. 그 맛은 씁쓸하면서 동시에 달콤하다. 그가 나에게서 멀어질수록 더욱 달콤해진다. 내 머릿속에서 이아손은 내 곁을 지키며 나와 다정하게 이야기를 나누고 나를 어루만진다. 그는 지금까지 나와 그런 식으로 이야기를 나눈 적이 없었고, 앞으로도 나를 그렇게 어루만지는 일은 결코 없을 것이다. 나는 그런 행복이 존재한다는 것을 미처 몰랐다. 아, 이아손.

그 여인은 파멸할 것이다. 참으로 잘 되어 가고 있다. 이아손은 남고, 코린토스는 새 왕을 맞고, 나는 새 왕의 옆자리에 앉아 지난 일을 모두 잊을 것이다. 마침내 모든 걸 잊을 수 있으리라. 그 여인은 내가 잊는 걸 용납하려 들지 않았다. 그녀 때문에 괴로웠던 일을 생각만 해도 속이 메스꺼워진다. 그날 오후 아레투자의 집에서 우리 다섯 사람은 아름다운 포석이 깔린 안마당에 앉아 있었다. 오이스트로스와, 놀랍게도 로이콘이 자리를 같이했다. 나는 코린토스에서 누구보다도 별들에 대해 많이 안다는 그 사람 앞에 있을 때면 늘 주눅이 들었다. 오이스트로스의 조각상들이 보초 서듯 마당 주변을 에워싼 가운데, 우리는 오렌지나무 그늘 아래 둘러앉아 아레투자가 준비한 맛 좋은 음료를 함께 마셨다. 마치 별세계에 있는 듯한 기분이었다. 나는 평소의 수줍음을 잊고 함께 이야기를 나누었으며 또 스스럼없이 질문을 하기도 했다. 아레투자의 고향이 크레타이며, 몇 명의 크레타 사람들과 함께 거센 풍랑에 휩쓸린 섬에서 최후의 순간에 배를 타고 탈출했다는 것도 알게 되었다. 당시 아레투자는 어린아이나 다름없는 나이였는데도 고향의 각종 풍습이며 음식을 만들고 음료를 빚는 법, 보석 세공술 등을 이곳으로 가져왔다. 무엇보다도 그녀는 자기 자신을 이곳으로 데려왔지요. 로이콘은 이렇게 말하면서 그녀의 팔을 부드럽게 쓰다듬었다. 아레투자가 그런 그의 손을 들어 자신의 뺨에 갖다 댔다. 그 순간 나는 정신이 번쩍 들었다. 나는 사랑하는 사람들 틈에 끼어 있었던 것이다. 오이스트로스와 이름을 입에 올리고 싶지 않은 그 여인, 두 사람도 서로 어루만지지는 않았지만 상대에게서 거의 눈을 떼지 않고 있었다. 믿을 수가 없었다. 이아손이 자유롭다니!

우리는 그렇게 둘러앉아 이야기를 나누고, 아레투자가 가져온 감칠맛 나는 고기만두를 먹었다. 오후의 열기가 수그러들면서 빛이 차츰 힘을 잃어 갈 무렵 한 사람씩 자리를 떴고, 결국 나와 그 여인만 남게 되었다. 나는 물이 졸졸 흘러나오는 샘까지 그녀를 몇 걸음 따라갔다. 우리는 잔디밭에 앉았다. 나는 어느 아름다운 오후에 대해 이야기했으며, 언제나 그런 날들을 갈망하지만 사실 별로 기회가 없다고 말했다. 나는 다시 한 번 마음을 열어 보였고, 그 여인은 또다시 과거의 영상들이 쉬고 있는 깊은 곳으로 나를 인도했다. 그 깊은 심연에서, 궁궐의 어느 방문 앞 얼음장 같은 긴 회랑에 주저앉아 슬피 울고 있는 어린 내 모습을 볼 수 있었다. 그게 어떤 방인지 그 여인은 알고 싶어 했지만 나는 방 주변을 둘러보려 하지 않았다. 무서웠다. 그 여인이 몇 마디 말을 속삭이면서 나를 진정시키자 나는 둘러볼 수밖에 없었다. 그것은 어떤 소녀가 거처하는 방이었다. 화사한 색조의 궤짝이 보였고, 침대 위에는 옷들이 널려 있었다. 벽에 걸린 선반에는 금테를 두른 작은 거울도 있었지만, 사람이 살고 있는 것 같지는 않았다. 그대는 알고 있어요, 글라우케. 여인이 말했다.

아주 잘 알고 있어요. 아니야! 나는 소리쳤다. 그렇지 않아요. 나는 절규했다. 몰라요, 내가 어떻게 그런 걸 알겠어요. 그녀는 그냥 사라졌단 말이에요. 그러곤 두 번 다시 나타나지 않았어요. 그녀 이야기를 하는 사람도 없었고, 방도 사라졌어요. 전부 내가 생각해 낸 건지도 몰라요. 그런 사람은 존재하지도 않았을 거예요. 도대체 누구 말이지요, 글라우케. 그 여인이 물었다. 언니! 나는 절규했다. 이피노에 언니!

이피노에. 나는 그 이름을 두 번 다시 들어 보지 못했고 내 입으로 말한 적도 없었다. 그때 이후로는 단 한 번도 생각하지 않았다고 맹세할 수 있다. 무엇 때문에 내가 그런 생각을 하겠는가. 그냥 사라져 버렸는데. 어머니가 나보다 훨씬 사랑했던 예쁘고 영리한 언니. 홀연히 배를 타고 사라졌지요. 투론은 이렇게 말하면서 양미간을 찌푸리고 나를 바라본다. 그 젊은이, 아스라이 먼 곳에 있는 힘 센 나라의 왕자와 사랑에 빠져 사라져 버렸지요. 투론은 시큼한 입 냄새를 풍기며 바싹 다가와 입 언저리를 흉물스럽게 비죽거린다. 그렇지 않나요? 공주님도 사랑의 힘에 대해서는 잘 아시지 않습니까? 그래서 공주님에게 작별 인사도 하지 않고 허둥지둥 배에 탔다가 그만 새벽녘에 납치되었지요.

나는 투론의 말을 믿는 척한다. 그러나 미련한 투론은 아무것도 모른다. 언니, 우리 언니는 새벽에 나에게 작별 인사를 했다. 그날 저녁, 따사로운 대기에 감싸인 아레투자의 안마당에서 나는 신뢰감에 넘쳐 그 이야기도 해 주었다. 어둠 속이어서인지 평소보다 아주 쉽게 말이 술술 나왔다. 그 전에는 그렇듯 쉽게 말이 나온 적이 없었으며, 또 앞으로도 다시는 없으리라. 회랑에서 나는 소리에 깜짝 놀라 잠에서 깨어났어요. 그래서 문을 열고 밖을 내다보았지요. 그 여인에게 이 말을 하는 순간, 오랜 세월 잊고 지냈던 영상이 다시 눈앞에 떠올랐다. 하얀 옷을 입은 해쓱

한 언니가 무장한 남자들에게 둘러싸여 있었다. 이상한 생각이 들었다. 두 사람이 언니를 앞장서고, 두 사람은 양옆에서 언니의 양팔을 붙잡고 있었다. 아니면 부축하고 있었던 건지도 모른다. 그들 뒤를 우리 유모가 바싹 뒤쫓았다. 나는 유모의 그런 표정을 전에는 결코 본 적이 없었다. 그땐 정말 무서웠어요. 나는 여인에게 말했다. 그녀가 내 손을 꼭 잡아 주었지만, 그녀의 손 역시 떨리고 있다는 것을 나는 분명히 느낄 수 있었다. 내 앞을 몇 걸음 지나쳐 간 언니가 뒤돌아보며 내게 미소 지었어요. 언니가 나를 보고 미소 지어 주었으면 좋겠다고 늘 바랐더랬는데, 바로 그렇게 미소를 지은 거예요. 그때 처음으로 언니가 내 마음을 알아 주었던 것 같아요. 언니의 뒤를 쫓아가고 싶었지만, 마음속에서 뭔가가 쫓아가면 안 된다고 말렸어요. 순식간에, 정말 순식간에 그들은 모퉁이를 돌아 사라졌고 무장한 남자들의 발소리만이 잠시 회랑에 울려 퍼지더니 이내 정적이 감돌았지요. 그러고는 머지않아 어머니가 울부짖는 소리가, 도살당하는 짐승처럼 울부짖는 소리가 들려 왔어요. 그 소리가 지금도 귀에 쟁쟁하게 들리는 것만 같아요. 나는 울면서 말했다. 나는 울고 또 울었다. 도저히 울음을 그칠 수가 없었다. 아무 말 없이, 그 여인은 열병에 걸린 듯이 부들부들 떠는 내 어깨를 꼭 붙잡아 주었다. 그러나 나는 그 여인도 울고 있는 것을 보았다. 나중에 그녀가 말했다. 정말이지 나쁜 일들은 이제 다 지나갔어요. 이피노에 언니는 죽었나요? 나는 물었다. 여인은 고개를 끄덕였다. 사실은 나도 알고 있었다.

그러나 알고 있었다니, 그게 무슨 말인가. 사람들은 남의 말을 쉽게 곧이듣는다. 그렇지 않은가. 이 점에서는 투론의 말이 맞다. 그런 종류의 여자들이 흔히 그렇듯이 그 여인은 나를 자기 마음대로 다루려고 했으며, 그래서 그런 영상과 감정들을 나에게 불어넣은 것이다. 약물을 이용하면 그런 일쯤은 누워서 떡 먹듯이 할 수 있다. 저들은 물론 내게 남아 있는 약물을 압수해 갔다. 또 그 여인은 내 마음속의 온갖 엉뚱한 의심을 부추겼다. 그것 참 그럴싸하게 들리는데요. 그렇지 않으면 공주님은 지금 살인자들의 소굴에서 살고 있다고 믿으실 참인가요? 투론은 얼굴을 찡그리며 말한다. 그 자신은 그게 미소라고 생각한다. 그 이방인들 말을 따르자면 죽어도 이해 못할 우리의 아름다운 코린토스가 도살장이라는 말씀인가요? 아니, 그렇게 믿는 것은 아니다. 물론 전부 내가 상상해 낸 것이 분명하다. 어린 내가 무슨 수로 그렇듯 이해하기 어려운 영상들을 받아들여서 그 오랜 세월 동안 마음속에 품고 있을 수 있었겠는가. 잊어버리세요. 투론은 말한다. 잊어라. 아버지께서도 말씀하신다. 이제 너에게도 좋은 시절이 올 것이니라. 너도 곧 알게 되겠지만 나에게 다 생각이 있느니라. 너도 기뻐할 것이니라. 이제 아버지는 내게 그런 식으로 말씀하신다. 아! 아버지.

저 밖에서는 대체 무슨 일이 벌어지고 있는 것일까. 무슨 일이란 말인가. 수많은 사람들의 목구멍에서 터져 나오는 함성은 무엇을 의미하는 것일까. 뭐라고 소리치는 것일까. 그 저주받은 이름이 대체 나와 무슨 상관이란 말인가. 저들은 그 여인을 원한다. 신들이시여! 저들이 그 여인을 원합니다. 헬리오스 신이시여! 도와주소서.

그것이 다시 온다. 나는 온몸으로 그것을 느낀다. 다시 발작이 덮친다. 발작은 벌써 내 목을 조르고 나를 마구 뒤흔든다. 거기 아무도 없는가. 나를 도와줄 이 아무도 없단 말인가. 나를 붙잡아 줄 사람이 아무도 없단 말인가, 메데이아!

form
7

사람들은 자신의 불행이
단 한 사람의,
쉽게 떨쳐 버릴 수 있는 단 한 사람의
책임이라고 굳게 믿고 싶어 한다.

— 르네 지라르, 『폭력과 성스러움』에서

로이콘

　페스트가 빠른 속도로 번지고 있다. 메데이아는 파멸했다. 그녀는 사라지고 있다. 내 눈앞에서 사라져 가는데도 나는 그녀를 붙잡을 수가 없다. 메데이아에게 벌어질 일이 눈에 선하다. 그래도 나는 수수방관할 수밖에 없을 것이다. 진실을 다 알면서도 손발이 없는 사람처럼 속수무책이다. 손을 쓰려 드는 사람은 자신의 의사와는 상관없이 피를 묻히게 될 것이다. 나는 손에 피를 묻히고 싶지 않다. 여기 내 망루의 테라스에 서서 낮에는 저 아래 코린토스의 좁은 길에서 복작거리는 사람들을 바라보고, 밤에는 성좌들이 마치 친밀한 동료들처럼 서서히 하나 둘 모습을 드러내는 어두운 하늘에 내 눈을 깊이 파묻고만 싶다.
　변덕스러운 신들에게 한 가지 소원을 빌 수만 있다면, 보호해 주십사 하고 간구하고 싶은 두 여인의 이름이 떠오를 것이다. 내가 생각해도 놀라운 일이다. 전에는 내 인생에서 여인의 이름이 이토록 중요한 역할을 한 적이 한 번도 없었다. 남자와 여자 사이의 영원한 유희를 통해 맛볼 수 있는 기쁨을 멀리한 것은 아니었지만 어쩌다 한 번, 아니 때로는 자주 기꺼운 마음으로 환희에 넘쳐 나를 찾아왔던 아가씨들의 이름은 쉽게 뇌리에서 사라졌다. 그런 아가씨들의 발길이 차츰 뜸해졌어도 나는 크게 섭섭하지 않았다. 메데이아는 내가 고통을 두려워한다고 말한다. 그녀가 지금보다 훨씬 더 고통을 두려워하기를 나는 진심으로 바랐다.

지금 메데이아는 테라스에서 나와 마주 앉아 있다. 숨 막힐 듯 무더운 날이 저물면서 산들바람이 불어오더니 이제야 숨 쉬기가 조금 편해진다. 우리 사이를 가로막은 나지막한 소나무 탁자 위에서 등잔불이 타오른다. 불꽃은 거의 흔들리지 않는다. 우리는 차가운 포도주를 마시면서, 소리 죽여 이야기를 나누거나 침묵을 지킨다. 다른 사람들은 전부 움막 속에서 몸을 잔뜩 사리며 서로 만나지 않으려고 피해 다니지만, 우리는 밤에 만나는 습관을 포기하지 않았다. 으스스한 적막이 도시를 뒤덮고 있는 가운데, 때때로 낮에 죽은 사람들의 시신을 저기 검게 흐르는 강 건너 공동묘지로 실어 나르는 수레 소리만이 들려올 뿐이다. 나는 수레의 수를 헤아려 본다. 요 며칠 사이 그 수가 부쩍 늘었다. 메데이아는 파멸했다.

로이콘, 우리는 앞으로 어떻게 될까요? 메데이아가 말한다. 내가 알고 있는 것을, 내 눈으로 보는 것을, 그녀의 앞날을 내 입으로는 차마 말할 용기가 없다. 사랑에 취하고 오이스트로스에 취한 아름다운 얼굴을 빛내며 찾아온 메데이아가 나를 포옹한다. 나는 이제 더 이상 존재하지 않는 여인을 포옹한다. 메데이아는 해서는 안 될 일을 하면서, 내 경고를 귓등으로 흘려 버린다. 오이스트로스와는 도통 이야기를 할 수가 없다. 자신의 손가락이나 다름없는 끌로 돌에 여신의 형상을 새기는 그는, 그러나 자신이 어떤 모습을 묘사하는지 전혀 모르는 것만 같다. 오이스트로스의 손가락 끝에서 메데이아가 살아난다. 오이스트로스는 그녀에게 사로잡혀 있으며, 스스로도 그렇게 말한다. 지금까지 이런 일은 한 번도 없었다오. 그 여인에게서 느끼는 기쁨이 삶과 일에 대한 기쁨을 새롭게 불어넣는다오. 오이스트로스의 작업장에 가까이 다가가면 노랫소리와 휘파람 소리가 들려온다. 메데이아가 곁에 있을 때만 조용할 뿐이다. 오이스트로스는 부모는 물론 일가친척 하나 없으며, 자기가 어떻게 세상에 태어났는지조차 전혀 모르면서도 아무렇지도 않은 듯이 보인다. 어느 석공의 집 앞에 젖먹이로 버려졌다는 자신의 운명에도 그는 전혀 개의치 않는다. 마침 슬하에 자식이 없었던 석공의 아내는 이 업둥이를 신의 선물로 받아들여 정성껏 키웠다. 업둥이는 소년 시절부터 양아버지의 작업장에서 손일을 익혔으며, 얼마 안 가 양아버지를 능가하는 경지에 이르렀다. 늙은 석공은 솔직하게, 거의 경외하는 마음으로 그 사실을 인정했다고 한다. 지금은 코린토스의 명문 귀족들이 오이스트로스에게 가족의 묘비를 주문하는 실정이니, 그는 마음만 먹으면 얼마든지 부자가 될 수도 있을 것이다. 그러나 어쩌면 그렇듯 욕심이 없고 겸손할 수 있는지 도대체 알 수가 없다. 또한 도대체 어떻게 처신하기에 다른 석공들의 시샘을 전혀 받지 않는지도 불가사의한 일이다. 돈도 시기심도 그에게는 붙어 있지 못하는 대신 오이스트로스는 사람을 붙잡아 둔다. 그의 주변은 항상 젊은이들로 붐비고, 그는 사람들을 위해 작업장 안을 바쁘게 오간다. 나 또한 오이스트로스의 사심 없는 인품에 이끌렸다. 그와 함께 있으면, 우울증에 빠지거나 쓸데없는 생각에 빠져 드는 일이 없었다. 그는 나한테 그런 고질병이 있다는 사실조차 눈치 채지 못한 것처럼 보였다. 어쨌든 지금껏 그런 이야기는 단 한마디도 내비치지 않았다. 모든 사람을 차별 없이 한결같이 대하기 때문에 그의 곁에 있으면 마음이 저절로 편안해진다. 행여 왕이 길을 잘못 들어서 그곳에 찾아온다 해도, 오이스트로스는 절대로 야단법석을 피우지 않을 거라고 나는 장담한다. 오이스트로스의 의연함과 독립심은 신분의 고하를 막론하고 찾아오는 모든 사람에게 그대로 전달된다. 참 알 수 없는 일이다.

메데이아는 오이스트로스가 어린아이의 천진함을 그대로 간직한 채 성인이 되었다고 말한다. 그것이 메데이아에게 내려진 축복이라는 것이다. 지금도 오이스트로스는 메데이아에게 축복일까? 그렇게 물어서는 안 될 것이다. 아레투자 때문에 단념해야 하는 부분이 있는데도 그녀가 내게 축복이냐고 누군가 묻는다면, 나는 그런 물음은 단연코 사양할 것이다. 우리가 결합이라고 할 수 없는 우리의 결합을 세상 사람들에게 비밀로 하자고 말 없이 합의한 반면, 메데이아는 조금도 거리낌 없이 오이스트로스를 찾아간다. 그녀의 무사태평은 참으로 위험스럽고 무책임하다.

절망이다. 코린토스의 사정에 대해서는 아무것도 모르고, 코린토스 사람들이 지금처럼 위험에 처했다고 믿으면 무슨 일을 저지를지 짐작조차 못하는 순수한 사람들에게 내 마음을 내주다니! 마치 오랫동안 주도면밀하게 내 감정을 억제해 온 것에 대해 누군가 보복이라도 하려는 것만 같다. 메데이아는 아무 말 없이 포도주를 마시며 미소를 짓는다. 땅거미가 내려앉는 망루의 층계에서 마주쳤을 때, 아카마스는 나에게 우정을 내세우며 답변을 요구했다. 언뜻 우연처럼 보였지만, 시간과 장소를 용의주도하게 선택한 것이 분명했다. 친애하는 로이콘, 자네는 우리 왕실과는 거리가 먼, 약삭빠른 친구 아카마스는 이렇게 표현했다, 상당히 거리가 먼 사람들을 좋아하는 것처럼 보이는구먼, 그렇지 않은가? 날이 갈수록 감당할 길 없는 분노에 휩싸인 나는 아카마스의 악의에 찬 물음에 대답하는 대신, 지금 나의 직무 태만을 비난할 생각이냐고 되물었다. 내가 정확하게 산정한 결과를 토대로 다른 사람들이 모호한 결론을 이끌어 낸 게 내 책임이란 말인가. 내 물음에 아카마스는 한 발 물러섰다. 그러나 내가 이 승리를 즐길 수만은 없다는 것을 우리 둘은 잘 알고 있다. 머리털 곤두서는 아카마스의 그릇된 예언을 너무 자주 들먹여서는 안 되었다. 내 별자리표에서 왕이 듣고 싶어 하는 것, 코린토스의 태평성대, 성장과 번영, 왕을 반대하는 자들의 패망을 읽어 낸 사람이 누구인지 모르는 척 굴어야 했다. 그런 것들 대신 지진에 이어 페스트가 찾아왔고, 궁중에서 아카마스의 운세는 기울어 갔다. 차츰 아카마스는 우리 눈앞에서 몰락해 갔다. 언젠가 내 면전에서 그는 왕의 은총을 받으며 권력을 휘두르지 않고서는 살아갈 수 없다고 말한 적이 있다. 코린토스, 우리의 자랑스러운 코린토스에서 어린 소녀가 권력의 제단에 희생되었으며, 그 사실을 안 사람들은 권력의 그늘에 남아 있을 것인가 아니면 떠날 것인가 결정을 내려야 했던 당시 그는 그렇게 말했던 것이다.

당신은 그것을 알고 있었어요. 메데이아는 단정적으로 말한다. 나는 아는 것에도 단계가 있다는 사실을 설명하려고 노력한다. 어느 정도는 알았지만 상세한 내막은 몰랐소. 그리고 나서는 다 잊고 살았소. 대체 우리가 뭘 할 수 있었겠소? 나는 메데이아에게 묻는다. 그저 안타까울 뿐이에요. 그녀가 대답한다. 안타깝다니? 나는 묻는다. 그래요. 서로의 합의가 그렇듯 쉽게 깨어지고 조금만 역경이 닥쳐도 무시되는 게 안타까워요. 합의라니, 무슨 합의를 말하는 게요? 나는 묻는다. 당신도 잘 알잖아요. 사람을 희생시켜서는 안 된다는 합의 말이지요. 그런 합의를 진지하게 받아들이다니, 나는 놀라지만 입 밖에 내어 말하지는 않는다. 오늘은 메데이아의 말투가 영 마음에 들지 않고 분위기도 거슬린다. 메데이아가 마치 베일 뒤에 숨어 있는 것만 같다.

그녀가 정신을 차리도록 도와주어야 한다. 지금 아카마스가 곤경에 처해 있소. 나는 말한다. 궁정에서 다시 자신의 입지를 확고히 할 수만 있다면, 그는 어떤 수단이라도 마다하지 않을 사람이요. 나는 당분간은 이용 가치가 있으니 안전할 게요. 그러나 나는 지금 내 온갖 경험과 지혜, 술수를 총동원해야 할 뿐 아니라 그녀가 혐오하고 나 스스로도 그다지 좋아하지 않는 능력, 즉 침묵을 지키며 몸을 사리는 능력까지 발휘해야 한다는 말만큼은 하지 않는다. 내가 심사숙고하여 적당한 간격을 두고 별자리를 산정한 결과를 건네면, 아카마스는 그것을 토대로 우리에게 유리한 예언을 할 것이고, 그러면 그 예언은 미케네와의 무역협정이나 가축의 높은 출산율처럼 맞아떨어지게 마련이다. 그런 식이다. 나는 아카마스가 그 자신 말고는 누구도 그런 예언을 하지 못했다고 확신할 수 있도록 배려해 준다. 그가 실제로 예언들을 꿈꾸었다고 믿게 하는 것이다. 아카마스의 별이 더 밝게 빛나도록 나는 내 빛을 숨겨야 한다. 크레온 왕을 중심으로 한 궁중의 별자리 형세가 새롭게 형성되면서, 위태로운 변두리로 쫓겨난 작은 행성들은 더욱 불리해졌다. 메데이아가 발산하는 빛의 영역으로 들어가는 사람이면 누구나 위험을 피할 수 없으리라. 그녀가, 바로 그녀가 위험의 진원지다. 무엇보다 끔찍한 사실은 그녀 스스로 그걸 인정하려 들지 않는다는 것이다.

대관절 무슨 일이 더 일어나야 그대가 신중해지겠소? 나는 말한다. 메데이아는 조금도 망설이지 않고 대답한다. 지금까지 이렇듯 많은 일이 일어났는데 이제는 날 가만히 내버려 두지 않겠어요? 나조차 조용히 있잖아요. 이제 와서 내가 무엇을 더 어쩌겠어요. 우리 코린토스 사람들이 엄마 젖을 먹으면서부터 몸에 익히는 뭔가가 이 여인에게는 없다. 우리

스스로도 그런 걸 가지고 있다는 사실을 미처 의식하지 못하고 살다가, 코르키스 사람들, 무엇보다도 메데이아와 비교하면서 비로소 깨닫게 된다. 그것은 여섯 번째 감각, 그러니까 개개인의 삶과 죽음이 달린 권력 주변에서 벌어지는 아주 미묘한 변화를 섬세하게 감지하는 감각이다. 일종의 끊임없는 공포라고 할 수 있지요. 나는 메데이아에게 말한다. 그래서 지진같이 현실적으로 무서운 일을 일종의 해방처럼 체험하는 사람들이 많아요. 당신들은 참 별나군요. 메데이아의 말에 나는 응수한다. 그대들도 마찬가지요. 우리는 웃음을 터뜨린다.

그녀에게 코린토스인들 대부분이 그녀의 자신감을 교만이라 부르면서 증오한다는 말만큼은 굳이 들려주고 싶지 않다. 지금까지 나는 누군가에 대해 이 여인에 대해서만큼 깊이 생각해 본 적이 없다. 그러나 메데이아 한 사람만이 아니라 다른 코르키스 여인들도 많은 생각을 하게 한다. 그들은 이곳에서 천한 일을 하면서도, 고관대작의 마나님들처럼 고개를 꼿꼿이 쳐들고 다닌다. 무엇보다도 이해할 수 없는 일은 그들이 태도를 바꿀 생각을 전혀 하지 않는다는 것이다. 그런 점이 마음에 들긴 하지만, 다른 한편으로는 불안감을 억누를 수 없는 것도 사실이다. 그대 옆에 있으면 늘 마음이 착잡해진다오. 나는 메데이아에게 말한다. 아, 로이콘. 당신은 감정을 생각으로 옭아매고 있어요. 그녀는 말한다. 감정들을 그냥 자유롭게 내버려 두어요. 우리는 다시 웃음을 터뜨린다. 지금 메데이아가 처한 상황을 잊을 수 있다면 얼마나 좋겠는가. 그저 감정이 흘러가는 대로 나 자신을 맡길 수 있다면, 다른 누구보다도 가까우면서 영원히 낯설 이 여인의 친구라는 사실을 그저 즐길 수만 있다면.

아레투자도 비슷하지만 상황은 근본적으로 다르다. 사랑하는 여인이 지닌 이질감은 매력을 더해 준다. 다른 남자들도 아레투자의 매력을 인정하고, 그녀에게 사로잡힌 내 마음을 이해한다. 잘난 아카마스조차 내 사랑과 행복에 대해 잘해 보라는 듯이 한마디 했다. 내가 눈빛으로 말리지만 않았더라면, 사나이 대 사나이로 내 어깨라도 두드렸을 것이다. 그러니 다들 우리 사이를 훤히 알고 있으며, 뒤늦게 나를 덮친 정열에 대해 입들을 삐죽거릴 게 분명하다. 기분 좋은 일은 아니다. 내가 다들 크레타 사람이라고 부르는 노인과 아레투자를 공유한다는 사실을 알게 되면 다들 어떤 반응을 보일 것인가. 많은 이들은 그를 그녀의 아버지로 알고 있다. 그 노인은 아레투자가 처음으로 사랑을 느낀 사람이다. 그녀는 그 노인을 사랑의 친구라고 부른다. 이 세상 무엇보다 화려했다는 크레타의 궁궐을 비롯하여 모든 건물들이 해저 지진에 의해 파괴되었을 때, 노인은 폐허 속에서 당시 어린아이나 다름없던 아레투자를 발견했다. 아니 보다 정확히 말하면 발굴했다고 하는 편이 옳다. 당시 크레타 전체는 폐허로 변했으며 여기저기 시신이 즐비했다고 한다. 나는 노인의 이야기를 통해 들었을 뿐이다. 아레투자는 그 일에 대해서뿐 아니라 당시 한창 나이였던 노인의 필사적인 노력 덕분에 겨우 배를 얻어 탄 일이나 바다를 건넌 여행에 대해서도 절대로 입을 열지 않는다. 언젠가 나는 노인을 꼬드겨서 반 강제로 그런 이야기를 들을 수 있었다. 노인은 이따금 인사불성이 될 정도로 술을 마시고, 그러면 평소보다 아주 말이 많아진다. 그러나 아레투자와 함께 있는 자리에서는 절대로 그런 일이 없다. 나는 그 배가 출발할 때의 상황을 머리에 떠올리고 싶지 않다.

세상 풍파에 시달린 노인은 나이보다 훨씬 늙어 보이지만 여전히 건장한 남자이다. 옛날에는 틀림없이 상대로부터 두려움을 자아낼 정도였을 것이다. 그는 해마다 크레타의 왕궁에서 축제가 열리면, 왕족을 비롯한 많은 군중들 앞에서 뛰어난 시범 경기를 펼쳐 보인 투사였다. 당시 크레타의 투사들은 지중해 인근에서 명성이 자자했다. 아레투자는 노인에게 애착을 가지고 있다. 그것은 어쩔 수 없이 자연스러운 현상이다. 나에게는 이 사실을 인정하고 받아들이든지 아니면 아레투자를 단념하든지 하는 두 가지 길밖에 없다. 그런데 나로서는 둘 다 불가능한 일이다. 이런 식의 고통스러운 삶이 있다는 것을 전에는 미처 몰랐다. 내가 이런 말을 터놓고 할 수 있는 사람은 오직 메데이아뿐이다. 그런데도 메데이아는 나를 동정하려는 생각이 조금도 없다. 그래요. 그녀는 말한다. 물론 당신에게 쉬운 일은 아니지요. 하지만 그렇게 힘든 일이 일어나지 않았다면 어떻게 되었겠어요. 당신의 행동을 통해서 당신 스스로를 알 수 있는 좋은 기회 아닌가요? 나는 아무 행동도 하지 않소. 나는 그녀의 말을 반박하려 한다. 막연히 기다릴 뿐이오. 그러나 메데이아는 내 말에 동의하지 않는다. 기다림도 결정을 전제로 하는 행동이지요. 단념할 것인지 기다릴 것인지 먼저 결정을 내려야 하지 않겠어요? 나는 늘 아레투자와 가까이 있고 싶어 하며, 또 내 감정과 욕망을 숨기지도 않는다. 나는 아레투자의 작업장에 몇 시간씩 쪼그리고 앉아 돌을 다듬어 보석을 만들어 내는 그녀의 두 손을 바라본다. 두 손이 나를 향해 뭐라고 말하는지 사람들은 상상하기 어려울 것이다. 내가 문을 열면 아레투자는 미소를 짓는다. 그녀는 결코 나를 그냥 돌려보내는 법이 없으며, 언제나 환하게 빛나는 얼굴로 맞아 주고 반갑다는 인사로 내게 매달린다. 그대는 이해할 수 있겠소, 메데이아? 나는 묻는다. 그럼요. 메데이아는 대답한다. 아레투자는 두 남자를 저마다 다른 방식으로 사랑해요. 그대는 어떻소? 나는 도전하듯 묻는다. 메데이아는 전혀 동요하지 않는다. 나는 아니에요. 메데이아는 아레투자를 포옹한다. 두 여인은 서로 자매처럼 사랑한다. 메데이아는 휘장을 젖히고 오이스트로스에게 간다.

지금 나는 코린토스라는 우주를 움직이는 삶에 끼어들 수 없는 사람들 틈에 휩쓸려 있다. 아카마스는 이런 사실을 정확히 간파하고 있다. 예상치 못한 엉뚱한 일이 갑자기 세상을 요란스럽게 마구 뒤흔들어도 아레투자는 전혀 개의치 않는 것처럼 보인다. 그래서 나는 걱정이지만, 그렇다고 아레투자를 비난할 수는 없다. 아니, 그녀에게는 도무지 비난이라는 것을 할 수가 없다. 그러나 메데이아가 코린토스의 파멸을 암시하는 징조나 무엇보다도 자신을 떨쳐 버리려는 코린토스 사람들의 노력을 냉정하게 바라볼 때는 내심 은밀히 그녀를 비난하게 된다. 오랜 세월 동안 자제심을 기르기 위해 그토록 노력했는데도 다 헛일이라는 말인가. 이 달갑지 않은 도시에 언제까지 집착해야 한다는 말인가.

우리의 생각은 서로 다른 길을 걷다가 이제야 비슷한 지점에 이른 것처럼 보인다. 메데이아가 말한다. 모든 악 속에는 겨자씨만큼의 선이 숨어 있다는 생각이 들지 않나요? 성난 군중들이 나한테 달려들지 않았더라면, 어떻게 당신과 내가 오이스트로스와 아레투자를 만날 수 있었겠어요. 내가 쫓기지 않았더라면, 어떻게 길을 잃고 그 외딴 곳까지 들어갔겠어요. 초라한 토담집들이 채소밭 속에 웅크리고 있는 그곳에는 코린토스에서 가장 가난한 사람들, 포로로 잡혀 온 사람들과 그 후손들, 그리고 내력을 알 수 없는 온갖 존재들이 뿌리내리고 살고 있다. 그들 속에서는 오이스트로스와 아레투자, 크레타 노인과 같은 사람들도 눈에 띄지 않는다.

청명하던 초여름의 어느 날, 빛과 어둠이 순식간에 교차하는 시간이었다. 그러나 빛은 어둠에 자리를 내주기 전에 다시 한 번 온 힘을 다해 세상을 비춘다. 그런 순간이면 어린 시절부터 그 광경에 익숙해져 있는 나조차도 가슴이 탁 트이는 것만 같고, 이곳에 살게 해 준 신에게 감사하는 마음이 들어서 다른 생각은 전혀 할 수 없다. 그날도 바로 이런 심정으로 나는 망루의 테라스에 서 있었다. 그 전망대에서 별들이 그리는 천상의 아름다움에 취해 얼마나 많은 밤을 지새웠으며, 별들의 궤도에 숨어 있는 법칙을 알고 싶어서 얼마나 가슴을 졸였던가. 그것은 바로 내 삶 자체였다. 나는 아직 늦지 않았다. 어쨌든 아레투자는 그렇게 말한다. 과거에 나는 사람들이 아니라 별들을 통해서만 기쁨을 느낄 수 있었다. 내 문하에 들어온 젊은이들에게도 친절하게 대하긴 했지만 언제나 거리를 두었다. 그들 가운데 몇 명은 훌륭한 성품과 탐구욕을 겸비하여 지나치게 영리하고 양심이라고는 전혀 모르는 투론, 출세를 위해서라면 수단과 방법을 가리지 않는 투론과는 다르다.

그날 오후 제자들 중 한 명이 허겁지겁 층계를 뛰어 올라왔다. 내가 명상에 잠기는 그 시간에는 절대로 방해하면 안 된다는 것쯤은 누구나 알고 있었음에도 말이다. 그가 외쳤다. 그들이 메데이아를 뒤쫓고 있습니다. 나는 물었다. 누가 말인가? 그러나 사실 나는 이미 모든 것을 헤아리고 있었다. 우매한 백성들 같으니! 예정된 일이었다.

나는 층계를 달려 내려가서 모든 격식을 무시하고 많은 창문과 테라스로 둘러싸인 널따란 아카마스의 집무실에 들어섰다. 이제 흡족한가? 나는 말했다. 아카마스는 어리둥절한 표정을 지었다. 나 스스로도 믿기 어려운 일이지만, 나는 아카마스를 향해 위협적으로 발걸음을 뗐다. 그는 벽 쪽으로 뒷걸음질 치면서, 메데이아가 군중들을 지나치게 흥분시킨 탓에 자신으로서도 손을 쓸 도리가 없다고 주장했다. 군중들이라고? 내가 말했다. 그러자 아카마스는 바로 그 방에서 날조되어 소문으로 퍼져 나간 동생 살해 이야기를 아주 엄숙한 표정으로 늘어놓으려 들었다. 아, 그런가? 나는 비웃으며 말했다. 그러니까 사람들이 한데 모여서 그

로이콘 **171**

여인을 기다렸다가 오명을 뒤집어씌우고 욕설을 퍼부으며 뒤쫓으려는 생각을 순전히 자기들끼리 해냈다 이 말이지, 맞나? 십중팔구 그렇게 되었을 걸세. 아카마스는 감히 내 면전에서 이렇게 주장하려고 들었다. 고삐 풀린 군중은 무엇으로도 막을 수 없다네. 감정을 발산하도록 내버려 두는 수밖에 없지. 나는 외쳤다. 감정을 발산하도록 내버려 두라니? 자네 지금 사람들이 그 여인에게 감정을 발산하도록 내버려 두라는 말인가, 아니면 대체 무슨 뜻인가? 저들은 그녀를 죽일 걸세. 그렇지 않네. 아카마스가 말했다. 저런 무리들은 겁이 많아. 그녀에게는 아무 일도 일어나지 않을 걸세.

마침내 나는 이성을 잃었다. 자네가, 나는 언성을 높여 외쳤다, 바로 자네가 저 우매한 백성들을 선동했어. 그렇게 하라고 돈을 주었을지도 모르지. 이 말을 하는 순간 아차 하는 생각이 들었다. 물론 내 말이 사실이라는 것은 우리 두 사람 모두 알고 있었지만, 입 밖에 내어서는 안 될 말이었다. 아카마스 역시 그걸 느꼈다. 그는 굳은 표정으로 천천히 나를 향해 걸어와 차갑게 말했다. 이보게, 방금 자네가 한 말을 내게 증명해야 할 걸세. 결국 그의 승리였다. 위대한 아카마스가 한 여인을 습격하라고 군중들을 매수했다는 증거는 결코 찾아낼 수 없을 것이다. 설사 제정신이 아니어서 증언하려 드는 사람이 있다 해도, 증언도 하기 전에 이미 저 세상 사람이 될 것이다. 아카마스의 소행을 폭로할 가능성이 없을까 머릿속에서 이리저리 헤아려 보고 결국 포기해야 했던 그 몇 분 동안 처음으로 나는 우리 코린토스의 실체를 깨달았다. 메데이아는 우리의 공동 생활을 좌우하는 진실을 파헤쳤으며, 우리는 그런 그녀의 행위를 용납할 수 없다는 것을 이해했다. 그리고 내가 무력하다는 것 역시 깨달았다.

그날 오후에 대해서는 생각하고 싶지도 않다. 그리고 아카마스와 벌인 설전에 대해서도 메데이아에게는 별로 이야기하고 싶지 않다. 오늘날까지 나 스스로에게 한 점 부끄러움이 없는데도 말이다. 아카마스에게 공공연히 답변을 요구할 수는 없었지만, 그의 심중은 충분히 꿰뚫어 볼 수 있었다. 왜 하필이면 지금 아카마스가 등골 오싹한 죄목을 붙여 가면서 폭력을 사용해 메데이아를 공격했는지도 나는 깨달았다. 우리 모두 잊으려 했던 이름을, 이피노에라는 이름을 메데이아가 끌어들이지나 않을까 두려웠기 때문이다. 아카마스 앞에서 처음으로 그 이름을 입에 올리고, 젊은 시절 우연히 아카마스의 집무실 앞에 앉아 있다가 많은 것을 엿들었다고 말하고 나자 나는 비로소 마음이 홀가분해졌다. 당시 나는 무슨 영문인지 이해하지 못했더랬다. 그러다가 마침내 기괴한 여러 가지 일들을 조합한 뒤 상황을 파악하고 무슨 영문인지 알게 되었을 때는 온몸이 마비되는 듯했지만 이미 너무 늦은 다음이었다. 도대체 우리가 어디에 살고 있단 말인가. 나는 분노에 떨며 아카마스에게 물었다. 자네 스스로 잘 알고 있지 않은가? 아카마스는 말 없이 눈빛으로 답변했다. 나는 메데이아에게 그 장면에 대해 상세히 들려주었다. 그리고 차츰 용기가 사그라지면서 다 부질없다는 생각이 온몸을 무력하게 사로잡았다고 털어놓았다. 나는 아카마스를 그대로 둔 채 방을 나왔다오. 그대를 찾기 위해 입을 다물고 뛰쳐나온 게 현명한 처사였는지 아니면 비겁한 짓이었는지는 잘 알 수 없었소. 로이콘, 그런 상황에서는 모르는 게 당연해요. 메데이아는 말했다.

우리는 잠시 침묵을 지켰다. 이윽고 메데이아가 말했다. 저들에게 쫓기면서 사실 나는 무서웠답니다. 사냥꾼에게 쫓기는 동물처럼 오로지 살기 위해서 달렸지요. 그러나 언젠가는 그런 일이 있으리라고 예상했기 때문에 한편으로는 아주 차분하고 냉정했어요. 이보다 더 심한 일이 일어났을 수도 있어. 마음속에서 이런 말이 조용히 들려왔지요. 사람들은 어디서나 이렇듯 합의를 어긴다는 것으로 위로를 삼아야 하는 것일까? 코르키스에서 도주한 건 다 헛일이었단 말인가. 번번이 같은 원칙, 같은 행위로 사람을 배반하거나 구해 준다면 양심은 무슨 의미가 있는 걸까? 들판에 버려진 내 동생의 뼈를 주워 모으면서, 또 당신들의 동굴 속에서 소녀의 여리디 여린 유골을 두 손으로 더듬으면서 나는 양심을 끌어댈 하등의 근거가 없다는 사실을 깨달았어요. 내가 알아낸 것을 사람들에게 알릴 생각은 조금도 없어요. 다만 내가 지금 어디에 살고 있는지를 분명히 알고 싶었을 뿐이지요. 로이콘, 당신은 망루에 앉아서 천체를 당신 주변으로 끌어 모으지요. 참 안정된 장소예요, 그렇지 않은가요? 나는 당신을 이해해요. 내가 이곳에 올 적마다 당신의 입 언저리가 갈수록 더 밑으로 일그러지는 것을 보면 내 심정도 점점 더 참담해진답니다. 아니 생각하기 따라서는 더 행복해지는지도 모르지요. 어쩌다 보니 이 세상을 살아가는 내 방식에는 선례라는 게 전혀 없는 것 같아요. 어쩌면 아직까지 없었을 뿐인지 누가 알겠어요? 나는 이 거리 저 거리를 달렸지요. 모든 사람이 나를 피했고, 문이란 문은 모조리 내 눈앞에서 닫혔어요. 몸에서 서서히 힘이 빠질 무렵, 변두리에 이르게 되었어요. 비좁은 길, 웅크린 채 늘어선 토담집들, 어느 집 모퉁이에선가 추격자들의 손에 잡히기 일보 직전 웬 남자가 길을 막고 서 있었답니다. 제멋대로 늘어진 붉은 머리카락에 건장해 보이는 그 남자는 피하지 않고 길 한가운데 우뚝 서 있다가 나를 붙잡았어요. 그러고는 몇 걸음 끌고 가 자신의 집 안으로 나를 밀어 넣었지요. 그런 다음 어떻게 되었는지는 당신도 잘 알지요. 그때 이후로 내게는 이 도시에서 찾을 수 있는 장소가 하나 더 생겼답니다.

그 일이 있고 얼마 후 지진이 발생했다. 지진은 단 몇 초 동안 계속되었지만, 빈민층이 모여 사는 도시의 남쪽이 진원지였다. 그곳에는 코르키스 사람들도 있었다. 내 망루도 흔들렸지만 무너지지는 않았다. 발밑이 꺼져 드는 듯한, 말로 형용할 수 없는 감정이 아직도 온몸에 생생하게 남아 있다. 나는 밖으로 달려 나갔다. 울부짖는 사람들이 길을 빽빽히 메우고 있었다. 별자리에는 그런 징조가 나타나지 않았는데……. 세상의 종말이 가까이 온 것만 같았다. 궁궐은 별 피해를 입지 않았다. 성벽은 온전했으며, 몇몇 시종들이 다치고 한 사람이 죽었을 뿐이다. 그러나 우연히 머리에 떨어진 돌멩이 하나에 자신의 귀중한 생명이 흔적도 없이 사라질 수 있다는 생각을 하게 된 크레온 왕은 깊은 충격을 받았다. 스스로에 대한 사랑과 불멸에 대한 믿음이 크게 흔들린 것이다. 누구를 향한 것인지 알 수 없는 분노가 가슴속에 쌓이면서, 왕은 죽음에 대한 두려움을 떨쳐 버리지 못했다. 크레온 왕은 걸핏하면 분노를 터뜨렸으며, 그럴수록 주변 사람들은 위기감을 느꼈다. 왕의 예민해진 심기 변화를 누구보다도 심하게 느낀 사람은 아카마스였다. 문득 아카마스가 자신에게 쏠린 이목을 다른 곳으로 돌리기 위해 메데이아의 사악한 마법 때문에 코린토스에 지진이 일어났다는 소문을 퍼뜨렸을지도 모른다는 생각이 든다. 그걸 알고 있소? 내 물음에 메데이아는 고개를 끄덕였다.

언젠가 한 번 리사와 함께 메데이아에 대한 이야기를 나눌 기회가 있었다. 지진이 일어나던 바로 그날 저녁이었다. 지진이 세상을 놀라게 했을 때, 메데이아는 오이스트로스의 집에 있었다. 아레투자의 안부가 궁금하여 폐허를 뚫고 달려가 보니 메데이아가 그곳에 있었다. 아레투자는 공포에 질려 정신을 잃었다. 세상이 흔들리자 크레타를 멸망시킨 재앙에 대한 기억이 생생하게 되살아난 것이다. 메데이아는 그녀가 정신을 차리도록 해 준 다음, 몸에 생기가 돌게 하는 액체를 그녀의 이마에 발라 주었다. 그런 다음 그녀를 나에게 맡기고 자신의 동족들이 살고 있는 지진 피해 구역으로 달려가면서, 리사와 아이들이 무사한지 알아봐 달라고 부탁했다. 작은 토담집은 여전히 궁궐 성벽에 붙어 있었다. 나는 상처 입고 신음하는 도시에서 벗어나 평화로운 구역에 들어섰다. 리사는 아이들과 함께 조촐한 저녁 식사를 하던 중이었으며, 내게도 함께 들자고 권했다. 순간 심한 허기와 함께 리사의 침착함에 마음이 편안해지는 것을 느낄 수 있었다. 리사는 언젠가 지구가 움직임을 멈추기라도 하면 지구를 냅다 발로 걷어찰 여인으로, 자신을 믿고 의지하는 사람들의 삶을 단단히 붙들어 준다. 그녀의 보호를 받으며 자라는 아이들에게조차 부러운 마음이 일었다.

　리사는 메데이아의 안부를 염려하면서도 아이들에게는 불안한 심기를 전혀 내색하지 않았다. 사내아이들은 그늘진 데 없이 활기에 넘쳤다. 이아손을 닮은 아이가 곱슬머리에다가 피부가 가무잡잡한 아이보다 체격이 우람했다. 가무잡잡한 아이는 너무 거칠어 다루기가 힘들 정도였다. 아이들은 커다란 모험이라도 겪은 듯 지진에 대해 앞 다투어 이야기하더니 갑자기 피곤을 느끼고는 잠자리에 들었다. 집 안은 일시에 깊은 적막에 휩싸였다. 우리는 좁은 부엌에 앉아 있었다. 아궁이 속에서 붉게 달아오른 불씨가 빛을 발했고, 재 속에서는 뱀이 바스락거렸다. 우리는 한차례 위험이 지나가고 나서 찾아오는 안도감을 느꼈다. 내일 무슨 일이 벌어질지는 미리 걱정할 필요가 없었다. 우리는 잠시 말 없이 앉아 있다가 생각나는 대로 이런저런 일들에 관해 띄엄띄엄 이야기를 나누었다. 메데이아에 대한 이야기도 나왔다. 우리 두 사람은 출발점은 달랐지만 매번 비슷한 결론에 이르렀다. 코린토스는 일종의 고질병에 걸려 있는데, 아무도 그 병의 실체를 규명하려 하지 않는다는 점에서 리사와 나는 생각이 일치했다. 리사는 조만간 대변혁이 일어나 코린토스인들 스스로 모든 걸 파괴하지 않을까 우려했다. 그렇게 되리라고 생각해요. 그러면 잘 정돈된 공동체가 묶어 두었던 불운한 힘들이 일시에 풀려나 메데이아는 파멸을 면할 수 없을 거예요. 우리 도시가 처한 상황에 관해 이 방인과 말을 나눈 것은 그때가 처음이었다. 나는 한 걸음 더 나아가 리사에게 물었다. 우리가 몰락하게 된 원인이 어디에 있다고 생각하는 거요? 그거야 깊이 생각할 것도 없지요. 리사가 대답했다. 당신들의 지나친 자만심 때문이에요. 당신들은 이 세상 그 누구, 그 무엇보다 우월하다는 자만심에 빠져 있어서 세상의 현실뿐 아니라 당신들의 현실도 있는 그대로 보지 못하고 있어요. 리사의 말은 사실이었다. 지금도 그녀의 말이 귓전을 맴돈다.

 지진 자체보다 훨씬 더 심각한 건 지진의 결과였다. 왕실은 자신들의 안위 외에는 아무것에도 관심이 없었다. 집이 무너지면서 깔려 죽은 대신의 장례식이 으리으리하게 치러졌다. 지진이 일어났을 때 잠시 자제력을 잃었던 불운한 프레스본은 암울한 분위기의 연극을 공연했다. 한창 절정기에 있었으며 양심의 가책이라고는 모르는 프레스본도 왕실의 지나친 사치가 전 재산을 잃어버린 데다가 가족이나 친지들의 시신이 몇 주일 동안 폐허 속에서 부패해 가는 코린토스 사람들의 분노를 자극하리라는 것을 잘 알고 있었기 때문이다. 물론 메데이아의 경고에 귀를 기울이는 사람은 아무도 없었다. 크레온 왕 주변의 의사들조차 시신들을 발굴하여 따로 매장시킬 것을 촉구하였다. 경험을 통해 그들은 시신이 살아 있는 사람들에게 위험하다는 사실을 알고 있었다. 지진으로 초토화된 곳과 바로 인접한 곳에서 실제로 최초의 전염병 사례가 발생했다. 살아남은 이들이 죽은 자들과 이웃하여 처참한 움막에서 쥐와 함께 거처하는 곳이었다.

아카마스가 나를 불러 국가 기밀을 털어놓았을 때 나는 머리털이 온통 곤두서는 느낌이었다. 우리가 사는 이 도시에 페스트가 번지고 있다니! 지금도 그때의 일이 기억에 생생하다. 나는 떨리는 몸을 가누며, 아카마스와 왕은 대체 무슨 대책을 강구하는 중이냐고 물었다. 아카마스는 세상에 그보다 더 자명한 일은 없다는 듯 입술을 오무리며 말했다. 우리는 이곳을 떠날 걸세. 만일의 경우 발생할지도 모를 소요를 미연에 방지하기 위해 미리 조치를 취해 놓았네. 경비 병력을 강화시켰지. 그런 다음 아카마스는 내가 오늘날까지 차마 메데이아에게 전하지 못한 말을 덧붙였다. 자네의 메데이아 역시 코린토스를 떠나는 게 좋을 걸세.

무슨 말인지 즉시 이해할 수 있었다. 나는 그런 유형의 사고방식에 대해 잘 알고 있다. 나도 그런 사고방식 속에서 자랐으며, 내 안에도 그런 사고 방식이 자리하고 있다. 나는 웅얼거렸다. 하지만 설마 자네들이 그렇게야 하겠는가. 나는 말이 씨가 될까 두려워 감히 마음속의 의심을 입에 올리지는 못했다. 아카마스 또한 내 심중을 헤아리고는 싸늘하게 말했다. 안 될 게 뭐 있겠는가.

페스트가 기승을 부리고 있다. 메데이아는 최근 몇 주 동안 그 누구보다 많은 일을 했다. 도움을 필요로 하는 환자가 있으면, 그녀는 곧바로 달려간다. 그러나 대다수의 코린토스인들은 그녀가 질병을 몰고 다닌다고 주장한다. 이 도시에 페스트를 불러온 사람이 바로 메데이아라는 것이다.

그녀가 이런 말을 못 들었을 리 없다. 나는 자신의 책임을 다른 누군가에게 전가하고 싶어 하는 인간의 속성에 대해 조심스럽게 돌려 말해 본다. 신들의 마음을 달래고 이 도시에서 징벌의 손길을 거두어 달라고 청원하기 위해 우선 백 명의 죄수들 가운데 한 사람씩 뽑아 제물로 바치려 한다오. 메데이아는 말한다. 그게 무슨 소용이 있겠어요. 나는 그런 일을 절대로 용납할 수 없어요. 온몸에 소름이 돋는 걸 느끼면서, 나는 제발 코린토스의 법을 어기지 말라고 메데이아에게 간청한다. 나도 그런 일이 없기를 바라죠. 그녀는 짧게 대답한다. 메데이아, 저들은 죄수가 안 된다면 다른 희생자를 찾을 거요. 나도 알아요. 인간이 얼마나 잔인한 존재인지 그대도 잘 알지 않소? 내 말에 메데이아는 대답한다. 알아요. 나는 말한다. 누구에게나 목숨은 하나뿐이오.

아무려면 어때요. 메데이아가 말한다.

나는 그녀를 멍하니 응시한다. 나는 이 여인에 관해 과연 얼마나 알고 있는가. 이 여인이 믿는 것에 대해 대체 뭘 알고 있단 말인가. 나는 열심히 믿으면 지금 우리 모두가 사로잡혀 있는 죽음의 공포에서 벗어날 수 있는지 메데이아에게 묻고 싶어진다. 점점 밝아 오는 여명 속에서 메데이아를 바라보며, 나는 그 물음을 억누른다. 처음으로 그녀가 나에게 숨기고 있는 비밀이 있을지도 모른다는 생각이 뇌리를 스친다. 별들의 궤도와 인간을 지배하는 법칙에서 벗어날 수는 없다고 나는 굳게 믿는다. 인간이 아무리 발버둥을 쳐도, 그 법칙은 변함이 없을 것이다. 그런데도 메데이아는 고집스럽게 저항한다. 그것은 종내 그녀를 파멸로 이끌 것이다. 메데이아, 그대는 그대가 원하는 대로 살 수 있소. 나는 그녀에게 말한다. 하지만 이 세상의 종말이 온다 해도 그대에게는 도움이 되지 않을 게요. 사람들의 행동은 그 어떤 이성보다도 강하다오.

메데이아는 침묵을 지킨다.

밤이 서서히 꼬리를 감추는데도 우리는 자리에서 일어설 생각을 하지 않는다. 태양이 세상을 비추고, 햇살을 받은 지붕들은 반짝거린다. 우리가 이렇게 자리를 같이하는 일은 두 번 다시 없을 것이다. 마음이 무겁다는 말이 새삼 실감 난다. 재앙을 피할 수 있는 길은 보이지 않는다. 내가 할 수 있는 말은 다 했다. 이미 벌어진 일을 되돌릴 수는 없다. 앞으로 벌어질 일들은 우리와는 무관하게 이미 오래전에 결정 나 있었다.

 술잔에 남은 포도주를 태양을 향해 쏟아 부으며 각자 마음속으로 무엇을 기원했는지 우리는 말하지 않는다. 나는 아무것도 기원하지 않았다. 누구도 정지시킬 수 없는 톱니바퀴가 구르기 시작했다는 생각이 든다. 두 팔이 마비된 것 같다. 메데이아도 지금 나처럼 피곤하길 기원해야 할까.

 메데이아가 말한다. 이제 가야겠어요. 잘 가시오. 난간에 기대어, 망루를 둘러싼 광장을 가로질러 가는 메데이아의 뒷모습을 바라본다. 도시 전체가 그렇듯이 광장도 텅 비어 있다. 페스트에 대한 두려움이 광장과 도시를 깨끗이 쓸어 버렸다.

8

향연은 제식으로서의 모든 특성을 상실했다.
향연이 그 폭력적 기원으로 되돌아가는 한,
조악해지지 않을 수 없다.
이제 사악한 힘을 제지하는 것은 없고,
오로지 그 동맹자들만이 존재한다.

— 르네 지라르, 『폭력과 성스러움』에서

메데이아

나는 기다린다. 나에게 배정된 창 없는 방에 앉아 기다린다. 한 줄기 희미한 빛이 새어 들어오는 출입구 앞에 경비병 두 사람이 나를 등지고 서 있다. 저 위 넓은 홀에서는 나를 두고 재판이 진행되는 중이다.

이제 모든 게 분명하다. 저들이 노리는 건 바로 나다. 내가 저들의 봉납제에 가서는 안 되었다고 리사는 말한다. 그건 순전히 오만함에서 비롯된 행동이었다는 것이다. 나는 그날 아침과는 달리 리사의 말을 반박하지 않았다. 아침 일찍 잠에서 깨어나 아르테미스(그리스 신화에 나오는 사냥과 궁술의 여신. ─옮긴이) 신전 여사제들의 초대를 받아들여, 이방인으로서 코린토스인들의 성대한 봄 축제에 참가하기로 마음을 정한 게 언제였던가. 어제, 그제, 아니 그끄제였던가. 정말 오만함 때문이었을까. 알 수 없다. 하지만 그날 아침 내가 느낀 것은 신뢰에 가까웠다. 화해를 위한 힘이라고나 할까. 저들이 내미는 손을 무슨 이유로 물리친단 말인가. 나는 그렇게 생각했다. 그러나 이제는 그 이유를 알고 있다. 저들은 다른 사람들에게 광포하게 굴어야만 비로소 자신들의 두려움을 누그러뜨릴 수 있기 때문이다.

　아름다운 아침이었다. 눈을 뜨면서 간밤의 꿈은 흔적도 없이 사라진 대신 편안한 느낌이 봇물 터지듯 밀려들었다. 특별한 이유 없이 아침이면 언제나 그럴 뿐이다. 코르키스를 떠나 온 이후 늘 덮고 자는 양가죽 이불을 밀어내고 침상에서 벌떡 일어났다. 흙바닥의 차가운 기운에 정신이 번쩍 들었다. 상쾌한 기분으로 한 발을 앞으로 내딛고 양팔을 쭉 뻗었다. 몸을 돌려 문틈으로 스며드는 희미한 빛을 받고 서자, 검푸른 하늘에 떠 있는 그믐달이 보였다. 살짝 기운 빈 접시 같은 그믐달이 서서히 이지러지고 있었다. 그 광경은 매일 아침 지구 위로 태양을 끌어올리는 힘을 가진 코르키스의 달의 여신, 그리고 저물어 가는 나의 운세를 상기시켜 주었다. 행여 균형을 잃어버리지는 않았을까, 혹시 밤새 뭔가 어긋나지는 않았을까, 정해진 궤도에서 조금이라도 벗어나 옛이야기들이 전하는 공포의 시대가 임박하지는 않았을까 하며 매일 아침 가슴 졸였던 일들도 생각났다. 하지만 오늘의 성좌들은 여전히 선의의 율법을 따라 서로 조화를 이루며 정해진 궤도를 따라 움직이고 있었다. 나는 밤의 지평선이 서서히 밝은 빛으로 채워지는 광경을 기쁜 마음으로 바라보았다. 어쨌든 오늘도 지나간 날들이나 뒤이어 올 날들과 다름없는 하루가 되리라. 태양이 코린토스 위에 그리는 반원이 정점을 향해 다가가는 미세한 간격은 로이콘의 그 정밀한 기구들도 측정할 수 없으리라.

　하지 무렵 그 반원이 정점에 이르면, 나는 더 이상 이곳에 있지 않을 것이다. 태양신 헬리오스도, 내 사랑하는 달의 여신도 그것에 전혀 개의치 않으리라. 나는 우리 인간의 운명이 성좌들의 항로와 밀착되어 있으며, 우리의 영혼을 닮은 다른 영혼들이 성좌들에 살고 있어서 우리의 존재에 영향을 미친다는 믿음과 어렵게나마 서서히, 하지만 완전히 결별했다. 아니면 그 영혼들이 우리 존재를 지탱하는 끈을 악의적으로 마구 헝클어뜨리는지도 모른다. 왕실의 수석 천문학자 아카마스도 나와 같은 생각이다. 봉납제에서 아카마스와 시선이 마주친 순간, 나는 그것을 깨달을 수 있었다. 우리 두 사람은 서로 다른 이유에서, 서로 다른 방법으로 속마음을 드러내지 않는다. 아카마스는 타인에 대한 뿌리 깊은 무관심에서 자신이 신들의 가장 열렬한 종복인 척 행동하고, 나는 이런저런 핑계를 내세워 제식(祭式)을 기피한다. 그러나 어쩔 수 없이 제식에 참석하게 되면 신들과 결별하는 경우 소름 끼치는 공포와 마주할 수밖에 없는 우리, 죽음을 피할 수 없는 우리에 대한 연민 때문에 침묵을 지킬 뿐이다. 아카마스는 나를 잘 알고 있다고 자부하지만, 사실 그는 자아도취에 눈이 멀어서 다른 사람을 제대로 보지 못한다. 무엇보다 스스로를 제대로 볼 수 없는 것이다. 지금 아카마스는 내가 느낄 두려움을 즐길 태세다. 그러니 두려움을 억눌러야 한다. 생각을 그만두어서는 안 된다.

그날 아침의 일들은 하나하나가 이제 나에게 참으로 소중한 것이 되었다. 옆방에서 리사가 재를 불어 불을 피우는 소리에 이어, 층층이 조심스레 쌓은 올리브 가지에 불꽃이 옮겨 붙는 소리가 들려왔다. 리사는 물이 담긴 냄비를 아궁이 위에 올려놓고 보리 빵 반죽을 손바닥으로 탁탁 쳐서 부드럽게 만들었다. 리사가 갈대로 엮어 준 돗자리에 닿는 발의 감촉을 즐기며, 나는 소지품이 담긴 궤짝으로 걸어갔다. 그 속에는 코르키스의 성대한 축제에서 입었던 하얀 드레스도 들어 있었다. 그 옷은 리사가 나를 위해 특별히 코르키스에서 가져온 것으로, 최근에는 거의 입어 본 적이 없었다. 나는 그 옷을 꺼내 탁탁 털어 대충 주름을 편 다음 만져 보았다. 여러 해가 지나면서 올은 좀 엷어진 것 같았지만, 해진 곳 하나

없이 말짱했다. 옷을 벗고 돗자리 위에 서서 먼저 눈으로 온몸을 살펴 본 다음, 두 손으로 몸을 더듬으려니 웃음이 터져 나왔다. 이제 젊다고는 할 수 없지만 탄탄한 몸매는 여전했으며, 오이스트로스의 손길이 닿으면 활짝 꽃피는 몸이었다. 늘씬했던 허리와 엉덩이는 풍만해졌고 젖가슴은 두 손으로 받쳐 올려 주어야 했지만 갈색 피부는 여전히 아름다웠으며, 손목과 발목은 가녀린 상태 그대로였다. 이를 두고 오이스트로스는 암노루의 발목이라고 말했다. 풍성한 머리카락은 변함없이 구불거렸다. 몇 주 전만 해도 머리카락이 한 움큼씩 빠져 리사가 머리를 감겨 주는 당나귀 젖 속에 한 뭉치씩 떠다니곤 했다. 지독한 고열도 이겨 낸 나의 머리카락을 앗아가는 번민에는 아무런 대책이 없다는 것을 리사와 나는 알 수 있었다. 그것은 동굴 속의 가엾은 이피노에의 유골로 인해 시작된 것이었지만, 오직 가엾은 이피노에나 나만이 맞서야 하는 고통은 아니었다. 그 감정은 아가메다의 증오와 프레스본의 배신, 아카마스의 파렴치한 처사로 인해 악화되었고, 내 안에 넓게 자리 잡아 갈수록 깊어지고 암울해졌다. 그들 셋은 힘을 합쳐 우매한 백성들이 나에게 등을 돌리도록 선동하였다. 저들이 나를 거리에서 짐승처럼 내몰던 그때 나에게는 결정적인 변화가 일어났다. 갑자기 살아남고 싶다는 욕망을 깨달은 것이다. 그리고 오이스트로스를 만났다. 오이스트로스는 이제 내 삶의 확고한 동력이다. 사랑을 통한 부활을 겪는 게 처음은 아니다. 이제 더 이상 머리카락도 빠지지 않는다. 저들은 내 머리채를 잡고 온 도시를 끌고 다닐 수 있을 것이다.

나는 샘물이 담긴 대야에 먼저 얼굴부터 담근 다음 팔을 씻고 하얀 드레스를 입었다. 옷에 헐거워진 곳이 없나 살펴보고 나서, 축제에 걸맞게 머리카락을 사제의 표시인 하얀 띠로 묶고는 리사에게 건너갔다. 마침

리사는 내 쪽으로 등을 돌린 채, 부뚜막에서 보리 빵을 굽기 시작하던 참이었다. 고향에서 축제일을 알리곤 하던 냄새, 살짝 타는 듯한 구수한 냄새가 집 안 가득 퍼졌다. 코르키스 사람들에게도 봄의 축제가 시작된 것이다. 코르키스에서는 축제일마다 매번 새로운 풍습이 생겨나곤 했는데 이곳에서는 우리의 관습을 정확하게, 어쩌면 지나칠 정도로 정확하게 따르는데도 어쩐 일인지 코르키스 축제 분위기의 희미한 여운만이 느껴질 뿐이었다. 희미한 여운뿐이라 하더라도 전혀 없는 것보다는 낫다고 대부분의 사람들은 생각한다. 나는 그들의 감정에 개입하지 않는다.

리사가 뒤를 돌아보더니 축제 의상을 입은 내 모습을 보고 소스라치게 놀랐다. 오늘 그렇게 차리고 나갈 생각이에요? 그래. 도대체 어딜 가는데요? 코린토스인들의 아르테미스 여신 축제에. 리사는 입을 다물었다. 나는 리사를 샅샅이 훑어보았다. 나이가 들어 보였으며, 예전보다 살이 오른 듯하면서도 더 탄탄해진 것 같았다. 때로는 아주 복잡한 우리 제식의 절차를 소상히 기억하고 있으면서 젊은이들에게 전수하고 엄격하게 지켜야 한다고 완고하게 주장하는 사람이 있다면 바로 리사였다. 코르키스 여인이, 게다가 하필이면 바로 내가 코린토스인들의 중요한 축제에 가다니 리사는 도저히 용납할 수 없었다. 그녀는 내가 말하는 이유도 인정할 수 없었고, 화해의 몸짓이 우리 코르키스 사람들에게 도움이 될지도 모른다는 내 논지도 시인할 수 없었다. 나만 부질없이 코르키스 사람들에게서 멀어질 뿐이며, 코린토스인들은 결코 고마워하지 않을 것이라고 리사는 냉정하게 말했다. 리사의 말이 백 번 옳았다. 내 생각은 착각이었다. 그러나 나는 언젠가 다시 기회가 주어진다 해도 그렇게 처신할 수밖에 없을 것이다. 리사와 코르키스 동족들, 오이스트로스와 아레투자, 저 위에서 나를 재판하는 코린토스인들, 이아손, 그리고 나와 그이의 아이들, 이 모든 사람들과 헤어져 숨조차 쉬기 힘든 이 비참한 곳에서 또다시 내 인생을 마치게 될 것이다. 어차피 이렇게 될 운명이었다.

갓 구운 향긋한 빵 냄새가 내 아들들을 불러들였다. 내가 그들에게 건초 냄새를 맡은 망아지들 같다고 말하자, 아이들은 즉시 리사와 한 패가 되어 건초 때문이 아니라고 소리쳤다. 우리는 종종 그랬듯이, 나 하나에 세 명이 대항하여 흥겨운 싸움을 벌였다. 다들 싸우는 목소리였지만 눈으로는 웃고 있었다. 내 옷차림을 본 아이들의 눈이 커졌다. 아이들은 말없이 내 주위를 돌면서 손가락으로 옷을 만져 보고는 탄성을 내질렀다. 가슴이 뿌듯했다. 이 아이들이 대체 언제까지 어머니에게 감탄할 수 있을 것인가.

아이들이 빵을 뜯어 한 입 가득 물었다. 나도 강렬한 식욕을 느끼고 먹기 시작했다. 빵을 먹으면서 부엌을 둘러보았다. 모든 게 다시는 못 볼 것처럼 또렷하게 눈에 들어왔다. 부엌 가구, 질그릇, 선반 위의 냄비, 찍히고 칠이 벗겨진 나무 식탁, 친밀한 리사의 모습, 그리고 무엇보다도 나의 아이들, 한 어머니의 자식이 아닌 것처럼 전혀 다르게 생긴 내 아이들. 푸른 눈과 금발의 키가 큰 마이도스. 이아손은 늘 마이도스를 '내 아들'이라고 불렀으며, 몇 시간이고 함께 말을 타고 돌아다녔다. 우리 사이가 소원해진 후에도 그 아이에게만은 변함없이 잘해 준다. 나는 아버지를 향한 이 아이의 열광적인 마음을 다치지 않으려고 조심한다. 그런 아픔은 확실하게 차단하려고 애쓴다. 마이도스와 달리 검은 눈동자에 곱슬머리의 내 아들 페레스는 조그만 갈색 호두처럼 둥글고 단단하며 풀 냄새를 풍긴다. 그 아이는 모든 놀이, 모든 다른 일에 그렇듯이 먹는 일에도 즐겁게 몰두한다. 빛과 그림자가 빠르게 엇갈리는 진지한 얼굴, 나는 페레스의 그 얼굴을 진심으로 사랑한다. 그 아이는 아주 진지하다가도 금방 들떠서 신이 나 어쩔 줄 몰라하고, 절망적으로 흐느껴 울다가도 어느 순간 숨이 넘어갈 정도로 웃어 댈 수 있다. 두 아이가 자기들도 축제에 데려가 달라고 졸라 나는 적당한 핑계를 대야 했다. 아이들을 코린토스인들의 축제에 데려가고 싶지는 않았다.

파멸 앞에 서 있는데도 환희가 밀려온다는 건 신의 자비로운 섭리일 것이다. 그날 아침 나는 모든 고뇌에서 벗어날 수 있었다. 나는 살아 있었고, 활기 넘치는 건강한 아이들은 나를 믿고 따랐으며, 무슨 일이 있어도 나를 버리지 않을 리사가 있었다. 행복이라고 이름 붙여도 될 만한 그 무엇이 초라한 오두막을 감쌌다. 행복, 참으로 여러 해 동안 잊고 지내 온 낱말이었다. 인내심을 가지고 기다릴 수 있다면 언젠가는 잃어버린 것들을 보상받고, 고통은 기쁨으로 바뀌는가. 봉납제로 향하는 많은 코린토스인들에 뒤섞여 아르테미스 신전으로 올라가는 동안 그런 생각들이 내 머리를 스쳐 갔다.

하지만 그 무슨 부질없는 생각이었단 말인가. 마치 오래전의 일만 같은 그날 아침을 바로 지금, 바로 이 자리에서 무엇 때문에 하나하나 떠올려야만 한단 말인가. 방금 저들이 지나가는 모습이 문틈을 통해 보였고, 차츰 가까워지는 발자국 소리도 들렸다. 어이없게도 창으로 무장하고 문 앞을 지키는 경비병들이, 다가오는 저들을 보고 다소 당혹스러워하는 이 젊은이들이 저들의 모습을 가려 주었더라면 좋았을 것이다. 그러나 그들은 그렇게 하지 않았고, 나는 지나가는 사람들을 전부 보았다. 재판장 가운을 걸친 크레온 왕이 호위병들에 둘러싸인 채 찡그린 얼굴로 앞장섰으며, 판결권을 가진 원로들과 증인들이 그 뒤를 따랐다. 아르테미스 신전의 사제장과 축제를 무사히 진행하는 임무를 맡았던 불쌍한 프레스본도 증인으로 그 틈에 끼어 있었다. 그들은 내가 축제를 방해했다고 주장한다. 그런 다음 몇 안 되는 여인들 사이에서 아가메다가 눈에 띄었다. 아가메다는 내 지하 감방 안에 시선을 던진 유일한 사람이었다. 그녀는 증오에 가득찬 시선으로 승리감에 젖어 교만스럽게 나의 감방 안을 들여다보았다. 저들이 그녀의 면전에서 내 육신을 갈갈이 찢어 버린다 해도 그녀는 나를 향한 증오심을 거두지 않을 것이다. 마지막으로 이아손과 글라우케가 다가오고 있었다. 내 가슴은 거세게 고동쳤다. 이아손은 지치고 창백해 보이는 글라우케의 팔을 손으로 잡고 끌다시피 부축하고 있었다. 두 사람의 눈은 앞만 보고 있었다. 두 사람은 입술을 굳게 다물었다. 저런 한 쌍이 있다니. 이봐요, 이아손. 당신 지금 대체 어디로 가고 있는 거죠. 나는 마지막 남은 오만함으로 소리치고 싶었다. 이아손이 가여운 글라우케를 아내로 맞아들여, 크레온의 사후 코린토스를 다스리게 될 것이라는 소문은 사실이었다. 그렇다면 저들은 나를 없애야만 하는 것이다. 저들에게는 선택의 여지가 없다.

 신전을 향해 올라가는 동안 내 마음은 평온했다. 어쩔 수 없이 무슨 일인가를 해야 할 때마다 내 마음은 평온해진다. 평온하다기보다는 경직되어 있지만 지금도 마찬가지다. 아름답고도 잔인한 도시 코린토스, 나는 그 도시를 다시 한 번 보았다. 마지막이야. 내 안에서 말하는 소리가 들려온다. 아니면 지금 내가 그렇게 상상하는 것인지도 모른다. 나는 축제 의상을 차려입은 사람들 틈에 섞여 걸었다. 많은 이들이 나를 알아보았다. 인사를 하는 사람도 있었지만 대부분은 외면했다. 아무래도 상관없는 일이었다. 많은 이들의 옷에 상장(喪章)이 달려 있었다. 페스트의 피해를 입지 않은 집은 거의 없었으며, 페스트가 물러가고 있다는 궁궐의 발표는 전략에 지나지 않았다. 산 정상을 향해 높이 올라갈수록 도시 주변의 풍경, 머지않아 메마를 봄의 신록이 뚜렷하게 시야에 들어왔다.

지난밤의 시신들을 강으로 옮겨 묘지로 운반해 주는 수레와 나룻배들이 보였지만, 죽음의 행렬에 주의를 기울이는 사람은 아무도 없었다. 코린토스 탑들의 황금빛은 죽음의 전조로 보였고, 제물로 바쳐지기 위해 다른 길을 따라 산을 오르는 스무 마리의 황소 떼와 그들의 공포에 질린 울부짖음은 재앙의 징후로 여겨졌다. 그 소리는 우리 귀에까지 쟁쟁하게 들려왔다. 신전 경내에 가까이 다가갈수록 그날 아침의 편안한 마음은 사라지고, 사람들의 행렬을 짓누르는 압박이 내게도 전해졌다. 우리는 모두 제물이 아니었던가. 말 없이 감내하라는 강요를 받으며 도살대를 향해 무거운 발걸음을 옮기는 제물 말이다. 나는 메데이아다, 너희가 원한다면 마법사라고 불러도 좋다. 나는 마음속으로 말했다. 야성의 여인, 이방인. 너희는 결코 내가 굴복하는 모습을 보지 못하리라.

당연한 말이다. 그러나 지하 감방이나 다름없고 또 언제든지 지하 감방으로 변할 수 있는 이 방에 앉아서 기다리는 지금, 과연 나는 이런 종말을 피할 수 없었는가 하는 의문이 떠오른다. 내 힘으로는 어쩔 도리가 없는 상황들이 연이어 발생하면서 이곳에 앉아 있게 된 것인가, 아니면 내 안의 무언가를 제대로 다스리지 못한 탓에 이런 방향으로 치닫게 된 것인가. 이제 와서 깊이 생각해 보았자 부질없는 일이겠지만, 외부의 힘에 밀려 파괴당하는 경우에는 그래도 견디기가 쉽지 않겠는가. 맞다. 더 쉽다, 아니 더 어렵다. 예전에 입에 올리던 말들이 아닌가.

오이스트로스와 사랑스러운 아레투자, 나는 병석에 앓아 누운 그녀를 두고 오지 않을 수 없었다. 우리 세 사람은 코린토스에서의 경험에 대해 밤새도록 많은 이야기를 나누었다. 밝게 빛나는 이 도시의 유혹은 순식간에 암울하고 위험하며 치명적인 것으로 뒤집힐 수 있다. 이곳에 사는 사람들은 이 끊임없는 위험에 미리 대책을 강구할 수밖에 없으며, 서로

가면을 쓰고 속내를 드러내지 않는다. 그러다 보니 가면 아래에서는 숨 막히는 분노가 쌓여만 간다. 저들이 서로 마음을 터놓고 살 수 있도록 나서서 도와야 하지 않겠냐는 내 말을 가로막은 건 오이스트로스였다. 그대에게 도움이 되는 단 한 가지가 뭔지 아시오? 그는 말했다. 아레투자와 나처럼 눈에 띄지 않도록 하는 것이라오. 입도 뻥긋하지 않고 무표정하게 숨어 살 때에만 저들은 그대를 참아 주든지 아니면 잊을 거요. 그것만이 최선의 방책이지만 그대는 그렇게 하지 못할 거요.

오이스트로스의 말이 옳다. 대체 무슨 공론들을 이렇게 오래 벌이는 것일까. 서로 의견이 맞지 않는지도 모른다. 반대하는 사람이 있는 건 아닐까. 하지만 감히 누가 반대하겠는가. 내 사랑하는 이아손이 용기를 내어 판결에 반대하지는 않을까? 하지만 무엇 때문에 이아손이 그런 일을 하겠는가? 무언가를 보상해 주기 위해서? 그렇지 않을까. 그럴 리는 없다. 경비병 한 사람이 물 컵을 가져온다. 나는 허겁지겁 물을 마신다. 이렇듯 목이 마를 수가. 나는 그 젊은이의 표정에서 혹시 있을지도 모를 동정의 흔적을 허겁지겁 찾아본다. 없다. 그는 명령에 따를 뿐이다. 혐오하는 기미도 찾아볼 수 없고 오로지 무관심뿐이다. 봉납제에서 난동을 부린 후 코린토스인들은 평정을 되찾았다. 그날 아침, 나는 아르테미스 신전을 향한 긴 행렬 속에서 차츰 불길한 기운이 뭉치고 있는 것을 느꼈다. 그 기운은 거리에서의 싸움이나 소란으로 분출되기도 했지만, 대다수 사람들의 완강한 침묵과 경직된 몸놀림, 차갑고 당황한 듯 냉정한 표정으로 표출되었다. 나는 행렬을 구름처럼 뒤덮고 있는 공포가 뿜어 대는 냄새를 맡을 수 있었다. 단단한 모루가 복부를 내리누르는 느낌이 들기 시작했다. 그 모루는 지금도 나를 내리누르고 있다. 나는 어린 시절 몸에 익힌 대로 그것을 이겨 내려고 노력한다. 두 눈을 감고, 우리의 파시스 강을 닮은 어떤 강을 따라 한없이 걷고 있는 내 모습을 그려 본다. 완만하게 비탈진 강변에 풀과 나무들이 무성하고 나를 바라보는 사람들의 얼굴이 보인다. 가슴을 내리누르던 모루에서 천천히 힘이 빠져나간다. 글라우케에게 언젠가 이런 훈련을 해보라고 권했을 때, 그녀는 머지않아 울음을 터뜨렸다. 공동묘지를 향해 황량하고 길게 이어지는 길을 걷고만 있는 자신의 모습에서 벗어날 수 없었기 때문이다. 나는 더 이상 그녀를 도울 수 없었다. 이제 내게는 다른 사람들을 치유할 수 있는 힘이 남아 있지 않다.

행렬을 따라가는 사람들은 대부분 손에 약간씩의 제물을 들고 있었다. 지난해 가뭄이 든 탓에 도시에는 비축해 둔 물건이 거의 바닥난 터였다. 여신에게 바칠 제물로는 이삭 한 다발, 올리브 가지 하나, 말린 무화과 몇 개가 고작이었다. 옛날처럼 새끼 염소를 가져오는 사람은 어디에도 눈에 띄지 않았다. 우리보다 한 발 앞서 산 정상에 도착하여 즉시 제단 앞으로 끌려 나간 스무 마리의 황소는 대다수 사람들에게 몇 주일 만에 처음으로 고기 맛을 보게 해 줄 것이다. 나도 사실은 시장기를 느꼈으며, 나중에 아이들을 위해 슬며시 고기를 좀 싸 가야겠다는 생각을 하였다. 등 뒤에서 두 명의 코린토스인이 소리 죽여 나누는 말소리가 들려왔다. 그중 한 명이 말했다. 제물로 바칠 황소들은 궁궐에서 비밀리에 비축해 둔 먹이로 사육되었으며, 자신이 그 비밀 장소를 알고 있다고. 이 말을 들은 나머지 한 사람은 놀란 듯, 제발 그런 이야기를 아무에게도 발설하지 말라고 간절히 부탁했다. 주제넘게도 그런 비밀을 알게 된 사람은 죽음을 면할 길 없으니, 무엇보다 자신부터 듣고 싶지 않다는 것이었다. 그러자 처음 말을 꺼낸 사람이 뻔뻔스럽게 말했다. 쳇, 나를 잡으러 오기 전에 내가 먼저 큰 소리로 외칠걸. 이렇게 어려운 때에 궁성에서는 어떻게들 사는지 아나? 우리 누님의 아들이 왕실 주방의 보조 요리사야. 그러니 그 녀석은 다 알고 있단 말씀이야. 그러나 사색이 된 상대방에게 더 자세한 이야기를 들이밀려는 찰나 황소들의 소름 끼치는 울부짖음이 그의 말을 가로막았다. 모든 혈관의 피가 멎는 것만 같았다. 제물을 바치는 숙련된 사제들이 일시에 황소들의 목을 잘라 낸 것이다.

나는 전에도 끔찍한 소리를 많이 들어 보았지만, 제물로 바쳐진 그 짐승들의 울부짖음보다 더 소름 끼치는 소리는 들어 본 적이 없었다. 마치 하늘을 향해 우리 모두의 고난과 고통, 비탄을 대신 외쳐 주는 것만 같았다. 갑자기 행렬이 멈췄다. 잠시 침묵이 찾아 들었지만, 사람들은 이내 서둘러 앞으로, 위를 향해 나아갔다. 마침내 신전의 성벽 너머로 높이 아르테미스 여신상이 보였다. 코린토스인들을 전율에 떨게 하는 모습, 그 모습은 정말이지 전율에 떨 만도 했다. 위대하시도다, 코린토스의 여신 아르테미스여. 어디선가 시작된 외침이 점점 커져 갔다. 나는 함께 외치지 않았다. 마음속에서 거부감이 일었다. 서로 밀고 밀치면서 벌써 오래전부터 내 주위를 맴돌던 노파들 가운데 하나가, 내게 자신들의 여신 찬미를 우습게 여기는 것이 아니냐고 날카롭게 쏘아 댔다. 나는 그렇지 않다고 말했지만, 그 여자는 내 말을 전혀 들으려 하지 않았다. 사람들이 격렬하게 움직이면서 우리는 갈라졌다. 왠지 불길한 예감이 고개를 들었지만, 돌아가야겠다는 생각은 들지 않았다. 도대체 무엇 때문에 내가 물러나야 한단 말인가.

평범한 사람들은 사랑과 마찬가지로, 아니 오히려 그 이상으로 증오심도 필요로 하는데 그런 감정들을 무시하고 증오심에 증오심으로 대응하지 않는 것도 일종의 교만이라고 아가메다는 말한다. 물론 아가메다가 내게 직접 그런 이야기를 한 것은 아니다. 우리 두 사람은 오래전부터 서로를 피한다. 아가메다가 나에 대해 퍼뜨리는 소문들을 부지런히 일러바치는 여인들이 있다. 봉납제에서 아가메다를 오랜만에 만났다. 축제가 질서를 잃고 폭력이 난무하는 아수라장으로 변한 다음에도 여전히 제단 뜰에 우두커니 서 있는 내 앞에 아가메다가 어디선가 돌연히 나타나 불쑥 한마디를 내뱉었다. 요물!

벌써 오래전부터 나의 마음속에 자리 잡아 잊혀지지 않는 말들이 있다. 지금 아가메다는 원로들 앞에 서서, 나를 가리켜 그 한마디를 말하고 있을지도 모르겠다. 그들은 오랫동안 기다려 온 그 말을 감지덕지 낚아챌 것이다. 자신들이 오래전부터 머릿속으로 생각해 온 말을 다른 사람 아닌 코르키스 여인의 입에서 듣는 것보다 더 반가운 일이 어디 있겠는가. 그리고 나는 그녀가, 아가메다가 거짓말을 한다고 비난조차 할 수 없다. 아가메다는 자신이 나에 대해 퍼뜨리는 말이 추호도 의심의 여지 없는 사실이라고 믿는다. 나는 언젠가 오이스트로스에게 그런 이야기를 한 적이 있다. 아가메다를 극도로 혐오하는 오이스트로스는 분통을 터뜨리며, 다른 사람들의 감정을 이해하려 노력하는 내가 항상 보기 좋은 것만은 아니라고 냉정하게 말했다.

우리 두 사람은 내가 함정에 빠졌다는 사실을 알고 있었던 것 같다. 리사도 알고 있었다. 오늘 아침 나를 보내는 리사의 성난 얼굴은 눈물에 젖어 있었다. 아이들과는 작별 인사를 할 수가 없었다. 리사가 아린나에게 기별을 보낸 게 확실하다. 아린나는 몇 주 전 홀연히 종적을 감추었으며, 그 후 그녀가 한 무리의 여인들과 함께 산 속으로 들어갔다는 소문이 들려왔다. 그런데 갑자기 머리를 아무렇게나 늘어뜨린 채 검게 그을리고 부쩍 수척해진 모습으로 나타난 것이다. 아린나는 내게 자기와 함께 가자고 요구했다. 아린나는 나를 구하고 싶었던 것이다. 아린나를 따라가고 싶은 강렬한 충동이 휘몰아치면서, 아린나와 함께 누릴 삶이 한순간 눈앞에 펼쳐졌다. 부족한 것 많은 가혹한 삶이겠지만, 아린나를 비롯한 다른 젊은 여인들의 보호 속에서 더없이 자유롭긴 할 것이다. 그렇게는 할 수 없어, 아린나. 나는 말했다. 왜 할 수 없지요? 아린나가 물었다. 나는 그 이유를 설명할 수 없었다. 정신 차리세요! 아린나는 간곡히 말했다. 그때까지 나에게 그런 말을 한 사람은 아무도 없었다. 그렇게는 할 수 없어. 나는 같은 말을 되풀이했다. 아린나는 절망스러운 표정으로 어깨를 한 번 으쓱하고는 몸을 돌렸다. 그러곤 떠났다.

밤새 눈을 거의 붙이지 못한 탓에 온몸이 피곤하다. 난장판으로 변한 봉납제에서의 여파가 아직도 온 뼈마디마다 배어 있다. 낮은 조용히 지나갔다. 제물의 가장 좋은 부위들을 여신에게 하나하나 바치는 제례가 오랫동안 거행된 뒤에는 황소의 고환을 세 줄로 포개 엮어 여신에게 매달아 걸었다. 아가메다가 코르키스 여인으로서는 유일하게 코린토스의 소녀들 틈에 섞여, 고환을 깨끗이 씻은 다음 여신상에 거는 모습을 나는 보았다. 나중에 소녀들은 연이은 풍년을 기원하기 위해 그것을 들고 도시의 거리를 누빈다. 황소 뿔을 신전 벽에 붙이고 희생된 황소들의 둘레에 불을 지펴 고기를 굽는 동안, 군중들은 춤추고 노래하고 익살스런 연극을 보면서 시간을 보냈다. 프레스본은 코린토스에서는 아직 상연된 적이 없는 축제극을 준비했다. 일단의 배우들과 함께 코린토스인들의 영웅적인 행위를 상기시켜 주는 의상을 차려입은 채 축제가 열리고 있는 초원에 모습을 나타낸 프레스본이 여흥을 돋우자, 사람들은 광란하기 시작했다. 그때 어둠이 내려앉기 직전, 옷차림으로 보아 경비병이 분명한 두 남자가 숨을 헐떡이며 시내 쪽에서 내달아 왔다. 한 떼의 죄수들이 밀반입된 무기를 이용해 지하 감옥을 탈출한 후, 시내에 사람이 없는 틈을 타 묘지에서 호화스런 무덤 몇 개를 파헤치고 약탈해 갔다는 것이다. 죽음과도 같은 정적이 흐른 후, 축제에 참가한 사람들 사이에서는 벌써 오래전부터 기회만 찾고 있던 울부짖음이 터져 나왔다. 올 것이 온 것이다. 군중들은 복수심을 충족시켜 줄 희생양을 찾아 우왕좌왕하며 여기저기로 몰려다녔다. 코르키스 여인 몇몇이 내 뒤를 따라왔다는 생각이 들기 시작하면서 나는 두려움에 몸을 떨었다. 그러나 군중이 몰려간 대상은 그들이 아니었다. 상전의 횡포를 못 이긴 끝에 신전으로 도주하여 잡일을 하며 지내는 죄수들을 생각해 낸 것이다. 군중들은 이제 끝장을 낼 때라고 외쳐 댔다. 그들이 저 죄수들의 악행을 속죄해야 한다는 것이었다. 나는 서둘러 신전 안으로 달려가, 겁에 질린 여사제들에게 저들이 난입하도록 그냥 내버려 두어서는 안 된다고 설득했다. 문을 걸어 잠그고 그들이 열지 못하도록 들보를 걸어야 한다고 말했다. 대부분 상류 가문 출신의 어린 처녀인 여사제들에게는 달리 명령을 내려 줄 만한 사람이 없었기 때문에 내 말을 따랐다. 군중은 망치질하듯 문을 두드렸다. 나는 제단 뒤편의 비밀 통로를 통해 슬며시 밖으로 빠져나가 내 말에 경청해 줄 것을 간청했다. 악다구니를 해 대는 큰 입, 증오로 일그러진 얼굴들 앞에서, 여신의 성스러운 날을 더럽혀서는 안 된다고 소리쳤다. 보다 큰 두려움만이 그들의 살인 욕구를 진정시킬 수 있다고 생각했기 때문이다. 그때 치아가 다 빠지고 햇빛에 검게 그을린 주름살 투성이의 한 노인이 내게 가까이 다가와 나를 향해 종주먹을 들이대며 자신의 조상들은 여신에게 산 사람을 제물로 바쳤다고 말했다. 그때의 여신은 아주 흡족해했으니, 지금이라고 해서 옛 풍습을 따르지 말라는 법이 있겠냐는 말이었다. 군중은 이구동성으로 맞는 말이라며 울부짖었다. 내가 졌다. 그들은 욕설을 퍼부으며 내게 달려들었다. 나는 생각했다. 어차피 피할 수 없는 일이라면 당장 이 자리에서……. 이미 신전 문은 부서졌다. 여사제들은 도망쳐 버렸고, 죄수들만 공포에 질린 채 제단 옆에 웅크리고 있었다. 수많은 손들이 그들을 낚아챘다. 나도 군중에 떠밀려 신전 안에 들어서 있었다. 계속 떠밀리던 나는 어느새 주동자와 돌연히 얼굴을 마주하게 되었다. 그 포악한 인간은 노골적으로 승리감을 드러냈다. 이제 무슨 말씀을 하실 텐가? 그가 울부짖었다. 나는 조용히 말했다. 한 사람만 데려가시오. 한 사람만이라고? 그가 울부짖었다. 그 이유가 대체 뭐야? 당신네 선조들도 단 한 사람만 뽑아서 여신에게 제물로 바쳤을 것이오. 그 이상은 모조리 죄악이오. 게다가 신전 내에서의 살인은 중벌감이오. 모두 놀란 듯 주춤하더니 귓속말로 의논을 하기 시작했으며, 마침내 처음 말을 꺼낸 노인에게 결정을 떠맡겼다. 노인은 거드름을 피우며 고개를 끄덕였다. 그들은 한데 모인 죄수들 가운데 한 남자를 끌어냈다. 그 남자는 격렬하게 저항하면서 비명을 지르고 애원을 하고, 자신에게는 신전의 보호를 받을 권리가 있다고 주장했다. 몸집이 컸으며, 빡빡 깎은 머리에 곱슬거리는 수염이 무성한 남자였다. 나는 그 남자의 얼굴, 나를 쳐다보던 핏발 선 두 눈을 결코 잊지 못할 것이다. 결국 그는 제단으로 끌려갔다. 나는 고개를 돌리지 않고, 광폭한 주동자가 그의 목에 칼을 꽂는 광경을 지켜보았다. 피가, 사람의 피가 제단의 홈을 타고 흘러내렸다.

나는 그 사람의 죽음에 대해 양심의 가책을 느낀다. 결코 되돌릴 수 없는 일이 벌어졌고, 나도 거기에 한몫을 한 셈이 되었다. 다른 사람들의 목숨은 구해 냈지만, 그건 전혀 위로가 되지 않았다. 내가 왜 코르키스에서 도주했던가. 그건 두 개의 악 사이에서 선택을 강요당하는 일이 견딜 수 없어 보였기 때문이었다. 이런 바보 같으니라고. 이제 와서도 두 개의 범죄 가운데 하나를 선택할 수밖에 없었다니.

　내가 어떻게 하여 신전 내의 아르테미스 여신상까지 가게 되었는지는 알 수 없다. 맨 먼저 눈에 들어온 것은 제물로 바친 황소들의 고환이었다. 그것들은 마치 여러 개의 유방처럼 여신의 온몸에 매달려 있었다. 구역질 나는 장식물! 고환에서는 악취가 풍겼다. 나는 그것들에 침을 뱉었다. 고상한 코린토스인들, 그들은 내 목에도 칼을 꽂아야 했다. 때마침 적절한 순간이었고, 나는 준비가 되어 있었다. 그러나 그때까지도 나는 그들이 정말 어떤 사람인지 잘 몰랐다. 그들은 이제 마치 나병 환자처럼 나를 슬슬 피했다. 보이지 않는 손이 내 주위에 원을 그려 놓았고, 감히 누구도 그 원을 넘어오려 하지 않았다. 아르테미스 여신상 발치에 얼마나 오랫동안 서 있었는지 모른다. 그들은 살기에 취해 있었고, 나는 죽음처럼 냉정했다. 나중에 리사는 그런 내 모습이 정말 두려웠다고 말해 주었다. 리사는 내 뒤를 따라와 눈에 띄지 않게 내 주변을 지켰던 것이다. 어둠이 내려앉으면서 그들은 구운 황소 고기를 창으로 잘라 잘게 찢어 서로 많이 먹겠다고 싸웠다. 어린아이들의 손에서 고기를 빼앗고, 아직 피가 흐르는 고기를 날로 먹어 댔다. 길들여진 껍질 바로 아래 그토록 피에 굶주린 속마음이 있었다니. 등골이 오싹했다. 지금 나는 저런 자들의 손아귀에 있다.

　가물거리는 불빛 속에서 나를 지켜보는 수백 개의 눈을 느낄 수 있었다. 나는 불빛이 들지 않는 곳으로 물러섰고, 그들은 나를 가로막지 않았다. 덤불에 걸려 넘어지면서 나는 구토를 했다. 계속 넘어지면서 산을 내려가고 올리브 숲을 가로질렀다. 마침내 저들의 불빛도 보이지 않고 울부짖는 소리도 들리지 않았다. 보름달이 길을 밝혀 주었다. 구덩이 바닥에 쓰러져, 설핏 잠이 들었던 것 같다. 아마 의식을 잃었던 것 같기도 하다. 정신이 들었을 때는, 바로 머리 위 밤하늘에서 검은 괴물이 달과 싸우고 있었다. 괴물은 탐욕스럽게 달을 크게 한 입 베어 문 다음에도 공격을 멈추지 않고 있었다. 두려움에 떠는 것으로 끝날 만한 일이 아니었다.

바로 그날 밤, 다른 어느 날보다도 풍성하고 힘차게 빛나면서 많은 사람들을 위로해 준 달의 여신이 하늘에서 사라졌다. 알 수 없는 공포가 코르키스 사람들의 오장육부 깊숙이 밀려들었다. 이제 우리는 세상의 종말을 두려워하고 있었다. 코린토스인들이 느끼는 두려움에 비할 바가 아니었다. 코린토스인들은 하늘에서 벌어지는 무서운 광경은 단순히 신들이 내리는 징벌이라고 생각했다. 그러나 그것은 자신들이 저지른 죄가 아니라 낯선 신들을 이 도시로 끌어들여서 자신들의 신을 노하게 한 자들에 대한 징벌이라고 여길 뿐이었다. 달이 사라진 다음 일어날 끔찍한 사태를 마냥 떨면서 기다릴 게 아니라며, 젊은 남자들은 신들의 엄청난 분노를 몰고 온 죄인들을 찾아내 징벌하기 위해 신전을 떠났다.

월식이 코앞에 다가와 있다는 것을 알았으면서도 어찌 그처럼 완벽하게 비밀에 부칠 수 있었는지, 아카마스에게 묻고 싶었지만 내게는 그런 기회가 없을 것이다. 눈앞에 닥친 일을 백성들에게 알리지 못하도록 노장 천문학자들마저 죽음으로 위협한 이유는 무엇일까? 아카마스가 의도적으로 꾸민 일은 아닐까? 인간이 그렇듯 사악할 수 있는 것일까?

그러나 손수 산정하여 월식이 있을 것을 알아낸 로이콘은 침묵할 수 없었다. 우리에게 소식을 알려 주고 앞으로 해야 할 일들을 논의하기 위해, 그는 나를 찾아 오이스트로스의 집으로 달려갔다. 그러나 그곳에는 오이스트로스 홀로 페스트에 걸린 아레투자의 생명을 구하기 위해 사투를 벌이고 있었다. 그곳에서 로이콘은 그들이 내게조차 비밀로 했던 사실을 알게 되었다. 그 노인, 크레타 사람이 먼저 페스트에 걸렸고, 아레투자는 노인이 숨을 거둘 때까지 간호하겠다고 고집했다. 그들은 집집마다 샅샅이 뒤지고 다니는 시신 수색 대원에게 죽은 노인을 넘겨주지 않고 안마당에 묻었다. 나중에 오이스트로스는 로이콘이 눈물을 흘리며 아레투자에게 몸을 던졌다는 말을 전했다. 아레투자를 어루만지고 입을 맞추며 제발 자신을 위해 살아 달라고 애원했다는 것이다. 아레투자는 최후의 미소를 지으며 그렇게 하겠다고 귓속말로 약속했다. 로이콘은 그것을 사랑의 약속으로 받아들였으며, 아레투자는 곧 의식을 잃었다. 지금도 로이콘은 그녀 곁을 한시도 떠나지 않고 지키고 있다. 오이스트로스는 월식이 일어난 그날 밤, 나를 찾기 위해 집을 뛰쳐나왔다. 그러다가 마침내 동이 틀 무렵 나를 찾아냈지만, 이미 너무 늦은 뒤였다.

이제 시간이 얼마 남지 않았다.

그리고 어떻게 되었던가. 설핏 잠이 들었던 나는 몸을 일으켰다. 무슨 소리가 귓가에 들려 왔다. 그 소리가 나를 잠에서 깨운 것 같았다. 나는 달이 사라지는 광경을 두려운 마음으로 지켜보면서 소리를 쫓아갔다. 친숙한 소리였다. 그 음악, 그 리듬은 나의 핏줄을 타고 흐르며 나를 코르키스 여인들이 있는 곳으로 인도했다. 여인들은 도시를 등진 근접하기 어려운 산자락에서 우리의 봄 축제를, 붉게 달군 숯덩이 위를 달리는 것으로 시작하는 데메테르 여신(그리스 신화에 나오는 대지의 여신. 풍요와 성장, 특히 농사와 곡식을 관장한다.―옮긴이)의 축제를 치르고 있었다. 나는 축제가 벌어지고 있는 곳을 에워싼 가시덤불에 몸을 숨긴 채 그들을 주시했다. 여인들은 손에 손을 맞잡은 채 큰 소리로 웃고 환호성을 지르며 붉게 달구어진 숯덩이 위를 빠르게 넘나들었다. 리사와 아린나가 보였다. 내 심장은 거세게 고동쳤다. 나도 함께해야 한다. 나는 여인들을 향해 달려갔다. 그들은 수선을 피우지는 않았지만, 기다렸다는 듯이 나를 맞아 주었다. 내가 손을 내밀자, 두 여인이 양쪽에서 내 손을 잡았다. 나는 고향에서 자주 했듯이 정신을 모으고 소리쳤다. 시작! 우리는 함께 뜨거운 숯덩이 위를 뛰어넘었다. 누구도 우리를 범할 수 없다는 행복감이 다시 한 번 전신을 휘감았다. 나도 여인들처럼 기쁨에 겨워 외쳤다. 한 번 더! 다른 두 여인이 내 손을 붙잡았고, 우리는 달려 나갔다. 한 번 더! 또 한 번 더! 발바닥이 온통 새하얘졌다. 그 순간 하늘이 우리에게 징조를 보냈다. 좁다랗게 드러나는 가장자리에서 달이 은빛 초승달로 다시 모습을 드러내는가 싶더니 이내 점점 커졌다. 우리는 환호했다. 우리가 멸망하지 않을 거라는 징조였다. 나는 여인들이 건네 주는 월계수 가지를 입 안에 넣고 씹었다. 월계수 가지는 곧 우리를 열광으로 몰아넣었다. 우리는 환호성을 지르며 밤하늘을 지나가는 데메테르 여신을 보았다. 그리고 여신과 함께 환호하며 우리의 춤을 추기 시작했다. 점점 격렬해져 가는 미로의 춤이었다. 마침내 우리는 오롯이 우리 자신이 되었다. 드디어 나는 완전한 내가 되었다. 이제 머지않아 아침이 밝아 올 것이다.

그때 우리의 귀에 도끼질 소리가 들려 왔다.

그 역시 도끼질 소리를 듣고 쫓아가지 않았더라면 우리를 찾아낼 수 없었을 것이라고 오이스트로스는 말한다. 도끼질 소리를 듣는 순간, 코린토스에서부터 내내 떨쳐 버리지 못했던 불길한 예감이 한층 강해졌다는 것이다. 나도 마찬가지였다. 삽시간에 열광에서 깨어나면서 정신이 번쩍 들었다. 내 귀를 믿고 싶지 않았다. 우리의 성스러운 숲에서 나무를 베는 사람이 있다니! 신을 모독하는 자는 죽어 마땅하다. 나로서는 도끼질 소리가 들리지 않도록 부르다 만 노래를 다시 큰 소리로 부르는 수밖에 없었다. 여인들은 조용히 하라며 내 입을 틀어막았다. 그들의 일그러진 얼굴이 눈에 들어왔다. 그들은 나를, 나는 그들을 증오하였다. 여인들은 나를 끌고 무리를 지어 숲 속으로 뛰어들었다. 나는 오이스트로스 옆을 지나가면서도 그를 알아보지 못했다. 오이스트로스는 한 발 뒤로 물러서면서 나를 붙들고 놓아주지 않았다. 나는 오이스트로스의 손을 뿌리쳤다. 보이지는 않았지만 들을 수는 있었다. 여인들이, 내 코르키스 여인들이 울부짖는 소리와 한 남자의 동물적인 비명이 동시에 들려왔다. 귀에 익은 목소리였다. 투론, 그것은 분명 투론의 목소리였다. 무슨 일이 벌어졌는지 보지 않아도 알 수 있었다. 여인들이 투론의 성기를 잘라 낸 것이다. 그들은 성기를 나뭇가지에 꿰어 앞세우고는, 미친 사람들처럼 점점 크게 울부짖고 뒹굴며 시내 방향으로 사라져 갔다.

지금 코르키스인들이 사는 동네는 무덤처럼 적막하다. 그날 아침 곧바로 처벌 명령이 내려졌고, 왕의 병졸들은 닥치는 대로 사람들을 죽였다. 부인들과 젊은 처녀 몇 명이 산 속의 아린나에게 도망칠 수 있었던 것은 그나마 작은 위안이었다.

이게 무슨 말인가. 위안이라니! 다른 많은 낱말들과 함께 내 마음속에서 이미 오래전에 지워진 낱말 아니던가. 이제는 더 이상 말이 나오지 않는다. 투론, 다시 한 번 위기를 모면한 투론은 내 이름을 들먹였다. 당연한 일이었다. 정신을 차린 투론이 맨 처음 본 것이 바로 내 얼굴이었으니. 오이스트로스는 이제 더 이상 도와줄 길이 없으니 그 남자는 그대로 내버려 두고 자신과 함께 어딘가로 몸을 숨기자고 애원도 하고 무섭게 명령도 했지만, 나는 의식을 잃은 투론에게 가까이 다가갔다. 투론은 그가 베어 넘어뜨린 소나무 옆에 쓰러져 있었다. 그건 우리의 성스러운 나무였다. 그는 코르키스 사람들을 페스트와 월식의 불행을 코린토스에 불러온 원흉으로 여겨 징벌할 생각으로 나무를 베었다고 진술했다. 투론은 살아남았던 것이다. 내가 늘 지니고 다니는 주머니 안에는 피를 멎게 하고 상처를 빨리 아물게 하는 식물의 진액이 들어 있었다. 나는 나무 줄기 두 개와 약간의 나뭇가지로 간이 들것을 만들어서 함께 투론을 시내로 데려가자고 오이스트로스를 설득했다. 멀리 동쪽 하늘이 서서히 붉게 물들 무렵, 우리는 무장한 병사들로 에워싸인 성안에 들어섰다. 길모퉁이마다 보초병들이 지키고 있었으며, 무장한 병력들은 도시 외곽으로 이동하는 중이었다. 한 젊은 장교를 설득해서 우리는 들것을 두 명의 병사에게 들려서 궁궐로 보내 달라고 했다. 이상하게도 그는 우리를 그냥 보내 주었다. 우리는 포옹도 없이 장터에서 헤어졌다. 오이스트로스는 양손을 내 어깨에 무겁게 올려놓았을 뿐 나를 껴안지도, 자신과 함께 가자고 한 번 더 간청하지도 않았다. 내가 아이들에게 돌아가야 한다는 사실을 잘 알고 있었던 것이다. 그 후 나는 두 번 다시 오이스트로스를 보지 못했다. 아레투자에 대한 소식도 전혀 모른다.

우리의 오두막은 코르키스인들을 토벌하는 병사들의 손아귀에서 벗어나 있었다. 이아손이 손을 쓴 것이다. 리사는 울부짖는 여인들 곁을 떠나 아이들이 있는 집으로 달려갔다. 나는 리사의 은혜를 잊지 못할 것이다. 리사는 아무 말도 하지 않았다.

저들이 체포하러 왔을 때 나 역시 입을 열지 않았다. 투론에게 폭력을 행사하도록 여인들을 사주했다는 것이 나의 죄목이었다. 나는 아무 대꾸도 하지 않았다. 모든 것이 나의 의지와는 상관없이 저들의 계획대로 진행되었다. 오늘 아침 일찍, 그들은 나를 이곳으로 압송해 왔다. 그러곤 재판정에 데려간다면서 이 어두컴컴한 작은 골방에 집어넣었다.

저들은 지금까지 논의를 계속하고 있다. 통로를 내려오는 발소리, 몹시 지쳤는지 질질 끄는 남자의 발걸음 소리가 들린다. 소리는 점점 가까워진다. 한 노인이 지친 몸을 이끌고 방문 앞을 지나간다. 보초들을 힐끗 쳐다보더니 내 쪽으로 시선을 돌린다. 발걸음을 멈추고 문틀에 기대어 서서 나를 멍하니 응시한다. 로이콘이다. 한때 로이콘으로 지상에 존재했던 사람의 유령이다. 우리 둘은 오랫동안 침묵을 지킨다. 이윽고 내가 조그맣게 속삭인다. 아레투자는? 로이콘은 고개를 한 번 끄덕인 뒤 문틀에서 몸을 돌려 재판정을 향해 발걸음을 옮긴다.

그러고도 꽤 오랜 시간이 흘렀다. 이제 재판정의 육중한 문이 활짝 열리고, 밖에서 대기하고 있던 전령이 전갈을 받는다. 전령은 나를 향해 다가온다. 불현듯 저들이 내게서 앗아갈 날들에 대한 그리움이 휘몰아친다. 해 뜨는 정경, 아이들과 함께하는 식사, 오이스트로스와의 포옹, 리사가 부르는 노래, 유일하게 변함없을 모든 소박한 기쁨들에 대한 그리움. 이제는 모두 지난 일들이다.

드디어 전령이 왔다.

9

이아손: 여인 없이도 생명이 탄생하는 다른 길이 있다면,
삶은 얼마나 행복할 것인가!

— 에우리피데스, 『메데이아』에서

이아손

나는 그 어떤 사건도 원하지 않았다. 하지만 과연 내가 할 수 있는 일이 있기나 했던가. 메데이아는 자멸했다. 미친 여자. 나한테 보여 주고 싶었던 거다. 나를 짓밟아 버리려는 속셈이었겠지. 육신이 조각나 으스러지더라도 두 눈만은 살아남아 끈질기게 나를 노려 볼 여자다.

그녀는 전령에게 이끌려 재판정에 들어서자마자 오로지 나만을 찾았다. 나를 찾아내서는, 마치 나도 판결을 받아야 한다는 듯한 눈빛으로 내게 일어서라고 강요했다. 그녀는 왕의 대변인은 제쳐 두고 나만을 주시했다. 오늘 그녀가 보여 준 당돌함은 절정이었다. 그러나 어쨌든 더 이상 잃어버릴 것도 없는 처지 아닌가.

내가 재판정에서 허세를 부리며 자리에서 일어나 그녀를 변호했더라도 사정은 조금도 달라지지 않았을 것이다. 그런데 도대체 뭐라고 변호할 수 있었겠는가. 또 무슨 목적으로? 불쌍한 투론이 겪은 치욕에 그녀가 가담하지 않았으며, 도리어 그의 생명을 구하려고 애썼다는 말을 해 달라는 말인가? 내 말을 곧이듣기는커녕, 나까지 재판정 밖으로 쫓아냈을 것이다. 어쨌든 저들은 내 행동을 눈여겨보고 있었다.

이런, 세상에! 빌어먹을 코르키스 여자들 같으니라고. 남자의 성기를 잘라 내다니! 코린토스의 모든 남자들은 그 고통을 마치 자기 일처럼 받아들이고 있다. 코르키스 여인들을 징벌하고 메데이아에게 형을 선고하기까지 며칠 밤 동안은 분명히 단 한 명의 아이도 잉태되지 않았을 것이다. 남자들은 거의 모두 일시적인 생식 불능 상태에 빠졌을 것이다. 남자들은 각자의 부인을 거칠게 다루었으며, 심지어 폭력을 행사한 남자들도 있었다고 한다. 코린토스 여자들은 아예 두문불출했으며 어쩌다 외출할 일이 있을 때면 마치 자신들이 가련한 투론을 욕보이기라도 한 듯 고개를 떨구고 다녔다. 남편에게 온갖 교태를 부리고, 죄인들에게 내린 엄벌을 소리 높여 환영하고, 메데이아에게 최고형을 내릴 것을 요구했다. 늘 그렇듯이 그녀에게 신세를 입은 여인들이 누구보다도 앞장섰다. 이 사악한 시간이 지나고 우리 모두 마음의 평화를 되찾게 되면, 코린토스의 남자들은 기고만장해질 것이고 여인들은 더욱 고개를 숙이게 될 것이다. 무대는 그렇게 막을 내릴 것이다.

나한테는 잘된 일인데도 기분이 썩 좋지 않다. 도무지 즐거운 마음이 들지 않는다. 그녀는 내게 이렇게 되리라고 예언했다. 으스댔던 것은 아니다. 차라리 슬퍼했던 것 같다. 아니, 아니다. 동정하는 표정이었다. 뻔뻔스럽게도 자신은 그 어떤 동정도 전부 헛되이 흘려 버렸으면서. 내가 재판정에서 그녀를 위해 관대한 처벌을 간청했을 때, 그들은 그렇게 말했다. 나는 그녀가 저지른 죄의 심각성을 강조하기를 게을리하지 않았다. 그렇지 않았더라면 그들은 나마저 허공으로 날려 보내 버렸을 것이다. 그때 아카마스가 의미심장한 어조로 메데이아와의 관계를 내세우며 따지고 들었다. 남자 대 남자로서 묻는다면서. 그녀가 여인으로서 장점을 갖춘 것은 사실이라며 그걸 좀 이용했다고 나를 나쁘게 생각할 사람이 어디 있겠냐고 넌지시 암시했을 때, 나는 소처럼 멀거니 선 채 눈썹 하나 까딱하지 않았다. 하지만 그것 때문에 내가 사태를 제대로 파악하지 못했다는 말이었다. 나는 주먹으로 아카마스의 면상을 한 대 후려치고 싶었다. 그러나 그 대신 나는 자리에 주저앉아 시선 한 번 제대로 들지 못했다. 한 번 더 말을 꺼내는 것은 고사하고. 모든 준비는 끝났다. 나 누어 맡은 역할에 따라 입을 놀리고 있을 뿐이었다. 판결은 이미 결정되어 있었다. 무엇 때문에 그들이 굳이 그런 연극까지 벌여야 했는지 나는 모르겠다. 그들은 마치 모든 것을 곧이곧대로 진지하게 받아들이고 있다는 듯이 행동했다.

무엇 때문에 메데이아를 또다시 찾아갔단 말인가. 왜 그런 짓을 했을까. 보따리를 꾸리던 그녀는 내게 눈길 한 번 주지 않은 채 말했다. 아, 이아손. 내가 당신 마음까지 편하게 해 주어야 하나요? 내가 일이 어떻게 돌아갔으며 또 나 같은 사람은 어쩔 도리가 없었다는 것을 설명하려 하자 그녀는 큰 소리로 웃었다. 곧 왕의 딸을 아내로 맞을 당신 같은 사람이 말이지요. 당신에게 분명히 말하는데, 글라우케에게만큼은 나쁜 짓을 하지 마세요. 글라우케는 당신을 사랑하고 있으니까요. 글라우케는 마음이 아주 여려요. 물론 왕비감은 아니에요. 그리고 이아손, 당신도 코린토스의 왕이 될 인물은 아니에요. 지금 당신에게 내가 해 줄 수 있는 가장 좋은 말은 바로 이거예요. 왕이 된다 하더라도 당신은 아무런 기쁨을 느끼지 못할 거예요. 아니 앞으로 당신에게는 기쁜 일이 거의 없을 거예요. 불의를 참고 견뎌야 하는 사람뿐 아니라 불의를 저지르는 사람도 마음 편히 살 수 없는 법이니까요. 자기 삶에서 즐거움이나 기쁨을 누리지 못하는 탓에, 다른 사람들의 삶을 파괴하려 드는 게 아닌가 싶은 의문이 들어요.

그녀는 그런 말들을 했고 나는 점점 화가 치밀어 올랐다. 금령을 어기고 찾아와 주었는데도, 기껏 아카마스 주변의 음흉한 인물들이나 허영심에 들떠 주제 모르고 날뛰는 프레스본과 다를 바 없는 취급을 받다니! 재판정에 증인으로 불려 나온 프레스본은 분수를 모르고 잘난 척을 했다. 오랫동안 그를 만날 기회가 없었던 나는 그의 흐물흐물한 표정을 보는 것만으로도 역겨웠다. 프레스본은 물불을 가리지 않고 메데이아에게 불리한 진술을 할 각오가 되어 있었다. 같은 동족이 저속한 표현을 입에 올리며 피고를 비방하는 동안, 원로들은 경멸 어린 표정으로 내심 흐뭇해했다. 궁궐에서 그런 식으로 말하는 사람은 없다. 그 어리석은 녀석은 그 순간만큼은 마음대로 말해도 된다고 믿고 있었고, 사람들은 제멋대로 지껄이게 내버려 두었다. 메데이아가 신전에서 죄수들을 다 죽이지 못하도록 코린토스인들을 가로막은 일에 대해 격분하려 들자, 비로소 아카마스가 프레스본의 말을 가로막았다. 그것으로 충분하오! 프레스본은 마침내 어리석은 입을 닫았다. 그는 자신에게 맡겨진 임무를 다했다. 이제 그의 운도 종말을 향해 치닫고 있다. 다만 아직 모르고 있을 뿐이다. 그러나 나는 왕의 지척에서 지내면서, 상황 읽는 법을 터득하였다.

아가메다는 다르다. 그녀는 프레스본보다 훨씬 영리하다. 코린토스 왕실은 아가메다보다 확실하게 메데이아를 고발할 수 있는 사람을 찾을 수 없을 것이다. 용의주도한 아가메다는 불구대천의 원수를 비난하거나 중상하는 말은 단 한마디도 입 밖에 내지 않았다. 나도 모르게 감탄하는 마음이 일 정도였다. 아가메다는 자신이 메데이아를 증오하고 있으며, 메데이아가 이 도시의 성벽 안에 살고 있는 한 자신의 경쟁자라는 사실을 교묘하게 숨기고 있었다. 이 도시에 두 여인이 동시에 머무를 수 없다는 것을 나는 깨달았다. 만약 대개의 경우 사형 선고나 다름없는 추방이라는 수단이 없었다면, 그녀는 메데이아를 돌로 쳐 죽이는 데 찬성했을 것이다. 코린토스에서 메데이아의 행적에 대해 설명하는 동안, 겉으로는 침착했지만 아가메다의 눈에는 냉혹한 살기가 번득였다. 언뜻 듣기에는 우리가 알고 있는 메데이아와 아주 흡사했지만, 아가메다는 메데이아가 실제로 한 것과 하지 않은 것을 교묘하게 뒤집어 해석해서 결국 메데이아는 오래전부터 계획적으로 코린토스 왕실의 몰락을 꾀한 인물로 전락했다. 글라우케를 염려하는 메데이아의 마음을 가리켜 목적을 달성하기 위한 지극히 음험한 수단이라고 불렀을 때 나는 터져 나오는 웃음을 참을 수가 없었다. 다른 사람들이 눈빛으로 내게 아직은 웃을 때가 아니라는 것을 깨우쳐 주었다. 내 옆에 앉은 글라우케는 표정 하나 바꾸지 않았다. 메데이아가 왕실 깊숙이 접근할 생각으로 나까지 이용했다고 주장했을 때 내 얼굴에서는 웃음이 사라졌다. 벌써 오래전부터 다른 곳에서 욕망을 충족시키고 있었으면서 나로 하여금 자신은 아내이고 나는 남편이라고 믿게 했다는 것이다. 나는 머쓱한 표정으로 앉아 아가메다가 말하는 메데이아의 연인 이름을 들을 수밖에 없었다. 아가메다는 모든 질문에 대한 답변뿐 아니라, 자신의 주장을 입증하는 데 필요한 이름과 정확한 상황 묘사까지 준비하고 있었다. 메데이아, 정말 사람 잡아먹을 여자였군. 혐오스러웠지만 감탄해 마지 않을 수 없었다. 오이스트로스라는 석공이었단 말이지. 세상에 이럴 수가!

아가메다는 재판에 참석한 거의 모든 사람들을 향해 메데이아와 관계된 의혹이라든지 이름 같은 것을 우연히 지나가는 말인 양 슬쩍슬쩍 한 마디씩 던졌다. 그러면 그 말에 정신이 팔려서 메데이아에게 유리한 것들은 생각조차 할 수 없었다. 그 누구보다도 내가 그랬다. 그녀가 드디어 법정에 모습을 드러냈을 때 내 마음속에서는 오직 분노만이 들끓고 있었다. 그녀야말로 버림받아 마땅했는데 오히려 내가 아내에게 속아 넘어간 남편의 몰골로 모든 사람들 앞에 앉아 있었던 것이다. 그런 벌을 받은 것도 당연하다. 창녀 같으니라고!

추방.

당연한 결과였다. 결코 심하다고 할 수 없었다. 그녀의 얼굴이 하얗게 질렸을까? 그러나 나는 그녀를 바라보지 않았다.

아이들은?

그때 메데이아의 몸이 움찔거렸다. 또다시 내 눈을 찾았겠지만, 나는 고개를 들지 않았다.

아이들은 두고 떠나라. 크레온 왕이 말했다.

왕이 직접 내뱉은 유일한 말이었다. 이아손의 아이들은 합당한 방식으로 코린토스에서 양육되리라. 궁궐 안에서.

나는 그녀가 휘청거리는 것을 보았다. 그러나 경비병들이 붙잡기 전에 자신을 되찾았다.

아가메다와 글라우케가 나서서 아이들을 데려가게 해야 한다고 주장했다. 모두 놀라지 않을 수 없었다. 두 사람에게는 각자 나름의 속셈이 있었고, 내 생각이 맞다면 단 한 가지 점에서 두 사람의 속셈은 맞아떨어졌다. 그들은 메데이아의 두 아들이 코린토스의 왕위 계승자로 거론되는 것을 원치 않는 것이다. 가련한 글라우케를 아내로 맞아들인다고 해서 그녀가 내 아이를 낳아 주리라고 그 누가 장담할 수 있을까. 볼품없는 검은 옷 사이로 글라우케의 뼈가 만져질 때, 내 마음에서 일어나는 것은 결코 욕망이 아니다. 나를 향한 아가메다의 경멸 어린 눈빛이 이제는 글라우케에게로 옮겨지는 모습이 눈에 들어왔다. 글라우케도 그 눈빛을 알아챘고, 그녀 역시 나와 똑같은 생각을 했다는 것을 알 수 있었다. 잠시 후 글라우케의 말소리가 들려왔다. 작은 목소리였지만, 그녀가 남자들의 집회에서 말문을 연 것은 전무후무한 일이었다.

어머니에게 아이들을 딸려 보내야 한다고 글라우케는 말했다. 쓸데없이 잔인할 필요는 없다는 게 이유였다. 그녀 스스로 그렇게 믿은 것이 확실하다. 하지만 그러한 의견 뒤에는 자신이 코린토스에 후계자를 선사할 수 없을지도 모른다는 불안감이 숨어 있었으며, 바로 이 불안감 때문에 잔인할 필요는 없다는 말로 반대 의견을 펼치는 용기를 낼 수 있었을 뿐이다. 글라우케마저 내가 바라마지 않던 편안한 아내가 되기는 어려울지도 모른다는 예감이 고개를 들기 시작했다. 어쨌든 잠시 다른 데 정신이 팔려 있던 나는 아카마스가 관대한 어조로 두 여인의 요구를 반대하는 말에는 귀를 기울이지 못했다. 아카마스는 아이들의 장래를 구실 삼아 여인들의 무분별한 요청을 정중하게 거절하였다. 그런 직후 다른 사람들은 거의 주목하지 못한 작은 사건이 일어났다. 기진맥진한 모습으로 뒤늦게 나타나 문 가까이에 앉아 있던 로이콘이 자리에서 일어나 그냥 밖으로 나가 버린 것이다. 왕과 모든 예법을 무시하고 그런 일을 저지르다니! 도무지 믿을 수 없었다. 그러나 유심히 지켜본 사람이 있었던 것 같지는 않다.

메데이아는 내보내졌고 왕과 신하들은 속내를 감춘 채 목을 뻣뻣하게 세우고 퇴정했다. 나는 글라우케와 함께 그 뒤를 따랐다. 글라우케는 울고 있었다. 궁전 뜰을 가로질러 우물가 가까이 다가갔을 때, 글라우케의 몸이 떨리기 시작했다. 글라우케는 두 팔로 허공을 휘저으며 입에 거품을 물고 내 옆에 쓰러졌다. 아가메다는 발작을 기다리기라도 한 것처럼 곧장 달려왔다. 머리가 터질 것만 같았다. 도대체 내 앞날은 어찌 될 것인가.

나는 코린토스 시내를 달리고 있었다. 사람들이 나를 피해 뒤로 물러났다. 문득 정신을 차리고 보니, 성벽에 달라붙은 작은 토담집 앞이었다. 리사가 앞을 가로막고 나섰지만, 메데이아는 들여보내라고 말했다. 그녀는 물었다. 더 원하는 거라도 있나요? 자극적인 어조였다. 나는 그녀가 자신이 저지른 죄를 깨닫고, 나로서도 어쩔 도리가 없었다는 사실을 인정해 주길 바랐다. 메데이아는 보따리를 꾸린 다음 머리에 수건을 동여매고는 말했다. 당신 참 안됐어요, 이아손.

너무 심하다. 나로서는 그대로 묵과할 수 없었다. 물론 다르게 행동할 수도 있었다. 마음껏 분노를 터뜨리며 그녀에게 덤벼들어 벽에 밀어붙일 수도 있었다. 나, 이아손을 모욕한 사람은 응당 벌을 받아야 한다. 이아손이 여인들의 술수에 남자다운 분노를 멋지게 터뜨릴 수 있으며, 자신이 움켜쥔 연약한 육신에서 힘이 빠지는 걸 느끼면 아주 강해진다는 것을 그녀는 잘 알고 있었다. 여인이 마침내 눈을 감고 고개를 돌리며 운명에 몸을 맡기기 전 눈에서 감탄의 빛이 번쩍이면 아주 강해지곤 했던 것이다. 그렇군. 나는 알아차렸다. 그런 생각이 숨어 있었군. 우리는 여인들을 받아들이지만, 저항은 분쇄해야 한다. 그래야만 자연이 우리에게 부여한 쾌감을, 모든 것을 휩쓸어 버리는 쾌감을 마음껏 발산할 수 있다.

뒤돌아보지 않았다. 아무 말도 하지 않았다. 나는 방을 나섰다. 그 후 나는 다시는 메데이아를 보지 못했다.

10

어떤 면에서 이 행성은 아르고와 똑같다.
사소한 임무를 띤 채 목표도 없이
시간의 유한한 모험에 떠밀려 다닌다.

— 디트마르 캄퍼

로이콘

저기 나의 별자리들이 다시 튀어나온다. 지루하게 반복되는 이 일들은 얼마나 증오스러운가. 전부 혐오스러울 뿐이다. 이제 이런 마음을 털어놓을 사람도, 내 말에 귀기울여 줄 사람도 없다. 외롭게 홀로 앉아 포도주를 마시며 별들의 궤도를 지켜볼 뿐이다. 그리고 좋든 싫든 끊임없이 눈앞에 떠오르는 영상들을 보고, 귓가에 맴도는 목소리들을 들어야 한다. 예전에는 인간이 무엇을 감내하고 사는지 미처 몰랐다. 이제 여기 앉아서, 인류는 견디기 어려운 것을 견디어 가며 목숨을 부지하고 습관적으로 무언가를 하는 능력, 이 진저리 나는 능력 덕분에 존속할 수 있는 것이라고 말한다. 혹시 예전에 이렇게 말했다면, 그것은 구경꾼으로서 한 말에 지나지 않는다. 아주 가까운 사람의 불행이 가슴을 찢어 놓지 않는 한, 결국 구경꾼에 지나지 않기 때문이다.

나는 하늘에서 가장 밝은 별, 지금까지는 이름 하나 갖지 못했던 별에게 아레투자라는 이름을 주었다. 그 별이 지금처럼 서쪽 하늘로 사라질 때면 늘 가슴이 아리어 온다. 너무나도 멀리 떨어져 있는 두 세계 가운데 자세히 알면 알수록 점점 정이 떨어지는 이곳에 나는 홀로 서 있다. 그리고 이를 부정할 수 없다는 것도 잘 알고 있다. 나 자신을 돌아볼수록 내 모습을 인정하고 싶지 않다. 최근에 일어난 악행들을 두 눈으로 지켜보면서, 나는 양 편 모두를 이해할 수 있었다. 용서했다는 말이 아니다. 용서가 아니라 다만 이해했을 뿐이다. 눈먼 인간들. 이해하라는 강요가 나에게는 오점처럼 생각된다. 그런데도 그것을 떨쳐 버릴 수 없으며, 그것 때문에 다른 사람들과 어울리지도 못한다. 메데이아는 이 사실을 알고 있었다.

내게 던진 메데이아의 마지막 시선을 평생 잊을 수 없으리라. 희생양들이 늘 그렇듯이, 메데이아는 증오심에 사로잡혀 소리를 지르고 침을 뱉고 종주먹을 들이대는 군중에 둘러싸인 채 코린토스의 이 거리 저 거리로 끌려 다녔다. 그러다 양팔을 거머쥔 두 경비병에 이끌려 남쪽 성문에서 추방되었다. 온갖 욕설과 오욕에 시달리고, 기진맥진한 몸으로 사제장의 저주를 들으며, 경비병들에게 떠밀려 도시에서 쫓겨난 그 여인에게 질투심 비슷한 것을 느꼈다면, 그 누가 믿으랴. 죄 없는 희생양이 되어 마음속의 온갖 번민으로부터 자유로워진 그녀가 정말이지 부러웠다. 갈등은 그녀의 마음속이 아니라 그녀를 중상 모략하고 유죄 판결을 내린 사람들, 그녀를 이리저리 끌고 다니며 욕설을 퍼붓고 침을 뱉은 사람들과 그녀 사이에 있었다. 그래서 그녀는 사람들이 자신을 밀어 넣은 오욕으로부터 몸을 세우고 일어나, 코린토스를 향해 두 팔을 높이 치켜들고 마지막 남은 힘을 다해 코린토스는 멸망할 것이라고 예언할 수 있었던 것이다. 성문 옆에 서 있던 우리는 그 위협적인 말을 들었다. 그러곤 입을 다물고 적막에 싸인 시내를 향해 발길을 돌렸다. 나에게 그 여인이 없는 도시는 텅 빈 공간이다. 메데이아의 운명이 나에게 드리운 무거운 짐과 지도자를 잘못 만난 불쌍한 코린토스 사람들에 대한 연민이 내 가슴을 짓눌렀다. 그들로서는 페스트와 하늘의 위협적인 현상, 굶주림과 궁전의 부당한 통제에 대한 두려움을 그 여인에게 돌리지 않고서는 달리 벗어 버릴 길이 없었던 것이다. 모든 게 그처럼 환히 들여다보였고 모든 것이 그처럼 명명백백했다. 미쳐 버릴 것만 같다.

페스트는 기세가 약해져서 부유층이 사는 구역에서는 이미 완전히 물러났다. 땅거미가 내려앉기 전 시신을 실은 고작 한두 대의 수레가 묘지를 향해 내 망루 앞을 지나갈 뿐이다. 우리가 마녀를 이 도시에서 쫓아내면서 신들의 뜻을 제대로 해석했다는 것을 누구라도 알 수 있었다. 나는 '우리'라고 말하면서 별로 놀라지 않는다. 우리 코린토스 사람들. 우리 정의로운 자들. 나 역시 그녀를 구하려는 노력을 하지 않았다. 나는 코린토스 사람이다. 이 사실을 인정하고 밤마다 나를 이 망루로 내모는 수치심과 슬픔을 뼛속 깊이 맛보는 편이 차라리 낫다. 그리고 나는 제정신으로는 도저히 떠올릴 수 없는 생각을 한다. 만약 아레투자가 살아 있었다면 그녀는 나를 보려 하지 않을 것이다. 나는 이런 진실을 알면서도 목숨을 연명할 것이다. 이 테라스의 난간에 서서 아무리 자주 아래를 내려다보아도 결코 아래로 뛰어내리지는 못하리라. 나는 늘 내 몸이 조금이라도 다치지 않을까 전전긍긍한다. 우리는 본래 그런 것이다. 하지만 여기에는 무슨 의미가 있어야 하는 게 아닐까. 이따금 나는 자문한다. 어떻게 그 여인과 같은 사람이 감당하기 어려운 결정을 내리도록 우리를 몰아세우는 권리를 갖게 되었을까. 그 결정 앞에서 우리는 갈등하다가 결국 패배자, 실패자, 죄인으로 남게 되었다.

나는 왜 오이스트로스처럼 할 수 없는 것일까. 오이스트로스는 아무도 들어오지 못하도록 작업장 출입구를 막아 놓고는 미친 사람처럼 일만 하고 있다. 몸을 전혀 돌보지 않고 씻지도 않으며 수염과 붉은 머리카락이 제멋대로 자라도록 내버려 둔다. 음식도 거의 입에 대지 않고, 아레투자의 집에 있던 커다란 항아리 속에 담긴 물을 마신다. 그러곤 보는 사람이 겁에 질릴 정도로 육중한 돌덩이를 거세게 내려친다. 오이스트로스는 돌가루와 수면 부족 때문에 염증이 생긴 눈으로 물끄러미 나를 바라본다. 이제 그는 나를 알아보는지조차 갈피를 잡을 수 없을 정도가 되었다. 오이스트로스는 몰라보게 변했다. 거리에 나가면 아이들은 그를 보고 비명을 지르며 도망칠 것이다. 그가 돌을 쪼아서 무엇을 조각할 생각인지 나로서는 알 길이 없다. 마지막으로 찾아갔을 때는 심하게 뒤엉킨 사람들의 윤곽이 어렴풋이 보이는 것 같았다. 서로 필사적으로 싸우거나 아니면 죽음과 사투를 벌이는 손발들처럼 보였다. 물어볼 수도 없다. 오이스트로스는 일하다가 죽을 것이다. 그는 그렇게 되기를 원한다.

메데이아가 그랬듯이 오이스트로스도 모든 절제력을 상실했다. 종국에 가서 메데이아는 코린토스인들이 원했던 대로 자제력을 잃은 모습을 보여 주었다. 그녀는 마치 복수의 여신 같았다. 그녀는 겁에 질린 두 아들의 손을 붙잡고 헤라(제우스의 아내이자 누이. 특히 최고신의 정식 아내로서 헤라는 결혼의 수호신이다. —옮긴이) 신전으로 뛰어 들어갔다. 앞을 가로막는 여사제를 옆으로 밀어내고 아이들을 제단 앞으로 데려가서는, 앞으로 어머니인 자신을 대신하여 아이들을 보호해 달라고 여신을 향해 절규했다. 그것은 간구라기보다는 협박으로 들렸다. 또 메데이아는 여사제들에게 아이들을 받아 달라고 부탁했고, 사제들은 두려움과 동정심에서 그렇게 하겠다고 약속했다. 그런 다음 아이들과 이야기를 나누면서 그들을 진정시키려 애썼다. 두 아들을 꼭 껴안은 다음 두 번 다시 뒤돌아보지 않고 신전을 떠난 그녀는 기다리고 있던 경비병들에게 자신을 맡겼다. 속죄양이 되어 이 거리 저 거리로 끌려 다니는 동안, 메데이아는 내내 큰 소리로 등골 오싹한 노래를 불렀다. 길가에 늘어서 있던 사람들은 노랫소리가 나오지 않게 그녀의 입을 틀어막아 버리고 싶은 충동을 느꼈다. 틀림없이 메데이아는 자신을 죽여 주길 바랐던 것이리라. 그러나 경비병들은 그녀를 산 채로 도시에서 추방하라는 명령을 받았다.

이후 끔찍한 일이 일어난 다음, 메데이아를 찾기 위해 특별 수색대가 파견되었다. 그들은 메데이아가 추방되고 곧이어 종적을 감춘 리사의 행방도 수소문했으며, 두 사람이 있는 곳을 알아낼 목적으로 살아남은 몇 명의 코르키스인들을 모질게 고문하고 심문했다. 도시를 벗어나 며칠씩 걸어서 은신처를 찾아 헤맸으나 두 사람의 행방은 땅속으로 꺼진 것처럼 여전히 묘연하다. 지금 저들은 왕의 딸이 죽었는데도 속수무책으로 바라만 보고 있다는 인상을 주지 않기 위해, 오로지 뭔가를 하고 있다는 것을 보여 주기 위해 두 사람에게 말을 태워 주었을지도 모를 연루자를 찾고 있다. 쉽게 미신을 믿는 백성들 사이에 아르테미스 여신이 손수 도망자들을 뱀이 끄는 마차에 태워 지상으로부터 멀리 안전한 곳으로 데려갔다는 전설이 생겨나지 않을까 두려워 미연에 방지해 보려는 생각 때문이기도 했다.

가엾은 글라우케 공주. 메데이아가 내쫓긴 바로 그날이었다. 나는 얼 빠진 사람처럼 궁궐 회랑에 쪼그리고 앉아 있었다. 뜰에서 여인들의 비명 소리가 들려왔지만 신경 쓰지 않았다. 나는 왕실과 관련된 모든 것을 경멸했다. 늙은 메로페 왕비가 시녀들의 부축을 받아 뜨락을 힘겹게 가로질러 우물가로 가는 모습을 보고서야 나는 비로소 정신이 들었다. 한 무리의 여인들이 우물가를 에워싸고 소리를 지르고 있었다. 여인들이 흩어지자 우물 속에서 희한하게 생긴 꾸러미를 끌어내는 시종들의 모습이 보였다. 온통 하얀 차림새의 글라우케 공주였다.

　시종들은 축 늘어진 공주의 형상을 왕비의 발 앞에 내려놓았다. 왕비는 무릎을 꿇고 딸의 머리를 품에 안았다. 그녀는 언제까지라도 꼼짝없이 그러고 있었으며, 그 사이로 결코 경험해 본 적 없는 적막이 서서히 번져 나갔다. 눈먼 사람들이 헤매면서 남긴 모든 희생에 대한 슬픔과 정의감 같은 것이 그 정적 속에 담긴 것만 같았다. 머리를 세게 얻어맞은 사람처럼 적막을 가르며 비틀비틀 뜰을 가로질러 오는 이아손의 모습이 보였다. 아무도 이아손을 돌아보지 않았다. 소문에 따르면 지금 그는 해변이 가까이 닻을 내린 자신의 배, 이미 반이나 썩은 아르고의 선체 밑에서 밤낮으로 누워 지낸다고 한다. 옛 동료 텔라몬이 손에 잡히는 대로 음식과 음료를 갖다준다는 말도 들려온다. 이따금 잠 못 이루는 깊은 밤에 이아손의 눈길도 하늘을 더듬고 있지 않을까. 그러면 우리 두 사람의 눈길은 이번 달에 정점에 이를 오리온 성좌에서 우연히 만날지도 모른다. 이아손을 미워할 수는 없다. 아카마스와 같은 적수를 감당하기에 이아손은 역부족이었다.

　지금은 모든 정권을 아카마스가 장악하고 있다. 글라우케 공주의 죽음과 관련하여 방을 붙인 사람도 아카마스였다. 방의 내용을 믿지 않는 사람은 누구를 막론하고 죽음을 면치 못한다. 메데이아가 글라우케 공주에게 천인공노할 이별의 선물로 독이 묻은 옷을 보냈으며, 그 옷을 입은 가엾은 공주는 살갗이 타 들어가는 아픔을 이기지 못하고 몸을 식힐 곳을 찾아 정신없이 우물 속으로 뛰어들었다는 것이다.

　이제 궁궐 안에는 수백의 입과 귀가 생겨났으며 모두 다른 이야기들을 수군거린다. 깊은 지하 감방에서 엄중한 감시를 받고 있는 글라우케 공주의 가련한 시녀는 재판이 열리기 직전 메데이아가 아르테미스 축제일에 입었던 하얀 드레스를 공주에게 선물하면서 웨딩드레스가 될 거라고 말했다고 속삭인다. 메데이아는 진심으로 글라우케 공주의 행복을 빌었고, 공주는 눈물을 흘리면서 고마워했다는 것이다. 메데이아에게 판결이 선고되고 추방 시각이 점점 다가오자, 공주는 눈에 띄게 불안해했다. 공주는 궁궐 안을 헤매고 다녔으며, 시녀들은 외딴 구석으로 숨어든 그녀를 몇 번이고 다시 찾아내야 했다. 공주는 이아손을 보지 않으려 했고, 크레온 왕 앞에서는 자지러지게 놀라며 뒷걸음질을 쳤다. 또 알아듣지 못할 말들을 혼자서 주워섬기며, 한시도 가만히 있질 못했다. 주위를 알아보지 못하는 것 같았고, 구역질이 나는지 모든 음식을 거부했다. 궁궐 밖에서 일어나는 일에 대해서는 일절 공주에게 이야기하지 말라는 엄명이 있었지만, 공주는 모든 일을 눈치로 알아냈다. 메데이아가 추방되던 날, 그녀는 자포자기한 듯 흐느끼며 방 안을 이리저리 뛰어 다니다가 결국 하얀 드레스를 가져오게 하여 시녀의 반대를 무릅쓰고 기어이 그것을 입었다. 그러더니 마침내 자신의 할 일을 깨달은 사람처럼 갑자기 차분해져서는 뜰에 나가 바람을 좀 쐬고 싶다고 조리 있게 말했다. 그래서 공주를 감시하던 모든 사람들이 기뻐했다는 것이다. 공주가 뜰로 나가자 시녀와 경비병 몇 명이 뒤를 따랐다. 글라우케 공주는 교활하게 원을 좁혀가며 서서히 우물에 가까이 다가갔다. 그러다 재빠른 두 걸음으로 우물가에 이르러서는 허공 속으로, 심연을 향해 한 걸음 더 내디뎠다. 그때 공주는 아무 소리도 내지 않았다고 한다.

그 일이 있고 나서부터 왕을 본 사람은 아무도 없었다. 궁궐의 가장 안쪽 방에 웅크리고 앉아 오직 아카마스만을 만난다는 것이다. 왕은 죽은 사람이나 다름없다. 벌써부터 후계자 자리를 놓고 왕의 등 뒤에서는 암투가 벌어지고 있다. 내게는 관심 밖의 일이다. 또한 나는 아카마스가 권세를 유지하기 위해 앞으로 계속 꾸며 댈 일들에 대해서도 알고 싶지 않다. 물론 아카마스는 지난 일들을 사람들의 기억에서 지우려고 덤빌 것이다. 아카마스를 도와 일을 꾸민 프레스본과 아가메다는 벌써 오래전에 도시 밖으로 쫓겨났다. 모든 일의 사단이 된 이피노에 공주의 무덤이 있는 동굴 입구는 벽으로 막혔고, 늙은 메로페 왕비는 처소에 감금되었다. 아카마스의 일을 조금이라도 눈여겨본 사람은 죽음을 두려워하지 않을 수 없다. 나 또한 마찬가지다. 가련한 글라우케 공주가 세상을 뜨던 날, 아카마스가 내게 그 소식을 알려 주었다. 우리는 공주의 관 옆에 마주 섰다. 아카마스는 내 눈빛을 보고 전율했다. 그때의 전율과 내 운명에 대한 무관심이 지금 나에게는 방패막이가 되고 있다. 나는 아카마스를 포함하여 대부분 사람들의 심중을 꿰뚫어 볼 수 있으며, 해괴한 소리로 들릴지 모르지만 전혀 위험스러운 인물이 아닌 것이다. 나나 그 누군가가 애쓴다고 해서 달라질 그들이 아니기 때문에, 나는 그들이 조종하는 살인적인 일에 관여하지 않을 것이다. 그렇다, 나는 여기 앉아서 메데이아와 함께 나누던 포도주를 마신다. 그리고 세상을 떠난 이들을 추모하기 위해 잔을 비울 때마다 포도주 몇 방울을 바닥에 뿌린다. 별들의 궤도를 산정하면서 고통의 족쇄가 서서히 느슨해지기를 기다리는 것으로 나는 만족한다. 그렇게 날이 밝으면, 도시는 늘상 같은 움직임을 보이며, 늘상 같은 소리를 내며 깨어난다. 무슨 일이 일어나더라도 이것만은 달라지지 않을 것이다. 사람들은 비좁은 집 안을 누비는 평범한 삶으로 돌아가고, 밤에는 많은 아이들이 잉태될 것이다. 본래 그런 것이다. 그들은 그러기 위해 존재하는 것이다.

오늘은 평소와는 다른 움직임이 눈에 띈다. 사람들이 신전 쪽에서 무리 지어 몰려온다. 나는 난간 가까이 다가간다. 승리감에 도취된 사람들이 광장에 모여 있다. 도대체 무슨 축하할 일이라도 있다는 말인가. 그들은 공격에 나선 벌 떼처럼 윙윙거린다. 나는 손이 축축해지며 뭔가에 쫓기듯이 사람들에게로 내려간다. 사람들은 흥분에서 벗어나지 못한 채 흩어질 생각들을 하지 않는다. 자신들이 한 행동을 자랑하며 이리저리 몰려다닐 뿐이다. 나는 이 사람 저 사람 사이를 급하게 오가며 대체 무슨 이야기들을 하는지 귀를 기울인다. 그러나 그들의 말을 도무지 이해할 수가 없다. 어쩔 수 없었어. 거듭 다짐하는 소리가 내 귀에 들려온다. 오래전부터 그대로 두고 볼 수가 없었는데, 아무도 나서려 하지 않아서 자신들이 직접 해치울 수밖에 없었다는 것이다.

두 눈이 번쩍 뜨이면서 아카마스의 새로운 심복, 그 야비하고 교활한 녀석이 멀리서 다가오는 모습이 보인다. 거세게 쿵쿵거리는 심장 소리를 뚫고, 그 녀석의 물음이 들린다. 무슨 일들이오? 답변을 이미 다 알고 있다는 듯한 말투였다. 다들 입을 다문다. 이윽고 몇 사람이 외친다. 우리가 해치웠소. 그들은 영영 떠났소. 누가 말이오, 그 녀석이 묻는다. 아이들! 그 여자의 저주받은 아이들 말이오? 우리가 역병과도 같은 그 아이들로부터 코린토스를 해방시켰소. 어떻게 말이오? 녀석은 음흉한 표정으로 묻는다. 돌로 쳐 죽였다오! 많은 사람들이 울부짖는다. 그 아이들 스스로 자초한 일이었소.

태양이 떠오른다. 도시 안의 탑들이 아침 햇살을 받아 빛나기 시작한다.

11

생명을 탄생시키는 비밀로부터
소외된 남자들은
생명을 앗아간다는 이유로
죽음이 생명보다 더 강하다고 생각한다.

— 아드리아나 카바레로, 『플라톤에의 반항』에서

메데이아

아이들이 죽었다. 저들이 살해했다. 돌로 쳐 죽였다고 아린나는 말한다. 내가 사라지면 저들의 복수심도 없어질 거라고 나는 믿었다. 저들을 그토록 몰랐다니!

아린나는 나를 알아보지 못했다. 그러나 그녀의 어머니 리사는 팔오금의 검은 점을 통해 딸을 알아보았다. 아린나가 얼마나 자지러지게 놀랐던가. 이곳에서의 삶이 우리를 변화시킨 것이다. 동굴. 여름의 무자비한 햇살과 겨울의 추위. 이끼와 풍뎅이, 작은 짐승들, 개미는 우리의 양식이었다. 지금의 우리는 지난날의 그림자일 뿐이다.

우리는 눈이 멀었었다. 살아 있을 줄 알고 아이들에 대한 이야기를 나누었으며, 해마다 아이들이 자라나는 모습을 그려 보았다. 아이들이 우리를 대신해 저들을 응징해 주리라 믿기도 했다. 그런데 내가 저들의 관할구역에서 채 벗어나기도 전에 아이들이 죽었다니.

어떤 악령이 아린나를 이곳으로 데려왔단 말인가. 다시 자기들을 믿으라고 나를 가르치려 드는 신들일까. 그렇다면 웃을 수밖에 없다. 이제 나는 신들 위에 있다. 신들이 잔혹한 목소리로 그 어디서 나를 부를지라도 내게서는 희망의 흔적도 두려움의 흔적도 찾을 수 없으리라. 아무것도, 아무것도 남아 있지 않다. 사랑은 산산이 조각나 버렸고, 고통조차 그친 지 이미 오래다. 나는 자유롭다. 나는 나를 가득 채우고 있는 공허에 귀를 기울인다. 아무런 바람도 없이.

코린토스인들은 아직까지도 나를 내버려 두지 않는다고 한다. 신의를 지키지 않은 이아손에게 복수하기 위해 내 손으로 직접 아이들을 죽였다고 떠든다는 것이다. 누가 그런 말을 믿을까? 내가 묻자 아린나는 대답했다. 모두가 믿는답니다. 이아손도? 이아손은 아무 말도 하고 싶어 하지 않는답니다. 그러면 우리 코르키스 사람들은? 산 속의 여인들만 빼고 모두 죽었어요. 그리고 남은 여인들은 야만인처럼 살고 있어요.

아이들이 죽은 지 칠 년째 되던 해, 코린토스인들이 명문가에서 일곱 명의 소년과 소녀를 선발하여 머리를 짧게 자른 다음 헤라 신전으로 보냈다고 아린나가 말한다. 그리고 죽은 내 아이들을 추모하기 위해 신전에 일 년 동안 머물게 했다는 것이다. 지금부터는 칠 년에 한 번씩 그런 행사를 치를 예정이라고 한다.

그렇다. 결국 이렇게 끝났다. 저들은 두고두고 나를 자식을 살해한 여인으로 낙인찍으려는 것이다. 그러나 언젠가 저들이 돌아보게 될 잔악한 행위에 비하면 그게 무슨 대수로운 일이겠는가. 우리 인간은 깨우칠 줄 모르는 존재이다.

저들을 저주하는 것 말고 더 무엇이 내게 남아 있겠는가. 너희 모두에게 저주가 내리기를…… 그 누구보다 아카마스, 크레온, 아가메다, 프레스본에게 저주가 내리기를 나는 빈다. 너희는 추악한 삶을 살다가 비참한 죽음을 맞으리라. 너희의 울부짖음이 하늘에 닿아도, 하늘은 미동조차 하지 않으리라. 나, 메데이아는 너희를 저주한다.

　이 몸을 끌고 어디로 가야 하는가. 나에게 어울리는 세계, 나에게 어울리는 시간은 과연 어디에 존재할 것인가. 그 대답은 이것뿐이다. 물어볼 만한 사람이 아무도 없다.

옮긴이의 말

크리스타 볼프의 『메데이아. 목소리들(Medea. Stimmen)』은 메데이아 신화의 소재를 재구성한 소설 작품이다. 이 신화에 따르면, 흑해의 동부 연안에 위치한 코르키스의 공주 메데이아는 뛰어난 마법사고 치유사였다. 메데이아는 황금의 양피를 찾으러 온 그리스의 영웅, 아르고의 선장 이아손과 사랑에 빠져, 친아버지를 배신하고 마법을 이용하여 이아손의 뜻을 이루게 도와준다. 그리고 이아손과 함께 이아손의 고향 욜코스로 도주한다. 욜코스에서 메데이아는 마법과 술수를 이용하여 이아손의 숙부를 죽음에 몰아넣고 다시 코린토스로 도피한다. 그러나 코린토스에서 이아손은 메데이아에게 등을 돌리고 코린토스의 공주 글라우케와 결혼을 약속한다. 이아손의 배신에 분노한 메데이아는 코린토스의 왕과 공주뿐 아니라 이아손과의 사이에서 낳은 자신의 아들들마저 사악한 마법의 제단에 바치고 만다. 사랑을 위해 주술을 부리고 복수를 위해 마법을 부르는 비정하고 냉혹한 여인, 메데이아 신화의 메데이아는 악녀의 대명사이다.

크리스타 볼프는 1929년 란츠베르크(현재 폴란드)에서 출생하였으며, 예나 대학과 라이프치히 대학에서 독문학을 공부한 후 비평가, 강사, 편집자로서 사회에 첫발을 내디뎠다. 이후 1961년 『모스크바 이야기』를 발표하면서 작가로 전향하였으며, 분단의 현실을 다룬 『분단된 하늘』(1963)로 문단의 호평을 받았다. 1949년 구동독의 사회주의 통일당(SES)에 입당하여 당중앙위원 후보에도 선출되었으나, 개인으로서 자기 발견을 다룬 『크리스타 T의 회상』(1963), 국민 의식의 괴리를 역사적인 관점에서 비판한 『유년기의 구도(構圖)』(1976) 이후 당의 문화노선으로부터 이탈하였다. 여성 억압의 문제를 추적한 『카산드라』(1983) 역시 독자적인 문학관이 돋보이는 작품으로 평가받고 있다. 볼프는 뷔히너 문학상(1980), 유럽 문학을 위한 오스트리아 국가상 (1985) 등 많은 상을 수상하였다. 반전과 전회가 심심치 않게 눈에 띄는 크리스타 볼프의 인생 역정은 드라마틱하다는 수식어를 붙여 주기에 충분해 보인다.

메데이아와 볼프의 행적에서 드러나는 특별함과 비범함은 이 두 여성 사이에 정신적·감성적인 교감이 가능하리라는 추측을 불러일으킨다. 볼프는 이 추측이 틀리지 않다고 직접 확인해 준다. 경력이 특출한 작가 크리스타 볼프는 소설 집필을 위한 자료조사 과정에서 메데이아의 진실을 알아내고는 안도의 한숨을 내쉬었을 뿐만 아니라 기쁨과 승리감에 젖었다고 토로함으로써(*Hierzulande Andernorts*, 1999) 비범한 마법사이자 치유사였던 메데이아에게 특별한 감정, 이를테면 연대감을 가졌음을 감추지 않는다. 메데이아가 친자식을 죽였다는 걸 믿을 수 없었던 작가는 이 소설의 기획과 집필 과정 내내 메데이아의 명예 회복을 마치 자신의 일인 것처럼 여겼음을 알 수 있는 것이다. 더욱이 그녀는 소설

앞부분에서 "우리는 이 인물(메데이아)을 통해 우리의 시대와도 만날 것이다."라고 말한다. 그렇다면 이러한 명예 회복은 볼프가 부당하게 겪어야만 했었던 슈타지 의혹 사건과도 결코 무관하지 않다. 그러나 이 소설은 단순히 메데이아라는 이름을 가진 한 여성의 명예회복이나 이를 위해 전념하는 한 작가의 자기만족만을 노리고 있지 않다. 소설 메데이아에 담긴 사건들과 이 사건들의 결말이 특정한 시대와 장소에만 해당되지 않기 때문이다. 소설 메데이아는 거짓과 억압과 고통을 떨쳐버리려는 인간 본연의 노력과 좌절을 그린 문학 작품으로도 자리매김할 수 있다.

메데이아 신화가 소설 메데이아로 다시 쓰이기 위해 거쳐야 하는 단계와 과정들 가운데서 중요한 하나만을 꼽아야 한다면, 신화와 소설이라는 두 장르에서 드러나는 허구의 처리 방식에 대한 이해가 가장 적절한 후보자일 것이다. 이는 신화의 소재가 소설의 글감으로 탈바꿈하는 데에 결정적인 역할을 할 수 있기 때문이다. 일반적으로 신화라는 서사적인 이야기들을 신화로 만드는 것은 무엇보다도 비현실적이고 환상적인 사건 중심으로 이루어지는 이음새와 짜임새이다. 현실적인 사건들도 나타날 수 있지만 어디까지나 비현실적인 일들이 서로 맺어질 수 있도록 도와주는 정도로 그친다.

비현실적인 사건들 사이에 현실적인 사건들이 마치 오그라든 박제처럼 끼어있는 신화 텍스트 특유의 모양새는 오히려 현실적인 사건들의 테두리 안에서 다시 짜맞추어질 수 있다. 다른 관점에서 인물과 사건, 배경을 새롭게 이해한다면, 모종의 이유로 비현실화되었지만 비현실적인 사건들은 여전히 현실적인 사건들을 이어 주는 다리로서 기능하고 있다는 것을 확인할 수 있으며, 나아가 이 비현실적인 다리의 현실적인 윤곽마저 되찾을 수 있다는 뜻이다. 이를테면 메데이아가 살던 세계가 강고한 부계 사회 구조를 지니고 있었다는 사실에서 시작해 볼 수 있다. 여성은 남성보다 우수하거나 우월해서는 안 된다는 "신념"이 지배하던 세상에서 특별한 일을 해낼 수 있는 비범한 여성이 남성들의 눈에 어떻게 비쳤을까? 더 이상의 설명이 필요치 않아 보인다.

이러한 인식은 소설 메데이아의 문체를 결정짓는 실마리이기도 하다. 기존의 메데이아 이야기들이 부계 사회에서 신화화된 기록 문학이거나 신화화되던 당시의 이데올로기를 답습한 아류 작품에 지나지 않는다면, 메데이아 자신의 입으로 직접 토해낸 것이라고는 결코 말할 수 없다. 신화가 메데이아의 입에서 흘러나온 것이 아니라면, 당사자들의 말을, 무엇보다도 메데이아의 육성을 들어 보아야 한다. 작가의 원래 의도를 문학적으로 해결할 수 있는 구체적인 실마리가 풀리는 동시에 볼프 고유의 문학적 재능이 발휘되기 시작하는 지점이다. 메데이아에 대한 볼프의 특별한 의구심은 이미 즐거운 확신으로 바뀐 상태이다.

이처럼 모든 준비를 갖추고서 시간의 벽을 뚫고 과거의 현실로 거슬러 간 작가에게 메데이아는 자신의 마음을 열어 준다. 탈신화화 작업이 자연스럽게 이루어지면서 현실, 즉 비현실화되기 이전의 현실이 제 모습을 드러내는 진실의 공간이 두 사람 사이에 열린다. 그러나 작가는 메데이아 한 사람에게만 시선을 제한하지 않고, 메데이아 사건에 관련된 다른 사람들에게도 자기변호의 기회를 부여한다. 이아손, 아가메다, 아카마스, 로이콘, 글라우케 등도 직접 자신의 관점에서 사건에 대해 보고하게 하면서, 결국 사악함의 폭풍을 일으킨 주모자들이 드러나도록 한다. 물론 이들의 어리석음과 사악함은 메데이아만이 아니라 관련 인물 모두의 삶을 파괴한다. 특히 아카마스는 메데이아의 진실한 의도를 거짓으로 몰아세우고 결국은 실현되지 못하도록 가로막은 장애물이자 훼방꾼으로 밝혀진다. 아카마스의 고백이 소설의 가운데, 즉 중심부에 자리하는 것은 그가 다름아닌 사악함의 중심이기 때문일 것이다.

이렇듯 메데이아를 둘러싸고 일어난 사건들이 조금씩 각도를 달리하여 재조명되면서 사건 전반의 실체가 확연히 드러난다. 소설 첫머리에 나온 러시아 인형의 비유가 말하듯이, 베일에 가렸던 사건이 서서히 제 모습을 갖추어가는 것이다. 이렇듯 각각의 사건들이 가세하면서 메데이아 주변에서는 폭풍들이 형성되고 하나의 목표를 향해 힘을 모으게 된다. 더욱이 언뜻 특별하거나 대단한 것이 아닌 듯 보이는데도 여러 사람들의 삶을 송두리째 뒤흔드는 사건들에 대해서도 작가는 놓치지 않는다. 메데이아 사건에 관여했던 모든 것들이 세세히, 뚜렷이 드러날수록 현실을 왜곡하고 곡해한 사실이 분명히 드러나기 때문일 것이다.

소설 메데이아에서는 비현실적인 사건을 찾아보기 어렵지만 기이하거나 흥미로운 사건들이 모조리 사라진 것은 아니다. 인간의 밑바탕에 뿌리를 두는 괴기스럽고 기이한 사건들이 마법적이고 비현실적인 사건 대신 소설의 박진감과 긴장을 고조시킨다. 또한 예상을 뛰어넘는 종반부의 사태 전개는 소설의 결말을 필연적인 결과로 이해하고 수용할 수 있도록 도와준다. 현실의 불확실성과 냉혹함은 우연의 영역 앞에서도 멈춰 서지 않으며 때로는 오히려 가속화되고 심화하기도 한다는 경험적인 사실을 상기시켜 주면서 결국 독자들을 소설의 줄거리 속으로 몰입시켜 주기 때문이다.

그러나 소설 메데이아는 끔찍함과 추악함으로 얼룩져 있지 않다. 메데이아가 우여곡절을 겪으면서도 하늘과 땅, 바다에서 보고 들었던 것, 즐거워하고 기뻐하고 감격했던 것들도 작가는 모두 받아들여 기록한다.

때로는 사람들의 다감하고 섬세한 마음씨가 빚어내는 감동의 선율을 들을 수 있으며, 서로에 대한 믿음과 사랑의 힘에 가슴이 뭉클해질 수도 있다.

작가는 천 년도 넘는 세월 동안 거짓의 환상 공간에 매달려 있던 비현실이 지상의 진실로 제 모습을 찾을 수 있도록 해 주는 대신, 놀랍고 기이하며 때로 괴기스러운 사건들을 새로 마련한다. 그것은 신화의 사악한 비현실싱을 해체하여 현실의 당연하며 단순한 일로 풀어내고, 현재 우리가 경험할 수 없는 충격적이고 신비스러운, 하지만 현실적인 일들을 첨가해 넣는 과정으로 이해할 수도 있다. 물론 그 중심에 자리하는 것은 메데이아가 크리스타 볼프의 메데이아로 재탄생하는 일, 곧 메데이아 본연의 모습이 드러나는 과정이다.

메데이아는 불합리한 시대와 냉혹한 세계에 맞서, 자신과 자신이 사랑하는 이들을 지킬 수 있는 무기도 힘도 가지고 있지 못했다. 사악한 마술도 거짓을 토해내는 혀도 그녀에게는 물론 없었다. 그녀도 사랑에 전율하고 공포에 떨고 미래의 불확실성에 두려워하는 평범한 여인이었다. 그런데도 세상과 시대의 불합리함에 승복하지 않고 과감하게 맞설 수 있는 용기를 지닌 인간이었다. 희생양이 되어 찢기고 산산조각 날 수밖에 없었지만, 그래서 메데이아가 속한 존재의 시간과 공간이 무너져 내릴 수밖에 없었지만, 바로 그러한 무너져 내릴 수 있음을 통해 시대의 벽을 넘어 우리와 마주할 수 있었다. 또한 바로 그런 이유로 인해 메데이아는 문학적인 열정을 안고 시대와 공간을 뛰어넘은 크리스타 볼프를 만나 오랜 세월 왜곡되고 찢긴 진실을 털어놓을 수 있었다.

불운했던 메데이아에게 크리스타 볼프가 다가왔듯이, 우리 모두에게도 마음의 후원자가 나타날 수 있을까? 소설 메데이아와 그 창작 과정을 나름대로 돌이켜보면 그러한 바람이 전혀 실현 불가능한 것만은 아님을 새삼 확인하게 된다. 그렇다면 소설 메데이아는 현재를 살아가는 우리들을 위한 희망의 메시지이기도 한 셈이다.

옮긴이 | 김재영

고려대학교 독문학과와 동 대학원을 졸업하고 독일에서 박사 과정을 마친 후 현재 함부르크에서 한국과 독일의 전래동화를 비교 연구하고 있다. 저서로는 『성능중심 어휘론』 외에 「독일과 한국의 동화에 나타나는 변신 표현」 등의 논문이 있다.

환상문학전집 ● 23
메데이아, 또는 악녀를 위한 변명

1판 1쇄 펴냄 2005년 9월 7일
1판 7쇄 펴냄 2025년 5월 14일

지은이 | 크리스타 볼프
옮긴이 | 김재영
발행인 | 박근섭
편집인 | 김준혁
펴낸곳 | 황금가지

출판등록 | 2009. 10. 8 (제2009-000273호)
주소 | 06027 서울 강남구 도산대로 1길 62 강남출판문화센터 5층
전화 | 영업부 515-2000 편집부 3446-8774 팩시밀리 515-2007
홈페이지 | www.goldenbough.co.kr

도서 파본 등의 이유로 반송이 필요할 경우에는 구매처에서 교환하시고
출판사 교환이 필요할 경우에는 아래 주소로 반송 사유를 적어 도서와 함께 보내주세요.
06027 서울 강남구 도산대로 1길 62 강남출판문화센터 6층 민음인 마케팅부

한국어판 © 황금가지, 2005. Printed in Seoul, Korea

ISBN 978-89-8273-533-2 04850

㈜민음인은 민음사 출판 그룹의 자회사입니다.
황금가지는 ㈜민음인의 픽션 전문 출간 브랜드입니다.